日本近现代文学名家名著导读

高洁　高丽霞　曾峻梅　编著

上海外语教育出版社

外教社 SHANGHAI FOREIGN LANGUAGE EDUCATION PRESS

www.sflep.com

图书在版编目(CIP)数据

日本近现代文学名家名著导读 / 高洁, 高丽霞, 曾峻梅编著.
–上海：上海外语教育出版社，2020
ISBN 978-7-5446-6142-3

Ⅰ.①日… Ⅱ.①高… ②高… ③曾… Ⅲ.①日本文学–近代文学–文学
欣赏–高等学校–教材 ②日本文学–现代文学–文学欣赏–高等学校–教材
Ⅳ.①I313.064 ②I313.065

中国版本图书馆CIP数据核字（2020）第022605号

出版发行：上海外语教育出版社
　　　　　　（上海外国语大学内）　邮编：200083
电　　话：021-65425300（总机）
电子邮箱：bookinfo@sflep.com.cn
网　　址：http://www.sflep.com
责任编辑：应　允

印　　刷：句容市排印厂
开　　本：787×1092　1/16　印张 11.75　字数 237千字
版　　次：2020 年 6 月第 1 版　2020 年 6 月第 1 次印刷
印　　数：3 100 册

书　　号：ISBN 978-7-5446-6142-3
定　　价：40.00 元
　　　　本版图书如有印装质量问题,可向本社调换
　　　　质量服务热线：4008-213-263　电子邮箱：editorial@sflep.com

前言

现今，日本的动漫、游戏可以说风靡全世界，与日俱增的中国访日游客，也说明日本这个邻国引起了越来越多中国人的兴趣。当然，仅仅通过旅游、通过某些通俗文化，并不能全面了解一个国家。要想真正了解日本，深入学习日本文化、阅读日本文学是一个有效途径。因为如今流行的日本文化要素中少不了日本文学潜移默化的影响。

日本古典文学深受中国古典文学的影响，而日本近现代文学不仅有诺贝尔文学奖带来的辉煌，更有夏目漱石、芥川龙之介等经典作家与作品。村上春树虽然被称为"诺奖的陪跑者"，至今尚未获奖，但是从作品的译介而言，村上春树的文学已经走出日本国门，成为名副其实的世界文学。

本教材通过对日本近现代文学各主要阶段的代表作家及其作品进行专题解读的方式，旨在使学习者掌握欣赏、分析文学作品的方法，提高日本文学知识素养，同时为进一步了解日本历史、文化提供素材，从而拓宽学习者的人文视野，培养人文素质和思辨精神。

本教材可以用作高等学校日语专业日本文学相关课程的教材，也可以供对日本文学、日本文化感兴趣的社会人士自学。教师使用本教材时，可以采用"因材施教、因地制宜"的方针，根据授课对象，选用教材中的相关内容。

为了使学习者能够对日本近现代文学发展的脉络有一个整体认识，本教材分为上、中、下三篇，分别对应明治大正文学、1945 年日本战败之前的昭和文学与战后文学。每篇首先对这一时期日本近现代文学发展的全貌作一概述，之后分为作家简介、代表作简介（2~3 篇）、作品选读、作品评析、课后练习等六个部分对每个时期的代表作家及其作品进行学习。考虑到目前各个学校的日本文学课开设学期不同，学生日语水平不尽相同，为了避免日本文学课成为文学作品版的精读课，本教材除作品选读部分采用日文原文之外，全部使用中文编写，作品中的难读词汇等标注有中文注释。目的是使学习者既可以通过日文原文阅读原作，保证作品的原汁原味，又可以减轻学习者在日语学习方面的负担，把更多的精力用于文学赏析、文学研究。

为了方便学习者尤其是社会读者使用本教材，上海外国语大学日本近现代文学导读课程教学团队制作了微课视频，可供本教材的读者下载学习。同名在线课程已于 2018 年 9 月在超星尔雅课程平台上线，该课程的简缩版也在中国大学慕课平台上线。通过以上两个平台，既可以使用本教材进行自学，也方便授课教师以翻转课堂的形式进行教学。

感谢上海外语教育出版社的编辑为本教材的出版付出的辛勤劳动。由于编者水平有限和经验不足，书中难免存在缺点与错误，祈望各位专家及广大读者批评指正。

编　者

2020 年 3 月

❖ 目录

上篇

※

日本近现代文学的成立
——从明治到大正

第一节　概　述

明治文学概述

明治维新之后，江户幕府统治崩溃，取而代之的是由天皇亲政的明治新政府，日本走上了建设近代国家的道路。政府高唱四民平等、开放进取，积极引进西方文明，改革旧秩序，为加入欧美列强的队伍，竭尽全力确立资本主义国家体制，迅速实现向近代国家的蜕变。明治政府建设近代化的军队，实现中央集权制下的国家统一，实施义务教育，并进一步于1889年（明治22年）发布宪法，1890年开设国会，从而基本确立了近代国家的新体制。之后又凭借在中日甲午战争、日俄战争中的胜利，向国外扩张势力范围，开始走上军国主义的侵略道路。

在这样的时代浪潮之中，文学也开始走上近代化的道路。日语的改良、诗歌的改良、小说的改良、戏剧的改良喧嚣一时，从而逐渐形成了新的文学观与新的近代文学。近代精神的萌芽，不能不与以往封建社会的压力产生对决或者妥协。尽管如此，近代文学以近代自我的确立为目标，逐渐向近代社会的骨干力量——市民阶层渗透，表现出丰富多彩的个性。同时，由于明治以来急剧的变革，日本的近代文学在形成的过程中呈现出与西方文学迥然不同的独特面貌。

明治时期，适合于描写纷繁复杂的市民社会面貌的小说这一体裁逐渐占据文学的中心地位。写实性的作品成为主流，与此同时，理想主义小说、唯美主义小说也有所尝试，文坛呈现丰富多姿的盛况。

明治初年的小说界，尚被幕府时代以来的通俗小说作家所独占，其中假名垣鲁文的《安愚乐锅》描摹出文明开化期的世态。1877年以后，翻译小说开始盛行，利顿（Edward George Earle Bulwer Lytton）的《花柳春话》、儒勒·凡尔纳（Jules Verne）的《八十天环游地球》被译介到日本。同时，随着自由民权运动的高涨，出现了政治小说，矢野龙溪的《经国美谈》、东海散士的《佳人奇遇》陆续出版。这一时期，坪内逍遥提倡写实主义，作为这一理论的实践，发表了小说《当世书生气质》。进入明治二十年代以后，受其影响，二叶亭四迷创作了小说《浮云》，与此同时，森鸥外从另一视角创作了小说《舞姬》，这两部作品都描写了当时知识分子的苦恼，成为日本近代小说的开端。小说《浮云》的"言文一致"文体，体现了当时日语改良运动的成果。

明治二十年代，保守思想与国粹主义风潮复活，砚友社的尾崎红叶继承了坪内逍遥的写实主义，发表了《两个比丘尼的色情忏悔》，其晚年的大作《金色夜叉》成为明治时代最为畅销的作品。同时，幸田露伴也在小说《五重塔》中以强有力的文体展示了东方的理想主义。女作家樋口一叶在《浊江》、《青梅竹马》等作品中也表现了出众的文学天分。

中日甲午战争之后，广津柳浪的《黑蜥蜴》等作品被称为"深刻小说"，而川上眉山的《书记官》、泉镜花的《夜行巡查》被称为"观念小说"。泉镜花后来在作品《高野圣》、《歌行灯》中展现出独具特色的神秘浪漫的文风，而广津柳浪、泉镜花等对社会的关心则被内田鲁庵所继承，内田的小说被称为"社会小说"。

另一方面，德富芦花创作《自然与人生》、国木田独步创作《武藏野》，开始从与大自然关联的角度来观察人。独步晚年在小说《穷死》、《竹栅门》中描写了下层社会人们的不幸。

明治三十年代中期至明治四十年代是自然主义与反自然主义对立的时代。自然主义文学运动发源于法国，被介绍到日本后产生的一系列模仿之作被称为"前期自然主义"。之后，日本的自然主义走上自己的发展道路，呈现出缺乏社会性、实证性，暴露人生的丑陋，详细报告个人体验的倾向。尽管如此，仍然形成了独具特色的日本自然主义文学，达到了很高的文学水准。

由诗歌创作转为散文创作的岛崎藤村凭借小说《破戒》确立了作家的地位，又创作了小说《春》、《家》。而田山花袋的小说《棉被》则成为决定日本自然主义文学走向的作品，在之后的三部曲《生》、《妻》、《缘》中，花袋描写自己的家，在小说《乡村教师》中刻画因病夭折的年轻代课教师的孤独。花袋将自己的创作方法命名为"平面描写"。而作为砚友社系统的作家开始文学创作的德田秋声凭借小说《新世代》、《霉》也成为自然主义文学作家；作为诗人出发的岩野泡鸣自小说《耽溺》之后开始创作小说；最年轻的正宗白鸟则创作了小说《去往哪里》、《泥人偶》。

明治四十年代，自然主义文学占据文坛的主流，在其影响之下，森鸥外与夏目漱石仍然坚持以深厚的修养和广阔的视野，以及从容不迫的态度观察创作对象，并从理性、伦理的高度进行批判，成为反自然主义的领袖人物，被称为"余裕派"、"高踏派"。

另一位作家永井荷风也站在反自然主义的立场，创作出具有解放感觉、追求官能之美的新小说，小说《隅田川》呈现出享乐、唯美的倾向。而谷崎润一郎的《刺青》则以一种浓烈的美学意识追求女性之美，华丽地登上文坛。

大正文学概述

明治天皇的死与乃木大将的殉死给明治时代的人们带来巨大冲击的同时，也宣告了一个时代的结束。进入大正时代以后，第一次世界大战爆发，日本作为参战国，得以借机大力发展资本主义经济，呈现出异常繁荣的局面。经济的繁荣、生活的富裕促进了大正时代人道主义和民主主义的发展，同时也使劳资双方的对立日益激化。大正中期以后，经济陷入不景气，失业者增加，"米骚动"频发，社会陷入不安定的局面。与此同时，社会主义运动兴起，大正初期·中期萌发的对民众的同情，逐渐转变成"为劳动者而奋起"的主张，无产阶级政党成立，各种政治活动和劳动运动日益高涨。另一方面，资本主义的繁荣促进了机器文明的进步，夺去了人们生活的部分经济来源，加之关东大地震在物质与精神两方面产生巨大影响，使人们越发陷入不安的状态。

在这样的状况之下，明治末期，从反自然主义的立场出发的唯美主义文学和理想主义文

学逐渐成为文坛主流，自然主义文学也并未销声匿迹，力量仍然不可小觑，并由此发展成为私小说。但是对于个人主义文学的批判之声鹊起，近代文学的理念发生动摇，逐渐分裂，从而形成多样化的局面。

大正时期，民主主义和自由主义的风潮席卷全社会，市民社会日趋成熟，近代精神得以确立。在小说创作领域，首先，明治时期活跃的作家创作日臻成熟，与同期海外文化思想的交流逐渐形成，新小说诞生，并支配文坛。但是由于大正后期经济不景气，社会矛盾激化，文坛的创作出现与现实游离的趋势。取而代之的是新现实主义的兴起，新思潮派和奇迹派文学登场，劳动文学也日益兴盛。

自然主义作家中，岛崎藤村的小说《新生》、田山花袋的《时间逝去》、德田秋声的《粗暴》、正宗白鸟的《港湾一带》、岩野泡鸣的《放浪》至《鬼附身》等五部曲相继发表。

夏目漱石则先后创作了《行人》、《心》、《路边草》等，《明暗》成为文豪绝笔的未完之作。森鸥外转换到历史小说的创作中，发表了《阿部一族》、《山椒大夫》以及史传《涩江抽斋》等。永井荷风与谷崎润一郎则分别发表了《较量》和《痴人之爱》。

白桦派中武者小路实笃处于领导地位，创作了小说《幸福者》和《友情》，大正后期又进行"新村"建设，尝试将自己的思想付诸实践。志贺直哉发表了《在城崎》、《和解》等心境小说性质的作品以及唯一的长篇小说《暗夜行路》，成为白桦派的代表作家。有岛武郎则在作品《该隐的后裔》、《诞生的苦恼》以及长篇小说《一个女人》中表现出对社会问题的强烈关注。

1916年（大正5年），第四次《新思潮》杂志创刊，芥川龙之介发表在该杂志上的小说《鼻子》受到夏目漱石盛赞，从而登上文坛。芥川大多取材于古典，以充满机智的创意对素材进行近代性的阐释，留下了《戏作三昧》、《枯野抄》等众多优秀的短篇作品。菊池宽则创作了《忠直卿行状记》、《恩仇之外》等主题明快的作品，之后转向通俗小说创作。久米正雄创作了《考生手记》等作品，并以取材于与夏目漱石女儿恋爱经历的小说《破船》作为畅销书作家获得成功。

与此同时，奇迹派作家广津和郎发表《神经病时代》，宇野浩二发表《仓库中》，葛西善藏发表《悲哀的父亲》、《带着孩子》等作品，都延续了自然主义、现实主义的源流，对私小说的形成发挥了重要作用。另外，佐藤春夫、室生犀星等诗人也进行了小说创作，春夫的《田园的忧郁》、犀星的《幼年时代》都构筑了各自独特的文学世界。

大正时期，劳动文学兴盛，大正中期劳动者出身的作家宫岛资夫创作了《矿工》，宫地嘉六创作了《煤烟的味道》。1921年，杂志《播种人》创刊，涌现出叶山嘉树的《生活在海上的人们》和《水泥桶里的信》，以及前田河广一郎的《三等船客》、金子洋文的《地狱》等优秀作品。

与此相对，横光利一、川端康成等作家也开始文艺活动，二人分别发表了小说《日轮》、《苍蝇》和《伊豆的舞女》。

第二节 日本近代文学的启蒙者
——森鸥外

作家简介

森鸥外（1862—1922）：近代的知性、感性与传统相融合的文学

日本近代作家中，森鸥外与夏目漱石齐名，堪称明治文坛巨擘。他是小说家、翻译家、评论家、军医，尤以小说著称。作为浪漫主义文学鼻祖，对日本近代文学的形成功不可没。受其影响的作家如永井荷风、木下杢太郎、佐藤春夫、芥川龙之介、石川淳、三岛由纪夫等，不胜枚举。

鸥外本名林太郎，生于岛根县，祖上为津和野藩御医世家，幼年接受汉学教育。10 岁时与父亲一起来到东京，入读进文学舍，修习德语。之后进入东京大学医学部，毕业后担任军医，受命赴德留学。1888 年回国后，执教于军医学舍，业余时间创办医学、文艺期刊，发表大量翻译、评论文章，启蒙活动持续 10 年之久。《舞姬》等留德三部曲为日本近代浪漫主义文学开山之作。

1909 年鸥外进入第二个文学活跃期。他与盛极一时的自然主义文学分庭抗礼，以独自的写实手法创作出《半日》、《青年》、《雁》等现代题材小说，重新受到文坛瞩目。这一时期，作为浪漫主义余脉，唯美主义方兴未艾，以鸥外为中心的文学杂志《昴》起到了承上启下的作用。1912 年明治天皇驾崩，发生了乃木将军殉死事件。鸥外转向历史小说创作，进而开拓了史传领域。

鸥外小说中以虚构为基本框架的长篇屈指可数，《雁》最为成功。短篇众多，精品集中于历史小说，有《阿部一族》、《山椒大夫》、《高濑舟》、《寒山拾得》等。史传《涩江抽斋》也被视为鸥外文学翘楚。

鸥外长期供职于陆军省，晋升至军医总监，晚年出任宫内省帝室博物馆总长。公务繁忙，他却笔耕不辍，以文学热情对抗世俗生活的羁绊。他批判权威主义，也反对虚无思想，在历史中摸索安身立命的境界。1922 年鸥外因肾萎缩、肺结核症去世，享年 60 岁。

代表作简介

《舞姬》

短篇小说。1890 年发表于《国民之友》。1892 年收录于春阳堂出版的《美奈和集》。

明治政府青年才俊太田丰太郎奉命留学柏林，考察法律事务。受到大学自由风气洗礼，他的兴趣转向文学艺术，"内心深处的真我"开始反抗"往日虚伪的旧我"。他意识到："母亲希望我当个活字典，上司则想把我造成一部活法典。当活字典，还可勉为其难，当活法典，却是无法忍受的。"自我觉醒的丰太郎，受到本国同学猜忌。某日他邂逅少女爱丽丝，助其父亲入殓，两人开始交往。丰太郎被领事馆免职，困境中与爱丽丝相爱同居。经朋友相泽谦吉推荐，丰太郎担任报社记者。爱丽丝是一名寒微的芭蕾舞演员，两人相濡以沫。1888年天方大臣出访欧洲，相泽作为秘书官随行。丰太郎深得大臣赏识，在相泽的劝说下，决定牺牲爱情，与大臣一起回国。怀孕的爱丽丝受到刺激，精神失常。

《舞姬》根据鸥外的留学经历写成。小说采用分层叙述的方式，丰太郎的"船中自述"中嵌入"手记"，记录了他的留学经历、爱情悲剧。石桥忍月指出，小说的主题是"恋爱与功名不能两全"，船中忏悔的部分过于冗长。鸥外反驳称，"《舞姬》是出自日记体的自我小说之一种，所以主人公是'我'。"之后又说，《舞姬》是"小人物、小小人生、小小旅程中的一座里程碑"。可见丰太郎形象的重要。

小说表现出近代黎明期"自我"的苦恼，凸显了日本现代化过程中最具普遍意义的问题。佐藤春夫曾说，《舞姬》写的是"封建的人转变为现代人的精神变革史"。小说以雅语体写成，优美流畅，充满浪漫抒情气息。

《雁》

长篇小说。1911至1913年连载于杂志《昴》。1915年由籾山书店出版。

故事发生在东京上野附近。明治13年（1880年），在东京帝国大学就读的"我"与冈田同住在上条公寓，因为傍晚散步、逛旧书店而熟识。某日冈田在无缘坂，遇见一位美丽女子浴后归家，两人打了一个照面。此后每经过这户人家，女子都坐在窗口含笑注视着他。冈田下意识地脱帽行礼，女子寂寞的微笑变成了灿烂的笑容，两人互生情愫，却默默无言。

"我"也是事后听说，女子名叫小玉，是高利贷者的小妾。她出身贫苦，与卖糖人儿的老父相依为命，曾经被流氓警察骗婚。为了拯救父亲，她接受了暴发户末造的包养，悄无声息地守在小房子里，每天等待侍奉末造。人言可畏，她渐渐意识到自己的屈辱地位，开始憧憬真正的人的生活。有一次，小玉饲养的红雀受到青蛇攻击，冈田斩蛇相救，小玉对冈田愈发痴情。就在小玉决心表白的傍晚，不巧"我"约了冈田散步，经过无缘坂的时候，小玉久久站在门前，冈田却加快了脚步。"我"希望自己处在冈田的位置，同小玉说话，像妹妹一样爱护帮助她。冈田在不忍池边无意间打死一只大雁。他获得了留学德国的机会，即将启程。小玉和冈田从此擦肩而过。"我"把自己的见闻拼合成了这个故事。

偶然被飞石击中的大雁，象征着薄命的小玉。《雁》在鸥外创作中最具长篇的结构性。小说生动地再现了近代初期大学生之间的交游、东京的市井生活、风物人情，对下层女性深表关切和同情。

高 瀬 舟

高瀬舟[1]は京都の高瀬川[2]を上下する小舟である。徳川時代に京都の罪人が遠島[3]を申し渡されると、本人の親類が牢屋敷へ呼び出されて、そこで暇乞いをすることを許された。それから罪人は高瀬舟に載せられて、大阪へ回されることであった。それを護送[4]するのは、京都町奉行[5]の配下にいる同心[6]で、この同心は罪人の親類の中で、おも立った一人を大阪まで同船させることを許す慣例であった。これは上へ通った事[7]ではないが、いわゆる大目に見るのであった、黙許であった。

当時遠島を申し渡された罪人は、もちろん重い科を犯したものと認められた人ではあるが、決して盗みをするために、人を殺し火を放ったというような、獰悪[8]な人物が多数を占めていたわけではない。高瀬舟に乗る罪人の過半は、いわゆる心得違い[9]のために、思わぬ科を犯した人であった。有りふれた例をあげてみれば、当時相対死[10]と言った情死をはかって、相手の女を殺して、自分だけ生き残った男というような類である。

そういう罪人を載せて、入相の鐘[11]の鳴るころにこぎ出された高瀬舟は、黒ずんだ京都の町の家々を両岸に見つつ、東へ走って、加茂川[12]を横ぎって下るのであった。この舟の中で、罪人とその親類の者とは夜どおし身の上を語り合う。いつもいつも悔やんでも返らぬ繰り言[13]である。護送の役をする同心は、そばでそれを聞いて、罪人を出した親戚眷族の悲惨な境遇を細かに知ることができた。所詮町奉行の白州[14]で、表向きの口供を聞いたり、役所の机の上で、口書[15]を読んだりする役人の夢にもうかがうことのできぬ境遇である。

---

❶ 高瀬舟 古代用于河流货运的小船，船头翘起，船底平坦。❷ 高瀬川 京都市内的运河，从鸭川取水，经伏见与淀川连通。1611 年开凿。❸ 遠島 江户时代刑罚之一，因赌博、误杀等获刑的犯人被流放海岛，与社会隔绝。❹ 護送 押解。❺ 町奉行 江户幕府的官职名称，设在江户、京都、大阪、骏府等地，执掌行政、司法、警察事务，特别是管辖市政、处理诉讼。知府。❻ 同心 江户幕府的下级官职名称，管理总务、警察事务。❼ 上へ通った事 被官方许可的事情。❽ 獰悪 凶悍。❾ 心得違い 过失，失误。❿ 相対死 情死，殉情自杀。⓫ 入相の鐘 日暮时分寺庙的钟声。⓬ 加茂川 现在的京都鸭川。⓭ 繰り言 车轱辘话。⓮ 白州 衙署的法庭。⓯ 口書 供词，供述书。

　同心を勤める人にも、いろいろの性質があるから、この時ただうるさいと思って、耳をおおいたく思う冷淡な同心があるかと思えば、またしみじみと人の哀れを身に引き受けて、役がら[1]ゆえ気色[2]には見せぬながら、無言のうちにひそかに胸を痛める同心もあった。場合によって非常に悲惨な境遇に陥った罪人とその親類とを、特に心弱い、涙もろい同心が宰領[3]してゆくことになると、その同心は不覚の涙を禁じ得ぬのであった。

　そこで高瀬舟の護送は、町奉行所の同心仲間で不快な職務としてきらわれていた。

　いつのころであったか。たぶん江戸で白河楽翁侯[4]が政柄を執っていた寛政[5]のころででもあっただろう。智恩院[6]の桜が入相の鐘に散る春の夕べに、これまで類のない、珍しい罪人が高瀬舟に載せられた。

　それは名を喜助と言って、三十歳ばかりになる、住所不定の男である。もとより牢屋敷に呼び出されるような親類はないので、舟にもただ一人で乗った。

　護送を命ぜられて、いっしょに舟に乗り込んだ同心羽田庄兵衛は、ただ喜助が弟殺しの罪人だということだけを聞いていた。さて牢屋敷から桟橋まで連れて来る間、この痩肉の、色の青白い喜助の様子を見るに、いかにも神妙[7]に、いかにもおとなしく、自分をば公儀[8]の役人として敬って、何事につけても逆らわぬようにしている。しかもそれが、罪人の間に往々見受けるような、温順を装って権勢に媚びる態度ではない。

　庄兵衛は不思議に思った。そして舟に乗ってからも、単に役目の表で見張っているばかりでなく、絶えず喜助の挙動に、細かい注意をしていた。

　その日は暮れ方から風がやんで、空一面をおおった薄い雲が、月の輪郭をかすませ、ようよう近寄って来る夏の温かさが、両岸の土からも、川床の土からも、もやになって立ちのぼるかと思われる夜であった。下京[9]の町を離れて、加茂川を横ぎったころからは、あたりがひっそりとして、ただ舳にさかれる水のささやきを聞くのみである。

　夜舟で寝ることは、罪人にも許されているのに、喜助は横になろうともせず、雲の濃淡に従って、光の増したり減じたりする月を仰いで、黙っている。その額は晴れやかで目にはかすかなかがやきがある。

◆━━━━━━━━━━━━━━━━━━━━━━━━━━━━━━━━━━

❶ 役がら 职务的性质。❷ 気色 神色。❸ 宰領 主管。❹ 白河楽翁侯 松平定信（1758–1829）。推行宽政改革的江户后期幕府老中。❺ 寛政 江户后期，光格天皇朝年号（1789–1801）。❻ 知恩院 位于京都的净土宗总寺院。❼ 神妙 奇特。❽ 公儀 幕府。❾ 下京 京都市南部。下京区。

　庄兵衛はまともには見ていぬが、始終喜助の顔から目を離さずにいる。そして不思議だ、不思議だと、心の内で繰り返している。それは喜助の顔が縦から見ても、横から見ても、いかにも楽しそうで、もし役人に対する気がねがなかったなら、口笛を吹きはじめるとか、鼻歌を歌い出すとかしそうに思われたからである。

　庄兵衛は心の内に思った。これまでこの高瀬舟の宰領をしたことは幾たびだか知れない。しかし載せてゆく罪人は、いつもほとんど同じように、目も当てられぬ気の毒な様子をしていた。それにこの男はどうしたのだろう。遊山船[1]にでも乗ったような顔をしている。罪は弟を殺したのだそうだが、よしやその弟が悪いやつで、それをどんなゆきがかり[2]になって殺したにせよ、人の情としていい心持ちはせぬはずである。この色の青いやせ男が、その人の情というものが全く欠けているほどの、世にもまれな悪人であろうか。どうもそうは思われない。ひょっと気でも狂っているのではあるまいか。いやいや。それにしては何一つつじつまの合わぬ[3]ことばや挙動がない。この男はどうしたのだろう。庄兵衛がためには喜助の態度が考えれば考えるほどわからなくなるのである。

　しばらくして、庄兵衛はこらえ切れなくなって呼びかけた。「喜助。お前何を思っているのか。」

　「はい」と言ってあたりを見回した喜助は、何事をかお役人に見とがめられたのではないかと気づかうらしく、居ずまいを直して庄兵衛の気色を伺った。

　庄兵衛は自分が突然問いを発した動機を明かして、役目を離れた応対を求める言いわけをしなくてはならぬように感じた。そこでこう言った。「いや。別にわけがあって聞いたのではない。実はな、おれはさっきからお前の島へゆく心持ちが聞いてみたかったのだ。おれはこれまでこの舟でおおぜいの人を島へ送った。それはずいぶんいろいろな身の上の人だったが、どれもどれも島へゆくのを悲しがって、見送りに来て、いっしょに舟に乗る親類のものと、夜どおし泣くにきまっていた。それにお前の様子を見れば、どうも島へゆくのを苦にしてはいないようだ。いったいお前はどう思っているのだい。」

　喜助はにっこり笑った。「御親切におっしゃってくだすって、ありがとうございま

---

❶ 遊山船　游乐船。　❷ ゆきがかり　情况；前因后果。　❸ つじつまの合わぬ　前言不搭后语。

す。なるほど島へゆくということは、ほかの人には悲しい事でございましょう。その心持ちはわたくしにも思いやってみることができます。しかしそれは世間でらくをしていた人だからでございます。京都は結構な土地ではございますが、その結構な土地で、これまでわたくしのいたして参ったような苦しみは、どこへ参ってもなかろうと存じます。お上¹のお慈悲で、命を助けて島へやってくださいます。島はよしやつらい所でも、鬼のすむ所ではございますまい。わたくしはこれまで、どこといって自分のいていい所というものがございませんでした。こん度お上で島にいろとおっしゃってくださいます。そのいろとおっしゃる所に落ち着いていることができますのが、まず何よりもありがたい事でございます。それにわたくしはこんなにかよわいからだではございますが、ついぞ病気をいたしたことはございませんから、島へ行ってから、どんなつらい仕事をしたって、からだを痛めるようなことはあるまいと存じます。それからこん度島へおやりくださるにつきまして、二百文の鳥目²をいただきました。それをここに持っております。」こう言いかけて、喜助は胸に手を当てた。遠島を仰せつけられる³ものには、鳥目二百銅をつかわす⁴というのは、当時の掟であった。

　喜助はことばをついだ。「お恥ずかしい事を申し上げなくてはなりませぬが、わたくしは今日まで二百文というお足⁵を、こうしてふところに入れて持っていたことはございませぬ。どこかで仕事に取りつきたいと思って、仕事を尋ねて歩きまして、それが見つかり次第、骨を惜しまずに働きました。そしてもらった銭は、いつも右から左へ人手に渡さなくてはなりませなんだ。それも現金で物が買って食べられる時は、わたくしの工面のいい⁶時で、たいていは借りたものを返して、またあとを借りたのでございます。それがお牢にはいってからは、仕事をせずに食べさせていただきます。わたくしはそればかりでも、お上に対して済まない事をいたしているようでなりませぬ。それにお牢を出る時に、この二百文をいただきましたのでございます。こうして相変わらずお上の物を食べていて見ますれば、この二百文はわたくしが使わずに持っていることができます。お足を自分の物にして持っているということは、わたくしにとっては、これが始めでございます。島へ行ってみますまでは、どんな仕事ができる

かわかりませんが、わたくしはこの二百文を島でする仕事の本手^{もとで}にしようと楽しんでおります。」こう言って、喜助は口をつぐんだ。

庄兵衛は「うん、そうかい」とは言ったが、聞く事ごとにあまり意表に出た[1]ので、これもしばらく何も言うことができずに、考え込んで黙っていた。

庄兵衛はかれこれ初老[2]に手の届く年になっていて、もう女房に子供を四人生ませている。それに老母が生きているので、家は七人暮らしである。平生人には吝嗇^{りんしょく}と言われるほどの、倹約な生活をしていて、衣類は自分が役目のために着るもののほか、寝巻しかこしらえぬくらいにしている。しかし不幸な事には、妻をいい身代^{しんだい}の商人の家から迎えた。そこで女房は夫のもらう扶持米^{ふちまい}[3]で暮らしを立ててゆこうとする善意はあるが、ゆたかな家にかわいがられて育った癖があるので、夫が満足するほど手元を引き締めて暮らしてゆくことができない。ややもすれば月末になって勘定が足りなくなる。すると女房が内証で里[4]から金を持って来て帳尻を合わせる^{ちょうじり}[5]。それは夫が借財というものを毛虫のようにきらうからである。そういう事は所詮^{しょせん}夫に知れずにはいない。庄兵衛は五節句[6]だと言っては、里方^{さとかた}から物をもらい、子供の七五三の祝いだと言っては、里方から子供に衣類をもらうのでさえ、心苦しく思っているのだから、暮らしの穴をうめてもらったのに気がついては、いい顔はしない。格別平和を破るような事のない羽田の家に、おりおり波風の起こるのは、これが原因である。

庄兵衛は今喜助の話を聞いて、喜助の身の上をわが身の上に引き比べてみた。喜助は仕事をして給料を取っても、右から左へ人手に渡してなくしてしまうと言った。いかにも哀れな、気の毒な境界^{きょうがい}[7]である。しかし一転してわが身の上を顧みれば、彼と我れとの間に、はたしてどれほどの差があるか。自分も上^{かみ}からもらう扶持米^{ふちまい}を、右から左へ人手に渡して暮らしているに過ぎぬではないか。彼と我れとの相違は、いわば十露盤^{そろばん}の桁^{けた}が違っている[8]だけで、喜助のありがたがる二百文に相当する貯蓄だに、こっちはないのである。

さて桁を違えて考えてみれば、鳥目^{ちょうもく}二百文をでも、喜助がそれを貯蓄と見て喜んでいるのに無理はない。その心持ちはこっちから察してやることができる。しかしいか

---

❶ 意表に出る 出乎意料。❷ 初老 四十岁的异称。❸ 扶持米 禄米。❹ 里 娘家。❺ 帳尻を合わせる 补足账面的亏空。❻ 五節句 五节（人日、上巳、端午、七夕、重阳）。❼ 境界 境遇。❽ 十露盤の桁が違っている 程度不同；级别不同。

に桁を違えて考えてみても、不思議なのは喜助の欲のないこと、足ることを知っていることである。

　喜助は世間で仕事を見つけるのに苦しんだ。それを見つけさえすれば、骨を惜しまずに働いて、ようよう口を糊^{のり}することのできるだけで満足した。そこで牢^{ろう}に入ってからは、今まで得がたかった食が、ほとんど天から授けられるように、働かずに得られるのに驚いて、生まれてから知らぬ満足を覚えたのである。

　庄兵衛はいかに桁^{けた}を違えて考えてみても、ここに彼と我れとの間に、大いなる懸隔^{けんかく}のあることを知った。自分の扶持米^{ふちまい}で立ててゆく暮らしは、おりおり足らぬことがあるにしても、たいてい出納^{すいとう}が合っている¹。手いっぱいの生活である。しかるにそこに満足を覚えたことはほとんどない。常は幸いとも不幸とも感ぜずに過ごしている。しかし心の奥には、こうして暮らしていて、ふいとお役が御免になったらどうしよう、大病にでもなったらどうしようという疑懼^{ぎく}が潜んでいて、おりおり妻が里方から金を取り出して来て穴うめをしたことなどがわかると、この疑懼が意識の閾^{しきい}の上に頭をもたげて来る²のである。

　いったいこの懸隔はどうして生じて来るだろう。ただ上^{うわ}べだけを見て、それは喜助には身に係累がないのに、こっちにはあるからだと言ってしまえばそれまでである。しかしそれはうそである。よしや自分が一人者^{ひとりもの}であったとしても、どうも喜助のような心持ちにはなられそうにない。この根底はもっと深いところにあるようだと、庄兵衛は思った。

　庄兵衛はただ漠然^{ばくぜん}と、人の一生というような事を思ってみた。人は身に病があると、この病がなかったらと思う。その日その日の食がないと、食ってゆかれたらと思う。万一の時に備えるたくわえがないと、少しでもたくわえがあったらと思う。たくわえがあっても、またそのたくわえがもっと多かったらと思う。かくのごとくに先から先へと考えてみれば、人はどこまで行って踏み止まることができるものやらわからない。それを今目の前で踏み止まって見せてくれるのがこの喜助だと、庄兵衛は気がついた。

　庄兵衛は今さらのように³驚異の目をみはって喜助を見た。この時庄兵衛は空を仰

---

❶ 出納が合っている　收支相抵。❷ 意識の閾の上に頭をもたげて来る　从潜意识中露出头来；模糊意识到的东西清晰起来。❸ 今さらのように　仿佛现在才发现似的。

いでいる喜助の頭から毫光がさす[1]ように思った。

　庄兵衛は喜助の顔をまもりつつまた、「喜助さん」と呼びかけた。今度は「さん」と言ったが、これは充分の意識をもって称呼を改めたわけではない。その声がわが口から出てわが耳に入るや否や、庄兵衛はこの称呼の不穏当なのに気がついたが、今さらすでに出たことばを取り返すこともできなかった。

　「はい」と答えた喜助も、「さん」と呼ばれたのを不審に思うらしく、おそるおそる庄兵衛の気色をうかがった。

　庄兵衛は少し間の悪い[2]のをこらえて言った。「いろいろの事を聞くようだが、お前が今度島へやられるのは、人をあやめた[3]からだという事だ。おれについでにそのわけを話して聞せてくれぬか。」

　喜助はひどく恐れ入った様子で、「かしこまりました」と言って、小声で話し出した。「どうも飛んだ[4]心得違いで、恐ろしい事をいたしまして、なんとも申し上げようがございませぬ。あとで思ってみますと、どうしてあんな事ができたかと、自分ながら不思議でなりませぬ。全く夢中でいたしましたのでございます。わたくしは小さい時に二親が時疫でなくなりまして、弟と二人あとに残りました。初めはちょうど軒下に生まれた犬の子にふびんを掛ける[5]ように町内の人たちがお恵みくださいますので、近所じゅうの走り使いなどをいたして、飢え凍えもせずに、育ちました。次第に大きくなりまして職を捜しますにも、なるたけ二人が離れないようにいたして、いっしょにいて、助け合って働きました。去年の秋の事でございます。わたくしは弟といっしょに、西陣[6]の織場にはいりまして、空引き[7]ということをいたすことになりました。そのうち弟が病気で働けなくなったのでございます。そのころわたくしどもは北山の掘立小屋[8]同様の所に寝起きをいたして、紙屋川の橋を渡って織場へ通っておりましたが、わたくしが暮れてから、食べ物などを買って帰ると、弟は待ち受けていて、わたくしを一人でかせがせてはすまないすまないと申しておりました。ある日いつものように何心なく帰って見ますと、弟はふとんの上に突っ伏していまして、周囲は血だらけなのでございます。わたくしはびっくりいたして、手に

---

❶ 毫光がさす　佛祖眉间毫光四射。❷ 間の悪い　难为情。❸ あやめる　伤害；杀害。❹ 飛んだ　意想不到的。❺ ふびんを掛ける　同情；照顾。❻ 西陣　京都上京区的丝织品著名产地。❼ 空引き　用织机织出图案。❽ 掘立小屋　窝棚。

持っていた竹の皮包み¹や何かを、そこへおっぽり出して、そばへ行って『どうした どうした』と申しました。すると弟はまっ青<ruby>青<rt>さお</rt></ruby>な顔の、両方の頬<ruby>頬<rt>ほお</rt></ruby>からあごへかけて血に染まったのをあげて、わたくしを見ましたが、物を言うことができませぬ。息をいたすたびに、傷口でひゅうひゅうという音がいたすだけでございます。わたくしにはどうも様子がわかりませんので、『どうしたのだい、血を吐いたのかい』と言って、そばへ寄ろうといたすと、弟は右の手を床<ruby>床<rt>とこ</rt></ruby>に突いて、少しからだを起こしました。左の手はしっかりあごの下の所を押えていますが、その指の間から黒血の固まりがはみ出しています。弟は目でわたくしのそばへ寄るのを留めるようにして口をききました。ようよう物が言えるようになったのでございます。『すまない。どうぞ堪忍してくれ。どうせなおりそうにもない病気だから、早く死んで少しでも兄きにらくがさせたいと思ったのだ。笛<ruby>笛<rt>ふえ</rt></ruby>²を切ったら、すぐ死ねるだろうと思ったが息がそこから漏れるだけで死ねない。深く深くと思って、力いっぱい押し込むと、横へすべってしまった。刃はこぼれはしなかったようだ。これをうまく抜いてくれたらおれは死ねるだろうと思っている。物を言うのがせつなくっていけない。どうぞ手を借して抜いてくれ』と言うのでございます。弟が左の手をゆるめるとそこからまた息が漏ります。わたくしはなんと言おうにも、声が出ませんので、黙って弟の喉<ruby>喉<rt>のど</rt></ruby>の傷をのぞいて見ますと、なんでも右の手に剃刀<ruby>剃刀<rt>かみそり</rt></ruby>を持って、横に笛を切ったが、それでは死に切れなかったので、そのまま剃刀を、えぐる³ように深く突っ込んだものと見えます。柄<ruby>柄<rt>え</rt></ruby>がやっと二寸ばかり傷口から出ています。わたくしはそれだけの事を見て、どうしようという思案もつかず⁴に、弟の顔を見ました。弟はじっとわたくしを見詰めています。わたくしはやっとの事で、『待っていてくれ、お医者を呼んで来るから』と申しました。弟は恨めしそうな目つきをいたしましたが、また左の手で喉<ruby>喉<rt>のど</rt></ruby>をしっかり押えて、『医者がなんになる、あゝ苦しい、早く抜いてくれ、頼む』と言うのでございます。わたくしは途方に暮れたような心持ちになって、ただ弟の顔ばかり見ております。こんな時は、不思議なもので、目が物を言います。弟の目は『早くしろ、早くしろ』と言って、さも恨めしそうにわたくしを見ています。わたくしの頭の中では、なんだかこう車の輪のような物がぐるぐる回っているようでございましたが、弟の目は恐ろしい催促をやめません。それにその目の恨めしそうなのが

---

❶ 竹の皮包み　笋売包裹的食品。❷ 笛　指「喉笛」，喉管。❸ えぐる　深挖；剜。❹ 思案もつかず　想不出办法。

だんだん険しくなって来て、とうとう敵の顔をでもにらむような、憎々しい目になってしまいます。それを見ていて、わたくしはとうとう、これは弟の言ったとおりにしてやらなくてはならないと思いました。わたくしは『しかたがない、抜いてやるぞ』と申しました。すると弟の目の色がからりと変わって、晴れやかに、さもうれしそうになりました。わたくしはなんでもひと思いにしなくてはと思ってひざを撞くようにしてからだを前へ乗り出しました。弟は突いていた右の手を放して、今まで喉を押えていた手のひじを床に突いて、横になりました。わたくしは剃刀の柄をしっかり握って、ずっと引きました。この時わたくしの内から締めておいた表口の戸をあけて、近所のばあさんがはいって来ました。留守の間、弟に薬を飲ませたり何かしてくれるように、わたくしの頼んでおいたばあさんなのでございます。もうだいぶ内のなかが暗くなっていましたから、わたくしにはばあさんがどれだけの事を見たのだかわかりませんでしたが、ばあさんはあっと言ったきり、表口をあけ放しにしておいて駆け出してしまいました。わたくしは剃刀を抜く時、手早く抜こう、まっすぐに抜こうというだけの用心はいたしましたが、どうも抜いた時の手ごたえは、今まで切れていなかった所を切ったように思われました。刃が外のほうへ向いていましたから、外のほうが切れたのでございましょう。わたくしは剃刀を握ったまま、ばあさんのはいって来てまた駆け出して行ったのを、ぼんやりして見ておりました。ばあさんが行ってしまってから、気がついて弟を見ますと、弟はもう息が切れておりました。傷口からはたいそうな血が出ておりました。それから年寄衆がおいでになって、役場へ連れてゆかれますまで、わたくしは剃刀をそばに置いて、目を半分あいたまま死んでいる弟の顔を見詰めていたのでございます。」

　少しうつ向きかげんになって庄兵衛の顔を下から見上げて話していた喜助は、こう言ってしまって視線をひざの上に落とした。

　喜助の話はよく条理が立っている[1]。ほとんど条理が立ち過ぎていると言ってもいいくらいである。これは半年ほどの間、当時の事を幾たびも思い浮かべてみたのと、役場で問われ、町奉行所で調べられるそのたびごとに、注意に注意を加えてさらってみさせられたのとのためである。

◆ ───────────────────────────────

❶ 条理が立っている　有条有理。

　庄兵衛はその場の様子を目のあたり見るような思いをして聞いていたが、これがはたして弟殺しというものだろうか、人殺しというものだろうかという疑いが、話を半分聞いた時から起こって来て、聞いてしまっても、その疑いを解くことができなかった。弟は剃刀を抜いてくれたら死なれるだろうから、抜いてくれと言った。それを抜いてやって死なせたのだ、殺したのだとは言われる。しかしそのままにしておいても、どうせ死ななくてはならぬ弟であったらしい。それが早く死にたいと言ったのは、苦しさに耐えなかったからである。喜助はその苦を見ているに忍びなかった。苦から救ってやろうと思って命を絶った。それが罪であろうか。殺したのは罪に相違ない。しかしそれが苦から救うためであったと思うと、そこに疑いが生じて、どうしても解けぬのである。

　庄兵衛の心の中には、いろいろに考えてみた末に、自分よりも上のものの判断に任すほかないという念、オオトリテエ[1]に従うほかないという念が生じた。庄兵衛はお奉行様の判断を、そのまま自分の判断にしようと思ったのである。そうは思っても、庄兵衛はまだどこやらにふに落ちぬ[2]ものが残っているので、なんだかお奉行様に聞いてみたくてならなかった。

　次第にふけてゆくおぼろ夜[3]に、沈黙の人二人を載せた高瀬舟は、黒い水の面をすべって行った。

作品评析

　　短篇小说。1916 年发表于《中央公论》。

　　德川时代有将犯人发配海岛的刑罚。犯人先从京都乘船被押解到大阪。这种小船叫高濑舟，傍晚出航，沿高濑川南下。船上允许一名家属同行，解差整夜听到的都是叹息悔恨，高濑舟的押送成了不受待见的差事。

　　宽政年间，解差羽田庄兵卫遇上一个杀弟的犯人，名叫喜助，孤身上了船，神色爽朗。庄兵卫匪夷所思，与喜助交谈起来。原来喜助生活贫苦，食不果腹，坐牢以后反而有了一日三餐，判了流刑还拿到二百文钱，所以感到前所未有的满足。庄兵卫不禁对比自己，日子虽然捉襟见肘，也能收支相抵，自己却忧心忡忡。庄兵卫从喜助身上悟出了知足的道理，肃然

❶ オオトリテエ 来自法语。权威。❷ ふに落ちぬ 不能理解。❸ おぼろ夜 月色朦胧的夜晚。

起敬。

　　关于喜助杀人，也有一番隐情。喜助兄弟从小父母双亡，在邻居的接济下长大。兄弟俩在西阵当织工，勉强糊口。后来弟弟患病，为了减轻哥哥的负担，割喉自杀。喜助回家看到弟弟在血泊中挣扎，弟弟向他求助结束生命。喜助拔出刀片的时候被邻居撞见，受到官府查办。庄兵卫对喜助的杀人罪产生了疑问，又不得其解，觉得只能服从大人老爷的裁断。

　　《高濑舟》取材于德川时代《翁草》一书中"流人的故事"。作者挖掘出民众生活的悲惨与凄苦，表现了手足之爱、人与人之间的同情。小说有两个突出主题：人在极端不幸的境遇中，仍然可以保持尊严，知足常乐；引出了安乐死伦理问题的讨论。这部历史小说代表作也延续了鸥外的一贯风格，文笔清新明晰，客观叙述中饱含诗情。

课后练习

1. 高瀬船にいる喜助が、「その額は晴れやかで目にはかすかなかがやきがある」のは、どうしてか。
2. 「この時庄兵衛は空を仰いでいる喜助の頭から毫光がさすように思った」とあるが、庄兵衛は喜助にどんな感情を抱いているか、考えてみよう。
3. 「庄兵衛はまだどこやらにふに落ちぬものが残っている」とあるが、何に対して疑問を持っているか。
4. この小説は庄兵衛の視点で語られているが、どのような効果をあげているか。

第三节 日本近代文学的代表
——夏目漱石

作家简介

夏目漱石（1867—1916）：文明批评与不断对近代日本提出质疑的大知识分子的文学

出生

夏目漱石出生于江户牛込马场下横町，1岁时被送与盐原昌之助做养子，后因养父母不和，9岁回到自己家里。14岁时，进入二松学舍学习汉学，22岁时，在创作的汉诗中首次使用"漱石"的笔名。这个笔名取自《晋书·孙楚传》中"漱石枕流"的故事，说的是晋代有个叫孙楚的人，年轻时看不惯世俗的凡庸无聊，欲隐退山水之间，就打了个比方对他的好朋友王济说自己将"枕石漱流"，但在表达时误说成"漱石枕流"。王济听后，问道："水流可以枕着，石头可以用来漱口吗？"孙楚知道自己口误，幸亏他机敏，就顺水推舟地解释说："我之所以要枕流，是想洗耳；之所以漱石，是想磨砺牙齿。"孙楚的回答非常巧妙而有学问，虽然出于口误，但用"漱石枕流"却更好地表达了自己不随流俗的意志。相传帝尧要将天下让与许由，许由逃跑，后来帝尧又想召他做九州长，许由不愿听这种话，便跑到颍水之滨去洗自己的耳朵，以为听了这种话，会污染了耳朵。后世遂有了"枕流漱石"这个成语。

松山、熊本时代与赴英留学

漱石曾想做一名建筑师，经朋友劝说后改读文学。23岁时，进入东京帝国大学英文专业学习，同年级里有后来成为日本近代著名俳句诗人的正冈子规。大学毕业后，漱石继续攻读研究生，同时担任东京高等师范学校的英语教师。28岁时，辞去教职，前往位于四国的松山中学任教，在那里与养病的正冈子规和高浜虚子等一起热衷于俳句创作，后来漱石根据在松山中学一年的生活经历，创作了小说《哥儿》。29岁时，漱石调动到熊本的第五高等学校，并与贵族议院书记官长中根重一的女儿中根镜子结婚。在熊本任教四年后，漱石作为文部省留学生被派往英国留学，学习英国文学与英语教学法，留英期间漱石学习刻苦，同时对学习英国文学的意义产生怀疑，加之日本与西方之间巨大的落差带给他沉重的心理打击，孤独感越发强烈，以致陷入极度的神经衰弱，消息甚至传到日本。36岁回国后，漱石担任了东京第一高等学校的讲师，同时兼任东京帝国大学讲师，讲授英语和英国文学。38岁时，根据留学英国时的经历和见闻，创作了《伦敦塔》和《卡莱尔博物馆》等作品。

大器晚成的作家

38 岁时，经高浜虚子劝说，漱石在杂志《不如归》上发表了《我是猫》，本只打算创作一篇"写生文"而已，因受到好评，又写了续篇，最终成为漱石的第一部长篇小说。由此，漱石的文学创作欲望被大大激发，一边担任教师，一边从事小说创作，又发表了小说《哥儿》和《草枕》等。为了专心文学创作，夏目漱石辞去教职，受聘进入朝日新闻社，成为专属作家。入社之后，漱石发表的第一部作品是《虞美人草》，受到好评。这时，漱石的学生寺田寅彦等经常定期在漱石家中聚会，后来发展成为日本近代文学史上著名的"星期四聚会"。这一时期，在朝日新闻上陆续连载的小说《三四郎》、《后来的事》、《门》等被称为漱石文学的前期三部曲。

修善寺的大患

漱石一直患有胃病，43 岁完成小说《门》的创作之后，胃溃疡发作，前往修善寺温泉疗养，不料在疗养地突发胃出血，一度陷入危笃状态。此次经历对漱石的人生观产生很大影响，后期三部曲《春分之后》、《行人》、《心》体现出作者的思想日益深化。漱石抱病在各地演讲，著名的演讲《现代日本的开化》体现出漱石敏锐的时代认识。49 岁，在创作小说《明暗》时，因胃溃疡恶化去世。

代表作简介

《草枕》

夏目漱石发表成名作《我是猫》之时，正处于自然主义文学作家雄踞日本文坛之际。漱石并没有随波逐流加入这个行列，简单地罗列"世态"。而是追求人生的理想，带着闲情"余裕"观照人生，在当时被称为"余裕派"，而这一时期的创作风格被称为"低回趣味"。《我是猫》的幽默讽刺、描写"非人情"境界的《草枕》属于这一时期的代表作。

中篇小说《草枕》发表于 1906 年，体现了夏目漱石浪漫主义的极致。该作品阐述了作者"非人情"的美学，即以面对"自然"的"无私"的目光看待人间世态。作者创作的意图只是为了在读者的头脑中留下一种美感，因此并不重视情节。开篇的"一面登山，一面这样想：依理而行，则棱角突兀；任情而动，则放浪不羁；意气从事，则到处碰壁。总之，人的世界是难处的。"成为经典名句。

小说描写从东京来到九州温泉乡探访的画家，希望躲避利害与人情，远离日益西化的都市，寻找犹如汉诗所描写的世界。因此，画家将在旅途中遇见的马夫、茶店老板娘都看作是"画中的人物"、"自然的点景"。画家的目的地是位于"那古井"的"志保田"家。在那里邂逅了一位叫那美的美丽女子。那美离婚后回来住在娘家。在美丽的春色中，小说围绕着那美这个女人发生的各种故事而展开，充满艺术的唯美之感，流露出一种带有厌世情绪的人生观与文明观。因此，这部小说也可以看作一部思想小说。

《心》

发表于 1914 年的长篇小说，以浓重的笔触探究近代知识分子的"利己主义"与伦理观的斗争，是日本近代文学史上心理小说的名篇。

小说由"先生和我"、"双亲和我"、"先生和遗书"三部分构成。大学生"我"在镰仓的海水浴场认识了"先生"，为其人格魅力所吸引，回到东京后一直出入"先生"家，交往频繁。可渐渐地，"我"对"先生"的言谈行动产生了疑问。大学毕业后，"我"回到故乡，一天，"我"收到先生的遗书，马上丢下病重的父亲赶往东京。"先生"在遗书中写道，父母死后，被叔父侵吞了父母留下的遗产，从此不再相信任何人。在大学读书时，先生和好友 K 都喜欢上了房东家的小姐，这场三角恋爱关系使得 K 最终自杀，"先生"这才发现自己原来和叔父也没什么不同。"先生"最终和小姐结婚了，但是一直为罪恶感折磨，领悟到人生的孤独，以乃木大将的殉死为契机，走上了自杀之路。

小说《心》发表之后，夏目漱石在题为《我的个人主义》的演讲中这样说道：手握"自我本位"这个词语之后，我变得强大起来。该演讲的主旨可以归纳为三点：想要发展个人的个性，必须同时尊重他人的个性；想要使用自己手里的权力，必须同时意识到权力伴随着的义务；想要展示自己的财力，必须同时履行随之而来的责任。也就是说，漱石并非要否定他人，而是将克制自我的欲望，谋求与他人的共存作为理想，并最终发展成为"则天去私"一词所示的否定自我的境地。

小说《心》长期以来为日本高中国语教材收录，因而成为在日本家喻户晓的作品。在日本的国语教育中一直强调作品关于"利己主义"的主题。而对于该作品的文学批评，围绕着为明治精神殉死的解读一度占据统治地位。但这种解读关注的是遗书部分，有忽略另外两部分之嫌。近来，又从女性主义文学批评的角度关注小说中的女性人物形象，比如说，根据该小说改编的电影《心》，就为小说添加了一个结尾："我"在"先生"自杀后，来到"先生"家里与太太见面。

作品选读

三 四 郎

三四郎が東京で驚いたものはたくさんある。第一電車のちんちん鳴るので驚いた。それからそのちんちん鳴るあいだに、非常に多くの人間が乗ったり降りたりするので

驚いた。次に丸の内¹で驚いた。もっとも驚いたのは、どこまで行っても東京がなくならないということであった。しかもどこをどう歩いても、材木がほうり出してある、石が積んである、新しい家が往来²から二、三間³引っ込んでいる、古い蔵が半分取り崩されて心細く前の方に残っている。すべての物が破壊されつつあるようにみえる。そうしてすべての物がまた同時に建設されつつあるようにみえる。たいへんな動き方である。

　三四郎はまったく驚いた。要するに普通のいなか者がはじめて都のまん中に立って驚くと同じ程度に、また同じ性質において大いに驚いてしまった。今までの学問はこの驚きを予防するうえにおいて、売薬⁴ほどの効能もなかった。三四郎の自信はこの驚きとともに四割がた減却した。不愉快でたまらない。

　この劇烈な活動そのものがとりもなおさず⁵現実世界だとすると、自分が今日までの生活は現実世界に毫も接触していないことになる。洞が峠⁶で昼寝をしたと同然である。それではきょうかぎり昼寝をやめて、活動の割り前が払えるかというと、それは困難である。自分は今活動の中心に立っている。けれども自分はただ自分の左右前後に起こる活動を見なければならない地位に置きかえられたというまでで、学生としての生活は以前と変るわけはない。世界はかよう⁷に動揺する。自分はこの動揺を見ている。けれどもそれに加わることはできない。自分の世界と現実の世界は、一つ平面に並んでおりながら、どこも接触していない。そうして現実の世界は、かように動揺して、自分を置き去りにして行ってしまう。はなはだ⁸不安である。

　三四郎は東京のまん中に立って電車と、汽車と、白い着物を着た人と、黒い着物を着た人との活動を見て、こう感じた。けれども学生生活の裏面に横たわる思想界の活動には毫も気がつかなかった。——明治の思想は西洋の歴史にあらわれた三百年の活動を四十年で繰り返している。

　三四郎が動く東京のまん中に閉じ込められて、一人でふさぎこんでいる⁹うちに、国元の母から手紙が来た。東京で受け取った最初のものである。見るといろいろ書いてある。まず今年は豊作でめでたいというところから始まって、からだを大事にしなくってはいけないという注意があって、東京の者はみんな利口¹⁰で人が悪いから用心

---

❶ 丸の内　著名商业街，位于东京都千代田区。 ❷ 往来　马路。 ❸ 間　长度单位。一间约六尺。 ❹ 売薬　成药。 ❺ とりもなおさず　就是，正是。 ❻ 洞が峠　位于京都府八幡市与大阪府枚方市交界处的山峰。 ❼ かよう　这样。 ❽ はなはだ　非常，极其。 ❾ ふさぎこむ　郁闷，忧郁。 ❿ 利口　精明。

しろと書いて、学資は毎月月末に届くようにするから安心しろとあって、勝田の政さんの従弟に当る人が大学校を卒業して、理科大学とかに出ているそうだから、尋ねて行って、万事よろしく頼むがいいで結んである。肝心¹の名前を忘れたとみえて、欄外というようなところに野々宮宗八どのと書いてあった。この欄外にはそのほか二、三件ある。作の青馬が急病で死んだんで、作は大弱り²である。三輪田のお光さんが鮎をくれたけれども、東京へ送ると途中で腐ってしまうから、家内で食べてしまった、等である。

　三四郎はこの手紙を見て、なんだか古ぼけた³昔から届いたような気がした。母にはすまないが、こんなものを読んでいる暇はないとまで考えた。それにもかかわらず繰り返して二へん読んだ。要するに自分がもし現実世界と接触しているならば、今のところ母よりほかにないのだろう。その母は古い人で古いいなかにおる。そのほかには汽車の中で乗り合わした⁴女がいる。あれは現実世界の稲妻⁵である。接触したというには、あまりに短くってかつあまりに鋭すぎた。——三四郎は母の言いつけどおり野々宮宗八を尋ねることにした。

　あくる日⁶は平生⁷よりも暑い日であった。休暇中だから理科大学を尋ねても野々宮君はおるまいと思ったが、母が宿所を知らせてこないから、聞き合わせ⁸かたがた⁹行ってみようという気になって、午後四時ごろ、高等学校の横を通って弥生町の門からはいった。往来は埃が二寸も積もっていて、その上に下駄の歯や、靴の底や、草鞋の裏がきれいにできあがってる。車の輪と自転車のあとは幾筋だかわからない。むっとする¹⁰ほどたまらない道だったが、構内¹¹へはいるとさすがに木の多いだけに気分がせいせい¹²した。とっつき¹³の戸をあたってみたら錠¹⁴が下りている。裏へ回ってもだめであった。しまいに¹⁵横へ出た。念のため¹⁶と思って押してみたら、うまいぐあいにあいた。廊下の四つ角に小使¹⁷が一人居眠りをしていた。来意を通じると、しばらくのあいだは、正気を回復するために、上野の森をながめていたが、突然「おいでかもしれません」と言って奥へはいって行った。すこぶる¹⁸閑静である。やがてまた出て来た。

❶ 肝心　最重要的。❷ 大弱り　大伤脑筋，非常为难。❸ 古ぼける　陈旧，老旧。❹ 乗り合わす　同「乗り合わせる」。偶然同乘。❺ 稲妻　闪电。❻ あくる日　第二天。❼ 平生　平素，平日。❽ 聞き合わせる　问询。❾ かたがた（接动词连用形或体言后）……的时候，顺便……。❿ むっとする　恼怒。⓫ 構内　校内。⓬ せいせい　清爽，爽快。⓭ とっつき　第一个。⓮ 錠　锁。⓯ しまいに　最后。⓰ 念のため　保险起见。⓱ 小使　勤杂工。⓲ すこぶる　非常，颇为。

「おいででやす。おはいんなさい」と友だちみたように言う。小使にくっついて[1]行くと四つ角を曲がって和土[2]の廊下を下へ降りた。世界が急に暗くなる。炎天で目がくらんだ時のようであったがしばらくすると瞳がようやくおちついて、あたりが見えるようになった。穴倉[3]だから比較的涼しい。左の方に戸があって、その戸があけ放してある。そこから顔が出た。額の広い目の大きな仏教に縁のある相である。縮みのシャツの上へ背広を着ているが、背広はところどころにしみ[4]がある。背はすこぶる高い。やせているところが暑さに釣り合っている。頭と背中を一直線に前の方へ延ばしてお辞儀をした。

「こっちへ」と言ったまま、顔を部屋の中へ入れてしまった。三四郎は戸の前まで来て部屋の中をのぞいた。すると野々宮君はもう椅子へ腰をかけている。もう一ぺん「こっちへ」と言った。こっちへと言うところに台がある。四角な棒を四本立てて、その上を板で張ったものである。三四郎は台の上へ腰をかけて初対面の挨拶をする。それからなにぶんよろしく願いますと言った。野々宮君はただはあ、はあと言って聞いている。その様子がいくぶんか汽車の中で水蜜桃を食った男に似ている。ひととおり口上を述べた三四郎はもう何も言う事がなくなってしまった。野々宮君もはあ、はあ言わなくなった。

部屋の中を見回すとまん中に大きな長い樫[5]のテーブルが置いてある。その上にはなんだかこみいった[6]、太い針金[7]だらけの器械が乗っかって、そのわきに大きなガラスの鉢に水が入れてある。そのほかにやすり[8]とナイフと襟飾り[9]が一つ落ちている。最後に向こうのすみを見ると、三尺ぐらいの花崗石の台の上に、福神漬[10]の缶ほどな複雑な器械が乗せてある。三四郎はこの缶の横っ腹にあいている二つの穴に目をつけた。穴が蟒蛇の目玉のように光っている。野々宮君は笑いながら光るでしょうと言った。そうして、こういう説明をしてくれた。

「昼間のうちに、あんな準備をしておいて、夜になって、交通その他の活動が鈍くなるころに、この静かな暗い穴倉で、望遠鏡の中から、あの目玉のようなものをのぞくのです。そうして光線の圧力を試験する。今年の正月ごろからとりかかったが、装置がなかなかめんどうなのでまだ思うような結果が出てきません。夏は比較的

---

❶ くっつく 緊跟着。❷ 和土 和式混凝土。❸ 穴倉 地窖。❹ しみ 污迹，污垢。❺ 樫 橡树。❻ 込み入る 错综复杂。❼ 針金 铁丝。❽ やすり 锉刀。❾ 襟飾り 领带、领结、项链等衣领处的装饰物。❿ 福神漬 什锦八宝酱菜。

こらえ¹やすいが、寒夜になると、たいへんしのぎ²にくい。外套を着て襟巻をしても冷たくてやりきれない。……」

　三四郎は大いに驚いた。驚くとともに光線にどんな圧力があって、その圧力がどんな役に立つんだか、まったく要領を得るに苦しんだ。

　その時野々宮君は三四郎に、「のぞいてごらんなさい」と勧めた。三四郎はおもしろ半分、石の台の二、三間手前にある望遠鏡のそばへ行って右の目をあてがったが、なんにも見えない。野々宮君は「どうです、見えますか」と聞く。「いっこう見えません」と答えると、「うんまだ蓋が取らずにあった」と言いながら、椅子を立って望遠鏡の先にかぶせてあるものを除けてくれた。

　見ると、ただ輪郭のぼんやり³した明るいなかに、物差しの度盛り⁴がある。下に2の字が出た。野々宮君がまた「どうです」と聞いた。「2の字が見えます」と言うと、「いまに動きます」と言いながら向こうへ回って何かしているようであった。

　やがて度盛りが明るいなかで動きだした。2が消えた。あとから3が出る。そのあとから4が出る。5が出る。とうとう10まで出た。すると度盛りがまた逆に動きだした。10が消え、9が消え、8から7、7から6と順々に1まで来てとまった。野々宮君はまた「どうです」と言う。三四郎は驚いて、望遠鏡から目を放してしまった。度盛りの意味を聞く気にもならない。

　丁寧に礼を述べて穴倉を上がって、人の通る所へ出て見ると世の中はまだかんかん⁵している。暑いけれども深い息をした。西の方へ傾いた日が斜めに広い坂を照らして、坂の上の両側にある工科の建築のガラス窓が燃えるように輝いている。空は深く澄んで、澄んだなかに、西の果から焼ける火の炎が、薄赤く吹き返してきて、三四郎の頭の上までほてっている⁶ように思われた。横に照りつける日を半分背中に受けて、三四郎は左の森の中へはいった。その森も同じ夕日を半分背中に受けている。黒ずんだ青い葉と葉のあいだは染めたように赤い。太い欅の幹で日暮らし⁷が鳴いている。三四郎は池のそばへ来てしゃがんだ。

　非常に静かである。電車の音もしない。赤門⁸の前を通るはずの電車は、大学の抗議で小石川を回ることになったと国にいる時分新聞で見たことがある。三四郎は池の

---

❶ こらえる　忍受。❷ しのぐ　忍耐，熬过。❸ ぼんやり　模糊，不清楚。❹ 度盛り　刻度。❺ かんかん　火辣辣的。❻ 火照る　发热。❼ 日暮らし　此处指一种蝉。❽ 赤門　东京大学西南角处的朱漆大门，为旧时加贺藩前田家府邸遗物，一般以此指称东京大学。

はたにしゃがみながら、ふとこの事件を思い出した。電車さえ通さないという大学はよほど社会と離れている。

たまたまその中にはいってみると、穴倉の下で半年余りも光線の圧力の試験をしている野々宮君のような人もいる。野々宮君はすこぶる質素¹な服装をして、外で会えば電燈会社の技手くらいな格である。それで穴倉の底を根拠地として欣然とたゆまず²に研究を専念にやっているから偉い。しかし望遠鏡の中の度盛りがいくら動いたって現実世界と交渉のないのは明らかである。野々宮君は生涯現実世界と接触する気がないのかもしれない。要するにこの静かな空気を呼吸するから、おのずから³ああいう気分にもなれるのだろう。自分もいっそのこと気を散らさずに、生きた世の中と関係のない生涯を送ってみようかしらん。

三四郎がじっとして池の面を見つめていると、大きな木が、幾本となく水の底に映って、そのまた底に青い空が見える。三四郎はこの時電車よりも、東京よりも、日本よりも、遠くかつはるかな心持ちがした。しかししばらくすると、その心持ちのうちに薄雲のような寂しさがいちめんに広がってきた。そうして、野々宮君の穴倉にはいって、たった一人ですわっているかと思われるほどな寂寞を覚えた。熊本の高等学校にいる時分もこれより静かな竜田山に上ったり、月見草ばかりはえている運動場に寝たりして、まったく世の中を忘れた気になったことは幾度となくある、けれどもこの孤独の感じは今はじめて起こった。

活動の激しい東京を見たためだろうか。あるいは――三四郎はこの時赤くなった。汽車で乗り合わした女の事を思い出したからである。――現実世界はどうも自分に必要らしい。けれども現実世界はあぶなくて近寄れない気がする。三四郎は早く下宿に帰って母に手紙を書いてやろうと思った。

ふと目を上げると、左手の丘の上に女が二人立っている。女のすぐ下が池で、向こう側が高い崖の木立⁴で、その後がはでな赤煉瓦のゴシック風の建築である。そうして落ちかかった日が、すべての向こうから横に光をとおしてくる。女はこの夕日に向いて立っていた。三四郎のしゃがんでいる⁵低い陰から見ると丘の上はたいへん明るい。女の一人はまぼしい⁶とみえて、団扇を額のところにかざしている⁷。顔はよく

---

❶ 質素 朴素，简朴。❷ たゆまず 不懈的。❸ おのずから 自然地。❹ 木立 树丛。❺ しゃがむ 下蹲。❻ まぼしい 耀眼。❼ かざす 手搭凉棚。

わからない。けれども着物の色、帯[おび]の色はあざやかにわかった。白い足袋[たび]の色も目についた。鼻緒[はなお][1]の色はとにかく草履[ぞうり]をはいていることもわかった。もう一人はまっしろである。これは団扇もなにも持っていない。ただ額に少し皺[しわ]を寄せて、向こう岸から覆い被さりそうに、高く池の面に枝[えだ]を伸ばした古木の奥をながめていた[2]。団扇を持った女は少し前へ出ている。白いほうは一足土堤[どて]の縁[ふち]からさがっている。三四郎が見ると、二人の姿が筋かい[3]に見える。

この時三四郎の受けた感じはただきれいな色彩だということであった。けれどもいなか者だから、この色彩がどういうふうにきれいなのだか、口にも言えず、筆にも書けない。ただ白いほうが看護婦だと思ったばかりである。

三四郎はまたみとれていた[4]。すると白いほうが動きだした。用事のあるような動き方ではなかった。自分の足がいつのまにか動いたというふうであった。見ると団扇を持った女もいつのまにかまた動いている。二人は申し合わせた[5]ように用のない歩き方をして、坂を降りて来る。三四郎はやっぱり見ていた。

坂の下に石橋[いしばし]がある。渡らなければまっすぐに理科大学の方へ出る。渡れば水ぎわを伝ってこっちへ来る。二人は石橋を渡った。

団扇はもうかざしていない。左の手に白い小さな花を持って、それをかぎ[6]ながら来る。かぎながら、鼻の下にあてがった花を見ながら、歩くので、目は伏せている。それで三四郎から一間ばかりの所へ来てひょいととまった。

「これはなんでしょう」と言って、仰向[あおむ]いた。頭の上には大きな椎[しい][7]の木が、日の目[8]の漏らないほど厚い葉を茂[しげ]らして、丸い形に、水ぎわまで張り出していた。

「これは椎」と看護婦が言った。まるで子供に物を教えるようであった。

「そう。実はなっていないの」と言いながら、仰向いた顔をもとへもどす、その拍子[ひょうし][9]に三四郎を一目見た。三四郎はたしかに女の黒目の動く刹那を意識した。その時色彩の感じはことごとく消えて、なんともいえぬある物に出会った。そのある物は汽車の女に「あなたは度胸のないかたですね」と言われた時の感じとどこか似通[にかよ]っている。三四郎は恐ろしくなった。

二人の女は三四郎の前を通り過ぎる。若いほうが今までかいでいた白い花を三四郎

---

❶鼻緒　木屐带。❷眺める　眺望，注视。❸筋かい　斜对着；交叉。❹見とれる　看呆了。❺申し合わせる　商量好。
❻嗅ぐ　闻，嗅。❼椎　米槠树。❽日の目　阳光。❾拍子　……的时候。

の前へ落として行った。三四郎は二人の後姿をじっと見つめていた。看護婦は先へ行く。若いほうがあとから行く。はなやかな色のなかに、白い薄[1]を染め抜いた帯が見える。頭にもまっ白な薔薇を一つさしている。その薔薇が椎の木陰の下の、黒い髪のなかできわだって[2]光っていた。

　三四郎はぼんやりしていた。やがて、小さな声で「矛盾だ」と言った。大学の空気とあの女が矛盾なのだか、あの色彩とあの目つきが矛盾なのだか、あの女を見て汽車の女を思い出したのが矛盾なのだか、それとも未来に対する自分の方針が二道に矛盾しているのか、または非常にうれしいものに対して恐れをいだくところが矛盾しているのか、——このいなか出の青年には、すべてわからなかった。ただなんだか矛盾であった。

　三四郎は女の落として行った花を拾った。そうしてかいでみた。けれどもべつだんのにおいもなかった。三四郎はこの花を池の中へ投げ込んだ。花は浮いている。すると突然向こうで自分の名を呼んだ者がある。

　三四郎は花から目を放した。見ると野々宮君が石橋の向こうに長く立っている。

　「君まだいたんですか」と言う。三四郎は答をするまえに、立ってのそのそ歩いて行った。石橋の上まで来て、

　「ええ」と言った。なんとなくまが抜けている[3]。けれども野々宮君は、少しも驚かない。

　「涼しいですか」と聞いた。三四郎はまた、

　「ええ」と言った。

　野々宮君はしばらく池の水をながめていたが、右の手をポケットへ入れて何か捜しだした。ポケットから半分封筒がはみ出している。その上に書いてある字が女の手跡らしい。野々宮君は思う物を捜しあてなかったとみえて、もとのとおりの手を出してぶらりと下げた。そうして、こう言った。

　「きょうは少し装置が狂ったので晩の実験はやめだ。これから本郷[4]の方を散歩して帰ろうと思うが、君どうです、いっしょに歩きませんか」

　三四郎は快く応じた。二人で坂を上がって、丘の上へ出た。野々宮君はさっき女の立っていたあたりでちょっととまって、向こうの青い木立のあいだから見える赤い建

物と、崖の高いわりに、水の落ちた池をいちめん¹に見渡して、

「ちょっといい景色でしょう。あの建築の角度のところだけが少し出ている。木の
あいだから。ね。いいでしょう。君気がついていますか。あの建物はなかなかうまく
できていますよ。工科もよくできてるがこのほうがうまいですね」

三四郎は野々宮君の鑑賞力に少々驚いた。実をいうと自分にはどっちがいいかまる
でわからないのである。そこで今度は三四郎のほうが、はあ、はあと言い出した。

「それから、この木と水の感じがね。——たいしたものじゃないが、なにしろ東京
のまん中にあるんだから——静かでしょう。こういう所でないと学問をやるにはいけ
ませんね。近ごろは東京があまりやかましく²なりすぎて困る。これが御殿」と歩き
だしながら、左手の建物をさしてみせる。「教授会をやる所です。うむなに、ぼくな
んか出ないでいいのです。ぼくは穴倉生活をやっていればすむのです。近ごろの学問
は非常な勢い³で動いているので、少しゆだんすると、すぐ取り残されて⁴しまう。
人が見ると穴倉の中で冗談をしているようだが、これでもやっている当人の頭の中は
劇烈に働いているんですよ。電車よりよっぽど激しく働いているかもしれない。だか
ら夏でも旅行をするのが惜しくってね」と言いながら仰向いて大きな空を見た。空に
はもう日の光が乏しい。

青い空の静まり返った、上皮⁵に白い薄雲が刷毛先でかき払ったあとのように、筋
かいに長く浮いている。

「あれを知ってますか」と言う。三四郎は仰いで半透明の雲を見た。

「あれは、みんな雪の粉ですよ。こうやって下から見ると、ちっとも動いていない。
しかしあれで地上に起こる颶風以上の速力で動いているんですよ。——君ラスキン⁶
を読みましたか」

三四郎は憮然⁷として読まないと答えた。野々宮君はただ

「そうですか」と言ったばかりである。しばらくしてから、

「この空を写生したらおもしろいですね。——原口にでも話してやろうかしら」と
言った。三四郎はむろん原口という画工の名前を知らなかった。

二人はベルツの銅像の前から枳殻寺の横を電車の通りへ出た。銅像の前で、この銅

---

❶いちめん 全部。❷やかましい 吵闹。❸勢い 势头。❹取り残す 落下。❺上皮 表面。❻ラスキン 罗斯金，19世纪英国作家和美术评论家，代表作《现代画家》。❼憮然 失落的样子；惊愕的样子。

像はどうですかと聞かれて三四郎はまた弱った。表はたいへんにぎやかである。電車がしきり¹なしに通る。

「君電車はうるさくはないですか」とまた聞かれた。三四郎はうるさいよりすさまじいくらいである。しかしただ「ええ」と答えておいた。すると野々宮君は「ぼくもうるさい」と言った。しかしいっこううるさいようにもみえなかった。「ぼくは車掌²に教わらないと、一人で乗換えが自由にできない。この二、三年むやみに³ふえたのでね。便利になってかえって困る。ぼくの学問と同じことだ」と言って笑った。

学期の始まりぎわなので新しい高等学校の帽子をかぶった生徒がだいぶ通る。野々宮君は愉快そうに、この連中を見ている。

「だいぶ新しいのが来ましたね」と言う。「若い人は活気があっていい。ときに君はいくつですか」と聞いた。三四郎は宿帳⁴へ書いたとおりを答えた。すると、

「それじゃぼくより七つばかり若い。七年もあると、人間はたいていの事ができる。しかし月日はたちやすいものでね。七年ぐらいじきですよ」と言う。どっちが本当なんだか、三四郎にはわからなかった。

四角近くへ来ると左右に本屋と雑誌屋がたくさんある。そのうちの二、三軒には人が黒山のようにたかっている、そうして雑誌を読んでいる。そうして買わずに行ってしまう。野々宮君は、

「みんなずるいなあ」と言って笑っている。もっとも当人もちょいと太陽をあけてみた。

四角へ出ると、左手のこちら側に西洋小間物屋⁵があって、向こう側に日本小間物屋がある。そのあいだを電車がぐるっと曲がって、非常な勢いで通る。ベルがちんちんちんちんいう。渡りにくいほど雑踏する⁶。野々宮君は、向こうの小間物屋をさして、

「あすこでちょいと買物をしますからね」と言って、ちりんちりんと鳴るあいだを駆け抜けた。三四郎もくっついて⁷、向こうへ渡った。野々宮君はさっそく店へはいった。表に待っていた三四郎が、気がついて見ると、店先のガラス張りの棚に櫛⁸だの花簪だのが並べてある。三四郎は妙に思った。野々宮君が何を買っているのかしらと、

---

❶ しきり　間隔。❷ 車掌　乗務員。❸ むやみに　过分地。❹ 宿帳　住宿登记簿。❺ 小間物屋　售卖化妆品及其他日用品的商店。❻ 雑踏する　人山人海。❼ くっつく　紧跟着。❽ 櫛　梳子。

不審を起こして、店の中へはいってみると、蝉の羽根のようなリボンをぶら下げて、

「どうですか」と聞かれた。三四郎はこの時自分も何か買って、鮎のお礼に三輪田のお光さんに送ってやろうかと思った。けれどもお光さんが、それをもらって、鮎のお礼と思わずに、きっとなんだかんだと手前がって[1]の理屈をつけるに違いないと考えたからやめにした。

それから真砂町で野々宮君に西洋料理のごちそうになった。野々宮君の話では本郷でいちばんうまい家だそうだ。けれども三四郎にはただ西洋料理の味がするだけであった。しかし食べることはみんな食べた。

西洋料理屋の前で野々宮君に別れて、追分[2]に帰るところを丁寧にもとの四角[3]まで出て、左へ折れた。下駄を買おうと思って、下駄屋をのぞきこんだら、白熱ガスの下に、まっ白に塗り立てた娘が、石膏の化物のようにすわっていたので、急にいやになってやめた。それから家へ帰るあいだ、大学の池の縁で会った女の、顔の色ばかり考えていた。——その色は薄く餅をこがした[4]ような狐色[5]であった。そうして肌理が非常に細かであった。三四郎は、女の色は、どうしてもあれでなくってはだめだと断定した。

作品评析

《三四郎》发表于1908年，与《后来的事》、《门》构成了漱石文学的爱情三部曲，堪称漱石文学最出色的青春小说。小说的主人公小川三四郎从熊本的高中毕业后，考上了东京的大学。来到东京这个与他以前的认知完全不同的世界后，在现代文明和现代女性的冲击下，他彷徨迷茫，不知所措。三四郎被三种世界同时包围，一是故乡熊本，见识了更大的世界后，离家不久就有家乡像是远古的感觉。想抛下这个过去但又非常想念。二是野野宫和广田老师所在的学问的世界，满心期待的知识殿堂，可以翻阅众多书籍的图书室、接触西方思想的课堂，让三四郎觉得自己正在前进的路上。三是东京的浮华世界。三四郎越来越被他暗恋的对象——美弥子所在的这个浮华世界所吸引。三四郎对美弥子一往情深，可美弥子的态度却暧昧含糊。她数次向三四郎提过"迷途的羔羊"这一词语，却最终与哥哥的朋友结婚。平凡的青年人在与大都市形形色色的人的交流中，慢慢得到成长，在这个意义上，我们可以把《三四郎》定义为没有成熟阶段的成长小说。

---

❶ 手前勝手　自说自话。 ❷ 追分　岔路。 ❸ 四角　十字路口。 ❹ 焦がす　烧糊。 ❺ 狐色　黄褐色。

　　村上春树说过，《三四郎》是适合在洒满阳光的阳台上阅读的小说。小说主人公或许处于迷茫中，但他基本望向未来。他的脸略微向上倾斜，广阔的天空在他面前打开。广田教授，这个三四郎在前往东京火车上偶遇，后来成为三四郎导师的古怪人物，敢肆无忌惮地讲"日本将灭亡"这样的话。广田教授的话揭示了近代日本的潜在脆弱性，同时也揭示了一个名叫三四郎的明治时代年轻知识分子的精神狭隘性。

课后练习

1. 三四郎はどういう青年か、まとめてみよう。
2. 次のそれぞれに対して三四郎が抱いた印象を、まとめてみよう。
　　①東京　　　②野々宮君　　　③池の端で出会った女性
3. 次の部分に表れている三四郎の考えを、200字程度でまとめてみよう。
　　①世界はかように動揺する。自分はこの動揺を見ている。けれどもそれに加わることはできない。
　　②現実世界はどうも自分に必要らしい。けれども現実世界は危なくて近寄れない気がする。

第四节　第一位文坛公认的女性作家

——樋口一叶

作家简介

樋口一叶（1872—1896）：英年早逝的明治著名女作家

樋口一叶是明治中期女作家，文学史上与尾崎红叶、幸田露伴一起被归为拟古典主义流派。另一方面，她与杂志《文学界》渊源深厚，受到时代精神洗礼。中村光夫在《日本近代小说》中写道："即使现在重读一叶的作品，在古风的文体中，仍然能感受到某种异乎寻常的灵魂燃烧，那是红叶、露伴，甚至鸥外都没有的。"

樋口一叶原名奈津、夏子。父母是山梨县农民，早年出奔江户。一叶出生时，父亲担任东京府小吏，樋口家跻身"士族"行列，过上小康生活。一叶小学毕业后辍学。十五岁时父亲送她进入"萩舍"修习和歌，地位近于帮佣。她才华出众，作歌4000首，《源氏物语》等古典文学素养为她日后的小说主题、方法、文体奠定了基础。

由于父兄病故破产，一叶继承了户主之位。1891年她决心以写作养家，师从半井桃水，模仿江户以来通俗小说写法，发表处女作《暗樱》等。不久一叶被迫与桃水绝交，单恋成为一叶小说的情感主线。

一叶小说构思大多来自和歌"题咏"，初期囿于古典式题材和抒情。在幸田露伴文学的影响下，1892年《埋没》获得成功，一叶文学向现实主义迈进了一大步。同一时期《文学界》杂志创刊，一叶应邀发表《雪日》，结识马场孤蝶、川上眉山、上田敏、岛崎藤村等文学青年，受到浪漫主义精神启发。

1893年6月，商业杂志《都花》停刊，一叶告别"糊口的文学"。她搬到下谷龙泉寺町，在吉原花街附近开了一家杂货店。通过打算盘谋生，一叶深入到社会底层，实现了作家生涯的蜕变。小店倒闭后，从1894年12月到1896年初，一叶"奇迹般"地完成了《青梅竹马》、《行云》、《浊流》、《十三夜》、《岔路》等优秀作品。这些小说在古典抒情手法中融入了现实主义精神，笔触细腻，陌巷中的庶民众生、男女欢愁跃然纸上。1896年4月《青梅竹马》重刊，一叶声名鹊起。此时她处于肺结核晚期，债务缠身。同年11月辞世，享年二十四岁。

在短暂的人生中，一叶承担了三个沉重的角色——士族的女儿、一家之长、职业作家。这使她体会到男权社会中的束缚压抑，体会到女性求生的孤独艰辛，同时也使她超越了性别限制，获得了闯荡人生的空间。她的青春虽然不幸摧折，却在作品中绽放出绚烂的花朵。

代表作简介

《青梅竹马》

中篇小说。1895 年 1 月至 1896 年 1 月间歇连载于《文学界》杂志。1896 年 4 月全文重刊于《文艺俱乐部》杂志。

"大音寺前巷"背靠吉原花街，家家户户做着发财梦。一群孩子比邻而居，玩耍打闹，度过成年之前的自由时光。无论贫富，他们身上都带着家庭的印记，走在既定的路上。花街风俗耳濡目染，孩子间也少不了虚荣攀比，拉帮结伙。前街组的美登利，姐姐是当红花魁，她出手大方，美丽豪爽，享有女王的地位。正太郎一副风流打扮，他家里放高利贷，却身世孤独，对美登利羡慕又痴情。胡同组的头目是消防夫家长吉，冥顽粗野，拉拢方丈的儿子信如为自己撑腰。故事从 8 月 20 日千束神社的赛会开始，胡同组冲进文具店寻仇，长吉掷出草鞋打中了美登利的额角。美登利爱慕信如，误以为信如背后捣鬼，生气不再上学。信如学业优秀，对贪婪的父亲满心厌恶，性格阴郁。某一天信如在雨中遭遇尴尬，脚上的木屐断了趾襻儿，正巧美登利来到门口，她红着脸，隔门丢出一根红色绸布条。信如慌忙走开，布条如同一枚红叶落在泥泞中。不久美登利迎来了初潮，快快不乐。她即将走入花街，步姐姐的后尘。信如剃度出家、进佛学院的日子，美登利在格子门里捡到一枝清冷孤寂的纸水仙。

《青梅竹马》通过精妙的心理描写，表现出思春期的爱恋，顾盼之间，欲言又止，淡淡的哀愁，挥之不去。小说发表之初，森鸥外在《三人冗语》中说："哪怕被世人讥为一叶崇拜，我还是要毫不吝惜地赠予她'真正的诗人'的称号。"

《浊流》

短篇小说，发表于 1895 年 9 月《文艺俱乐部》杂志。

菊井楼是一家打着酒肆旗号的私娼馆，头牌姑娘阿力最近结识了一位体面客人，名叫结城朝之助。不过她原来的相好是被服店老板源七。源七如今跟老婆阿初、儿子太吉住在大杂院里。世人眼里，私娼是"食蛇的雉鸡"、吸血的"白鬼"。对阿初母子来说，阿力正是这样的仇敌。源七因痴迷阿力，倾家荡产，阿力却拒不相见。7 月 16 日晚上，阿力对朝之助坦言心事："首先，你要明白我是什么人，我是个真正下贱的女人。"阿力的"癫狂"发作源于残酷的谋生之道，也因为心中埋藏着三代宿怨。故事结尾处，自暴自弃的源七赶走老婆孩子，与阿力同归于尽。

一叶曾为私娼馆的卖身女子代笔，还帮助过一个叫小林的姑娘逃出火坑。这些经历都化作了《浊流》的血肉，使作品中流淌着深挚的同情。另一方面，阿力的心病也折射出樋口一家三代的遗恨，阿力面对"独木桥"的心情也是一叶内心的写照。山本健吉指出，阿力是一种"不合时宜的世外狂人"，或者说"零余者"，她与《浮云》中的文三、《破戒》中的丑松有着某种亲缘关系。

十 三 夜 ¹

上

　例は威勢よき²黒ぬり車³の、それ門に音が止まつた娘ではないかと両親に出迎はれつる物を、今宵は辻より飛のりの車⁴さへ帰して悄然⁵と格子戸の外に立てば、家内には父親が相かはらずの高声、いはば私も福人の一人、いづれも柔順しい子供を持つて育てるに手は懸らず人には褒められる、分外の欲さへ渇か⁶ねばこの上に望みもなし、やれやれ有難い事と物がたられる、あの相手は定めし母様、ああ何も御存じなしにあのやうに喜んでお出遊ばす⁷物を、どの顔さげて離縁状⁸もらふて下されと言はれた物か、叱かられるは必定、太郎と言ふ子もある身にて置いて駆け出して来るまでには種々思案もし尽しての後なれど、今更にお老人を驚かしてこれまでの喜びを水の泡⁹にさせまする事つらや、寧そ話さずに戻ろうか、戻れば太郎の母と言はれて何時々々までも原田の奥様、御両親に奏任¹⁰の聟がある身と自慢させ、私さへ身を節倹れ¹¹ば時たまはお口に合ふ物お小遣ひも差あげられるに、思ふままを通して離縁とならば太郎には継母の憂き目を見せ¹²、御両親には今までの自慢の鼻にはかに低くさせまして、人の思はく¹³、弟の行末、ああこの身一つの心から出世の真¹⁴も止めずはならず、戻らうか、戻らうか、あの鬼のやうな我良人¹⁵のもとに戻らうか、あの鬼の、鬼の良人のもとへ、ゑゑ厭や厭やと身をふるはす途端、よろよろとして思はず格子にがたりと音さすれば、誰れだと大きく父親の声、道ゆく悪太郎¹⁶の悪戯とまがへてなるべし。

　外なるはおほほと笑ふて、お父様私で御座んすといかにも可愛き声、や、誰れだ、

❶ 十三夜　农历九月十三夜。在日本与农历八月十五夜并称，有拜月、赏月的习俗。❷ 威勢よき　八面风光。❸ 黒ぬり車　黑漆人力车；私家车。❹ 辻より飛のりの車　在路口匆忙搭上的人力车。❺ 悄然　无精打采；垂头丧气。❻ 渇く　渴望。❼ お出遊ばす「居る」的尊敬语结构。❽ 離縁状　休书。当时民法还未实施，士族阶层中，如女方提出离婚，需要得到娘家父母的许可，并通过父母向夫家取得休书。❾ 水の泡　泡影。❿ 奏任　奏任官。明治时代的高级官吏，由总理大臣推荐，由天皇任命，仅次于天皇直接任命的"敕任官"。⓫ 身を節倹る　节省用度。⓬ 太郎には継母の憂き目を見せる　让太郎吃后妈的苦头。⓭ 思はく　想法，看法。⓮ 真　根源；出路。⓯ 鬼のやうな我良人　魔鬼般铁石心肠的丈夫。⓰ 悪太郎　淘气鬼。

誰れであつたと障子を引明けて、ほうお関か、何だなそんな処に立つてゐて、どうして又このおそくに出かけて来た、車もなし、女中も連れずか、やれやれま早く中へ這入れ、さあ這入れ、どうも不意に驚かされたやうでまごまごする[1]わな、格子は閉めずとも宜い私しが閉める、ともかくも奥が好い、ずつとお月様のさす方へ、さ、蒲団[2]へ乗れ、蒲団へ、どうも畳が汚ないので大屋[3]に言つては置いたが職人の都合がある[4]と言ふてな、遠慮も何も入らない着物がたまらぬ[5]からそれを敷ひてくれ、やれやれどうしてこの遅くに出て来たお宅では皆お変りもなしかと例に替らずもてはやさるれば、針の席にのる[6]様にて奥さま扱かひ情なくじつと涕を呑込で、はい誰れも時候の障りも御座りませぬ、私は申訳のない御無沙汰してをりましたが貴君もお母様も御機嫌よくいらつしやりますかと問へば、いやもう私は嚔一つせぬ位、お袋は時たま例の血の道[7]と言ふ奴を始めるがの、それも蒲団かぶつて半日も居ればけろけろ[8]とする病だから子細はなし[9]さと元気よく呵々と笑ふに、亥之さんが見えませぬが今晩は何処へか参りましたか、あの子も替らず勉強で御座んすかと問へば、母親はほたほた[10]として茶を進めながら、亥之は今しがた夜学に出て行ました、あれもお前お蔭さまでこの間は昇給させて頂いたし、課長様が可愛がつて下さるのでどれ位心丈夫であらう、これと言ふもやつぱり原田さんの縁引[11]が有るからだとて宅では毎日いひ暮してゐます、お前に如才は有るまい[12]けれどこの後とも原田さんの御機嫌の好いやうに、亥之はあの通り口の重い質だし何れお目に懸つてもあつけない[13]御挨拶よりほか出来まいと思はれるから、何分ともお前が中に立つて私どもの心が通じるやう、亥之が行末をもお頼み申て置ておくれ、ほんに替り目[14]で陽気が悪い[15]けれど太郎さんは何時も悪戯[16]をしてゐますか、何故に今夜は連れてお出でない、お祖父さんも恋しがつてお出なされた物をと言はれて、又今更にうら悲しく、連れて来やうと思ひましたけれどあの子は宵まどひ[17]でもう疾うに寐ましたからそのまま置いて参りました、本当に悪戯ばかりつのり[18]まして聞わけとては少しもなく、外へ出れば跡を追ひますするし、家内に居れば私の傍ばつかり覗ふて、ほんにほんに手が懸つて成ませぬ、何故あんなで御座り

◆

① まごまごする　手忙脚乱。② 蒲団　坐垫。③ 大屋　房东。④ 職人の都合がある　草席店的匠人忙不过来。⑤ 着物がたまらぬ　这里暗示阿关衣着讲究，父亲担心铺席弄脏了衣服。⑥ 針の席にのる　如坐针毡。⑦ 血の道　月经病。⑧ けろけろ　霍然痊愈。⑨ 子細はなし　没有妨碍。⑩ ほたほた　笑容满面。⑪ 縁引　提拔，关照。⑫ 如才ない　伶俐。⑬ あつけない　也称「あっけない」。温吞吞。⑭ 替り目　季节交替的时候。⑮ 陽氣が悪い　指秋雨连绵，天气转凉的农历九月。⑯ 悪戯　「いた」是「いたずら」之略。幼儿淘气。⑰ 宵まどひ　天一黑就犯困。⑱ つのる　越来越厉害。

ませうと言ひかけて思ひ出しの涙むねの中に漲（みなぎ）るやうに、思ひ切つて置いては来たれど今頃は目を覚して母（かか）さん母さんと婢女（をんな）どもを迷惑がらせ、煎餅[1]やおこし[2]のたらし[3]も利かで、皆々手を引いて鬼に喰はすと威（おど）かしてでもゐやう、ああ可愛さうな事をと声たてても泣きたきを、さしも両親（ふたおや）の機嫌よげなるに言ひ出かねて[4]、烟（けむり）にまぎらす烟草（たばこ）二三服、空咳（からせき）こんこんとして涙を襦袢（じゆばん）の袖（そで）にかくしぬ。

今宵は旧暦の十三夜、旧弊[5]なれどお月見の真似事（いしいし）[6]に団子（だんご）[7]をこしらへてお月様にお備へ申せし、これはお前も好物なれば少々なりとも亥之助に持たせて上やうと思ふたれど、亥之助も何か極（きま）りを悪るがつ[8]てその様な物はお止なされと言ふし、十五夜にあげなんだから片月見（かたつきみ）[9]に成つても悪るし、喰べさせたいと思ひながら思ふばかりで上る事が出来なんだに、今夜来てくれるとは夢の様な、ほんに心が届いたのであらう、自宅（うち）で甘い物はいくらも喰べやうけれど親のこしらいたは又別物、奥様気を取すて[10]て今夜は昔しのお関になつて、見得を構はず[11]豆なり栗なり[12]気に入つたを喰べて見せておくれ、いつでも父様（ととさん）と噂（うわさ）すること、出世は出世に相違なく、人の見る目も立派なほど、お位の宜い方々や御身分のある奥様がたとの御交際（おつきあひ）もして、ともかくも原田の妻と名告（なのっ）て通るには気骨の折れる[13]事もあらう、女子（をんな）どもの使ひやう[14]出入りの者の行渡り[15]、人の上に立つものはそれだけに苦労が多く、里方がこの様な身柄では猶更（なほさら）のこと[16]人に侮（あなど）られぬやうの心懸けもしなければ成るまじ、それを種々（さまざま）に思ふて見ると父（とと）さんだとて私だとて孫なり子なりの顔の見たいは当然（あたりまへ）なれど、余りうるさく出入りをしてはと控へられて、ほんに御門の前を通る事はありとも木綿着物に毛繻子（けじゆす）[17]の洋傘（かふもり）さした時には見す見す[18]お二階の簾（すだれ）を見ながら、吁（ああ）お関は何をしてゐる事かと思ひやるばかり行過（ゆきす）ぎてしまひまする、実家でも少し何とか成つてゐたならばお前の肩身も広からう[19]し、同じくでも[20]少しは息のつけやう物を、何を云ふにも

---

[1] 煎餅 「おせんべい」的女性用语，脆米饼。 [2] おこし 米花糖。 [3] たらし 引诱。 [4] 言ひ出かねて 指离婚的事没法对父母开口。 [5] 旧弊 老套的做法。这里指拜月、赏月的习俗。江户时代拜月的习俗从宫廷渗透到民间。明治维新以后，过往的礼俗一度荒废，明治中期又有所恢复。 [6] お月見の真似事 学人家弄个赏月的雅事。「真似事」有自谦之意，表面上学学样。 [7] 団子 「だんご」的女性用语。糯米团子。 [8] 極りを悪がる 难为情。这里指对老套的礼法感到羞耻。 [9] 片月见 只在八月十五夜或九月十三夜举行赏月活动被视为不吉，有所忌讳。招待客人、赠答方面也不能是其中一次，前后两次都需要。 [10] 奥様気を取すてる 放下夫人的架子。 [11] 见得を構はず 不要顾虑体面。 [12] 豆なり栗なり 民间常以糯米团子、毛豆、栗子等供月，并分享上述食品。 [13] 気骨が折れる 费心劳神。 [14] 女子どもの使ひやう 差遣女佣们的做法。 [15] 出入りの者の行渡り 跟出入公馆的商人、匠人打交道。 [16] 里方がこの様な身柄では猶更のこと 娘家是这么个身份就更苦了。意指阿关的娘家地位卑微。 [17] 毛繻子 棉缎。棉线与毛线混织而成的布。用作洋伞的布料，质地不如绢类。 [18] 见す见す 虽然眼前看不见。 [19] 肩身が广い 有面子。 [20] 同じくでも 就算同样操心劳神。

この通り、お月見の団子をあげやうにも重箱[1]からしてお恥かしいでは無からうか、ほんにお前の心遣ひが思はれると嬉しき中にも思ふままの通路[2]が叶はねば、愚痴の一トつかみ賤しき身分を情なげに言はれて、本当に私は親不孝だと思ひまする、それは成程和らかひ衣類きて手車[3]に乗りありく時は立派らしくも見えませうけれど、父さんや母さんにかうして上やうと思ふ事も出来ず、いはば自分の皮一重[4]、寧そ賃仕事[5]してもお傍で暮した方が余つぽど快よう御座いますと言ひ出すに、馬鹿、馬鹿、その様な事を仮にも言ふてはならぬ、嫁に行つた身が実家の親の貢をする[6]などと思ひも寄らぬこと、家に居る時は斎藤の娘、嫁入つては原田の奥方ではないか、勇さんの気に入る様にして家の内を納めてさへ行けば何の子細は無い、骨が折れるからとてそれだけの運[7]のある身ならば堪へられぬ事は無い筈、女などと言ふ者はどうも愚痴[8]で、お袋などがつまらぬ事を言ひ出すから困り切る、いやどうも団子を喰べさせる事が出来ぬとて一日大立腹であつた、大分熱心で調製たものと見えるから十分に喰べて安心させて遣つてくれ、余程甘からうぞと父親の滑稽を入れる[9]に、再び言ひそびれて[10]御馳走の栗枝豆ありがたく頂戴をなしぬ。

　嫁入りてより七年の間、いまだに夜に入りて客に来しこともなく、土産もなしに一人歩行して来るなど悉皆ためしのなき事なるに、思ひなし[11]か衣類も例ほど燦か[12]ならず、稀に逢ひたる嬉しさにさのみは心も付かざりしが、聟よりの言伝とて何一言の口上[13]もなく、無理に笑顔は作りながら底に萎れ[14]し処のあるは何か子細のなくては叶はず、父親は机の上の置時計を眺めて、これやモウ程なく十時になるが関は泊つて行つて宜いのかの、帰るならばもう帰らねば成るまいぞと気を引いて[15]見る親の顔、娘は今更のやうに見上げて御父様私は御願ひがあつて出たので御座ります、どうぞ御聞遊し[16]てときつとなつて[17]畳に手を突く時、はじめて一トしづく幾層の憂きを洩しそめぬ[18]。

　父は穏かならぬ色を動かし[19]て、改まつて何かのと膝を進めれば、私は今宵限り原田へ帰らぬ決心で出て参つたので御座ります、勇が許しで参つたのではなく、あの子

◆───

❶ 重箱　盛食品的套盒。❷ 通路　往来。❸ 手車　自家专用的人力车。❹ 自分の皮一重　自己一个人表面上的荣华富贵。❺ 賃仕事　洗衣、裁剪等居家的零活儿。❻ 貢をする　供给钱财。❼ それだけの運　成为有身份的原田夫人的运气。❽ 愚痴　牢骚多。❾ 滑稽を入れる　开玩笑。❿ 再び言ひそびれて　与上文中「言ひ出かねて」相呼应，离婚的事还是说不出口。⓫ 思ひなし　心理作用。⓬ 燦か　华丽夺目。⓭ 口上　口信。⓮ 萎れる　颓唐，没精神。⓯ 気を引く　提醒。⓰ 御聞遊す　「お聞きになる」的尊敬语结构。请听我说。⓱ きつとなる　表情严峻起来。⓲ 一トしづく幾層の憂きを洩しそめぬ　落下一滴眼泪，内心的痛苦形之于色。⓳ 穏かならぬ色を動かす　神色显出不安。

を寝かして、太郎を寝かしつけて、最早あの顔を見ぬ決心で出て参りました、まだ私の手より外誰れの守りでも承諾せぬほどのあの子を、欺して寝かして夢の中に、私は鬼に成つ[1]て出て参りました、御父様、御母様、察して下さりませ私は今日まで遂ひに原田の身に就いて御耳に入れました事もなく、勇と私との中を人に言ふた事は御座りませぬけれど、千度も百度も考へ直して、二年も三年も泣尽して今日といふ今日どうでも離縁を貰ふて頂かうと決心の臍をかため[2]ました、どうぞ御願ひで御座ります離縁の状を取つて下され、私はこれから内職なり何なりして亥之助が片腕にもなられるやう心がけますほどに、一生一人で置いて下さりませとわつと声たてるを嚙しめる襦袢の袖、墨絵の竹も紫竹の色にや出る[3]と哀れなり。

それはどういふ子細でと父も母も詰寄つて問かかるに今までは黙つてゐましたれど私の家の夫婦さし向ひを半日見て下さつたら大底が御解りに成ませう、物言ふは用事のある時慳貪[4]に申つけられるばかり、朝起まして機嫌をきけば不図脇を向ひて庭の草花を態とらしき褒め詞、これにも腹はたてども良人の遊ばす[5]事なればと我慢して私は何も言葉あらそひした事も御座んせぬけれど、朝飯あがる時から小言は絶えず、召使の前にて散々と私が身の不器用不作法を御並べなされ、それはまだまだ辛棒もしませうけれど、二言目[6]には教育のない身[7]、教育のない身と御蔑みなさる、それは素より華族女学校[8]の椅子にかかつて育つた物ではないに相違なく、御同僚の奥様がたの様にお花のお茶の、歌の画のと習ひ立てた事もなければその御話しの御相手は出来ませぬけれど、出来ずは人知れず習はせて下さつても済むべき筈、何も表向き実家の悪るいを風聴[9]なされて、召使ひの婢女どもに顔の見られる[10]やうな事なさらずとも宜かりさうなもの、嫁入つて丁度半年ばかりの間は関や関やと下へも置かぬ[11]やうにして下さつたけれど、あの子が出来てからと言ふ物はまるで御人が変りまして、思ひ出しても恐ろしう御座ります、私はくら暗の谷へ突落されたやうに暖かい日の影[12]といふを見た事が御座りませぬ、はじめの中は何か串談に態とらしく邪慳に遊ばすのと思ふてをりましたけれど、全くは私に御飽きなされたので[13]こうもしたら出てゆく

❶ 鬼に成る 狠下心来。❷ 臍をかためる 下决心。❸ 襦袢の袖、墨絵の竹も紫竹の色にや出る 和服衬衫袖子上的图案——水墨画的竹子几乎化成了紫竹。❹ 慳貪 刻薄冷酷。❺ 遊ばす 「する」的尊敬语。做。阿关在诉说丈夫的所作所为时，一直使用敬语。❻ 二言目 挂在嘴上。❼ 教育のない身 没受过教育的人。❽ 華族女学校 明治十八年学习院女子教育科取消后设立的学校，明治三十九年改为学习院女学部。对六岁至十八岁的华族女子实施教育。❾ 風聴 「吹聴」之误。四下宣扬。❿ 召使ひの婢女どもに顔の見られる 被女佣们看不起。⓫ 下へも置かぬ 奉为上宾；郑重接待。⓬ 日の影 阳光。⓭ で 表示断定的助动词。

か、ああもしたら離縁をと言ひ出すかと苦めて苦めて苦め抜くので御座りましよ、御父様も御母様も私の性分は御存じ、よしや[1]良人が芸者狂ひ[2]なさらうとも、囲い者し[3]て御置きなさらうともそんな事に悋気する[4]私でもなく、侍婢どもからそんな噂も聞えまするけれどあれほど働きのある[5]御方なり、男の身のそれ位はありうち[6]と他処行[7]には衣類にも気をつけて気に逆らはぬやう心がけておりまするに、唯もう私の為る事とては一から十まで面白くなく覚しめし[8]、箸の上げ下し[9]に家の内の楽しくないは妻が仕方が悪るいからだと仰しやる、それもどういふ事が悪い、此処が面白くないと言ひ聞かして下さる様ならば宜けれど、一筋に[10]つまらぬくだらぬ、解らぬ奴、とても相談の相手にはならぬの、いはば太郎の乳母として置いて遣はすのと嘲つて仰しやるばかり、ほんに良人といふではなくあの御方は鬼で御座りまする、御自分の口から出てゆけとは仰しやりませぬけれど私がこの様な意久地なし[11]で太郎の可愛さに気が引かれ、どうでも御詞に異背せず唯々と御小言を聞いておりますれば、張も意気地もない愚うたらの奴、それからして気に入らぬと仰しやりまする、さうかと言つて少しなりとも私の言条[12]を立てて負けぬ気に御返事をしましたらそれを取てに出てゆけと言はれるは必定、私は御母様出て来るのは何でも御座んせぬ、名のみ立派の原田勇に離縁されたからとて夢さら残りをしいとは思ひませぬ[13]けれど、何にも知らぬあの太郎が、片親に成るかと思ひますると意地もなく我慢もなく、詫て機嫌を取つて、何でも無い事に恐れ入つて、今日までも物言はず辛棒してをりました、御父様、御母様、私は不運で御座りますとて口惜しさ悲しさ打出し、思ひも寄らぬ事を談れば両親は顔を見合せて、さてはその様の憂き中かと呆れて暫時いふ言もなし。

　母親は子に甘きならひ、聞く毎々に身にしみて口惜しく、父様は何と思し召すか知らぬが元来此方から貰ふて下されと願ふて遣つた子ではなし、身分が悪いの学校がどうしたのと宜くも宜くも勝手な事が言はれた物、先方は忘れたかも知らぬが此方はたしかに日まで覚えてゐる、阿関が十七の御正月、まだ門松を取もせぬ七日の朝の事であつた、旧の猿楽町[14]のあの家の前で御隣の小娘と追羽根して、あの娘の突いた白い

---

❶ よしや　纵然，即使。❷ 芸者狂ひ　迷恋艺妓。❸ 囲い者する　蓄妾。❹ 悋気する　嫉妒；吃醋。❺ 働きのある　有能力。❻ ありうち　「ありがち」。常有的。❼ 他処行　外出。包含去找别的女人的意思。❽ 覚しめす　「思し召す」。「思う」的尊敬语。觉得，认为。❾ 箸の上げ下し　鸡毛蒜皮的小事也要数落一番。❿ 一筋に　一味地。⓫ 意久地なし　不要强，窝囊废。⓬ 言条　主张，意见。⓭ 夢さら残りをしいとは思ひませぬ　没有一丝一毫留恋。⓮ 猿楽町　从前的东京神田区街名。原来是武士居住区。暗示阿关家道衰落。

羽根が通り掛つた原田さんの車の中へ落たとつて、それをば阿関が貰ひに行きしに、その時はじめて見たとか言つて人橋かけ¹てやいやい²と貰ひたがる、御身分がらにも釣合ひませぬし、此方はまだ根つからの子供で何も稽古事も仕込んでは置ませず、支度³とても唯今の有様⁴で御座いますからとて幾度断つたか知れはせぬけれど、何も舅姑のやかましいが有るでは無し、我が欲しくて我が貰ふに身分も何も言ふ事はない、稽古は引取つてからでも充分させられるからその心配も要らぬ事、とかくくれさへすれば大事にして置かうからとそれはそれは火のつく様に催促して、此方から強請た訳ではなけれど支度まで先方で調へて謂はば御前は恋女房、私や父様が遠慮してさのみは出入りをせぬといふも勇さんの身分を恐れてでは無い、これが妾手かけ⁵に出したのではなし正当にも正当にも百まんだら⁶頼みによこして貰つて行つた嫁の親、大威張に出這入しても差つかへは無けれど、彼方が立派にやつてゐるに、此方がこの通りつまらぬ活計⁷をしてゐれば、御前の縁にすがつて聟の助力を受けもするかと他人様の処思が口惜しく、痩せ我慢では無けれど交際⁸だけは御身分相応に尽し⁹て、平常は逢いたい娘の顔も見ずにゐまする、それをば何の馬鹿々々しい親なし子でも拾つて行つたやうに大層らしい¹⁰、物¹¹が出来るの出来ぬのと宜くそんな口が利けた物、黙つてゐては際限もなく募つてそれはそれは癖に成つてしまひます、第一は婢女どもの手前奥様の威光が削げて、末には御前の言ふ事を聞く者もなく、太郎を仕立るにも母様を馬鹿にする気になられたら何としまする、言ふだけの事はきつと言ふて、それが悪るいと小言をいふたら何の私にも家が有ますとて出て来るが宜からうでは無いか、実に馬鹿々々しいとつてはそれほどの事を今日が日まで黙つてゐるといふ事が有ります物か、余り御前が温順し過るから我儘がつのられたのであろ、聞いたばかりでも腹が立つ、もうもう退け¹²てゐるには及びません、身分が何であらうが父もある母もある、年はゆかねど亥之助といふ弟もあればその様な火の中にじつとしてゐるには及ばぬこと、なあ父様一遍勇さんに逢ふて十分油を取つ¹³たら宜う御座りましよと母は猛つ¹⁴て前後もかへり見ず。

---

❶ 人橋かける　托了媒人。❷ やいやい　死说活说。❸ 支度　这里指婚事的准备。❹ 唯今の有様　眼下什么准备也没有。❺ 妾手かけ　「妾」与「手かけ」是同义语重叠，表示强调。姨太太。❻ 百まんだら　反反复复不知多少遍。❼ つまらぬ活計　穷日子。❽ 交際　指基本的年节往来。❾ 御身分相応に尽す　尽量合乎原田家的体面。❿ 大層らしい　太自以为是了。⓫ 物　学问才艺。⓬ 退ける　退让。⓭ 油を取る　责备；训斥。⓮ 猛る　激动；火气大。

父親は先刻より腕ぐみして目を閉ぢて有けるが、ああ御袋、無茶の事を言ふてはならぬ、我しさへ始めて聞いてどうした物かと思案にくれる[1]、阿関の事なれば並大底でこんな事を言ひ出しさうにもなく、よくよく愁らさに出て来たと見えるが、して今夜は聟どのは不在か、何か改たまつての事件でもあつてか、いよいよ離縁するとでも言はれて来たのかと落ついて問ふに、良人は一昨日より家へとては帰られませぬ、五日六日と家を明けるは平常の事、さのみ珍らしいとは思ひませぬけれど出際[2]に召物の揃へかたが悪いとて如何ほど詫びても聞入れがなく、其品をば脱いで擲きつけて、御自身洋服にめしかへて、吁、私位不仕合の人間はあるまい、御前のやうな妻を持つたのはと言ひ捨てに出て御出で遊しました、何といふ事で御座りませう一年三百六十五日物いふ事も無く、稀々言はれるはこの様な情ない詞をかけられて、それでも原田の妻と言はれたいか、太郎の母で候と顔おし拭つ[3]てゐる心か、我身ながら我身の辛棒がわかりませぬ、もうもうもう私は良人も子も御座んせぬ嫁入せぬ昔しと思へばそれまで、あの頑是ない[4]太郎の寝顔を眺めながら置いて来るほどの心になりましたからは、もうどうでも勇の傍に居る事は出来ませぬ、親はなくとも子は育つと言ひまするし、私の様な不運の母の手で育つより継母御なり御手かけなり気に適ふた人に育てて貰ふたら、少しは父御も可愛がつて後々あの子の為にも成ませう、私はもう今宵かぎりどうしても帰る事は致しませぬとて、断つても断てぬ子の可憐さに、奇麗に言へども詞はふるへぬ。

　父は歎息して、無理は無い、居愁らくもあらう、困つた中に成つたものよと暫時阿関の顔を眺めしが、大丸髷[5]に金輪[6]の根を巻きて黒縮緬[7]の羽織何の惜しげもなく、我が娘ながらもいつしか調ふ奥様風、これをば結び髪[8]に結ひかへさせて綿銘仙[9]の半天に襷がけ[10]の水仕業さする事いかにして忍ばるべき、太郎といふ子もあるものなり、一端[11]の怒りに百年[12]の運を取はづして、人には笑はれものとなり、身はいにしへの斎藤主計が娘に戻らば、泣くとも笑ふとも再度原田太郎が母とは呼ばるる事成るべきにもあらず、良人に未練は残さずとも我が子の愛の断ちがたくは離れていよいよ物をも思ふべく、今の苦労を恋しがる心も出づべし、かく形よく生れたる身の不幸、

---

❶ 思案にくれる 不知如何是好。❷ 出際 要出门的时候。❸ 顔おし拭う 装作没事人一样。❹ 頑是ない 不懂事的；天真的。❺ 大丸髷 大圆髻。少妇的发型。年龄越大，发髻梳得越小。❻ 金輪 套在发髻根部的金箍。❼ 黒縮緬 黑绉绸。❽ 結び髪 女性的头发随意盘在头上，不是正规的发式。❾ 綿銘仙 仿制的铭仙绸。❿ 襷がけ 束着吊袖带。⓫ 一端 一时。⓬ 百年 一生。

不相応の縁¹につながれて幾らの苦労をさする事と哀れさの増（まさ）れども、いや阿関こう言ふと父が無慈悲で汲取つ²（くみと）てくれぬのと思ふか知らぬが決して御前を叱（しか）るではない、身分が釣合はねば思ふ事も自然違ふて、此方（こちら）は真（しん）から尽す気でも取りやうに寄つては面白くなく見える事もあらう、勇さんだからとてあの通り物の道理を心得た、利発の人ではあり随分学者でもある、無茶苦茶にいぢめ立る訳ではあるまいが、得て³世間に褒め物の敏腕家（はたらきて）などと言はれるは極めて恐ろしい我まま物、外では知らぬ顔に切つて廻せど勤め向きの不平などまで家内（うち）へ帰つて当りちらさ⁴れる、的⁵に成つては随分つらい事もあらう、なれどもあれほどの良人を持つ身のつとめ、区役所がよひ⁶の腰弁当が釜（かま）の下を焚きつけてくれるのとは格が違ふ、随（した）がつてやかましくもあらうむづかしくもあろうそれを機嫌の好い様にととのへて行くが妻の役、表面（うわべ）には見えねど世間の奥様といふ人達の何（いづ）れも面白くをかしき中ばかりは有るまじ、身一つ⁷と思へば恨みも出る、何のこれが世の勤めなり、殊（こと）にはこれほど身がらの相違もある事なれば人一倍の苦もある道理、お袋などが口広い⁸事は言へど亥之が昨今の月給に有つ（ひつきやう）いたも必竟は原田さんの口入れ⁹ではなからうか、七光¹⁰（とひかり）どころか十光もして間接なからの恩を着ぬとは言はれぬ¹¹に愁（う）らからうとも一つは親の為弟（おとと）の為、太郎といふ子もあるものを今日までの辛棒がなるほどならば、これから後（のち）とて出来ぬ事はあるまじ、離縁を取つ¹²て出たが宜（よ）いか、太郎は原田のもの、其方（そち）は斎藤の娘、一度縁が切れては二度と顔見にゆく事もなるまじ、同じく不運に泣くほどならば原田の妻で大泣きに泣け、なあ関さうでは無いか、合点がいつ¹³（がてん）たら何事も胸に納めて、知らぬ顔に今夜は帰つて、今まで通りつつしんで世を送つてくれ、お前が口に出さんとても親も察しる弟も察しる、涙は各自に分て（てんで）（わけ）泣かうぞと因果を含め¹⁴てこれも目を拭ふに、阿関はわつと泣いてそれでは離縁をといふたも我ままで御座りました、成程太郎に別れて顔も見られぬ様にならばこの世に居たとて甲斐（かひ）もないものを、唯（ただ）目の前の苦をのがれたとてどうなる物で御座んせう、ほんに私さへ死んだ気にならば三方四方波風たたず、ともあれあの子も両親の手で育てられまするに、つまらぬ事を思ひ寄まして、貴君に（より）まで嫌やな事を御聞（き）かせ申ました、今宵限り関はなくなつて魂一つがあの子の身を守（まをし）

---

❶ 不相應の縁 门不当户不对的婚姻。❷ 汲取る 体谅。❸ 得て 「得てして」。往往。❹ 当りちらす 拿别人撒气。❺ 的 发脾气的对象，出气筒。❻ 区役所がよひ 区公所的小职员。❼ 身一つ 觉得只有自己不幸。❽ 口広い 说大话，夸口。❾ 口入れ 举荐。❿ 七光 「親の光は七光」。父母的权势。⓫ 間接ながらの恩を着ぬとは言はれぬ 谁也不能说没有从旁沾光。⓬ 離縁を取る 讨休书；办离婚。⓭ 合点がいく 想明白。⓮ 因果を含める 说明原委，让人死心。

るのと思ひますれば良人のつらく当る位百年も辛棒出来さうな事、よく御言葉も合点が行きました、もうこんな事は御聞かせ申ませぬほどに心配をして下さりますなとて拭ふあとから又涙、母親は声たてて何といふこの娘は不仕合と又一しきり大泣きの雨、くもらぬ月も折から淋しくて、うしろの土手の自然生[1]を弟の亥之が折て来て、瓶にさしたる薄の穂の招く手振りも哀れなる夜なり。

　実家は上野の新坂下[2]、駿河台[3]への路なれば茂れる森[4]の木のした暗侘しけれど、今宵は月もさやかなり、広小路へ出れば昼も同様、雇ひつけの車宿[5]とて無き家なれば路ゆく車を窓から呼んで、合点が行つたらともかくも帰れ、主人の留守に断なしの外出、これを咎められるとも申訳の詞は有るまじ、少し時刻は遅れたれど車ならばつひ一ト飛、話しは重ねて聞きに行かう、先づ今夜は帰つてくれとて手を取つて引出すやうなるも事あら立[6]じの親の慈悲、阿関はこれまでの身[7]と覚悟してお父様、お母様、今夜の事はこれ限り、帰りまするからは私は原田の妻なり、良人を誹るは済みませぬほどにもう何も言ひませぬ、関は立派な良人を持つたので弟の為にも好い片腕、ああ安心なと喜んでゐて下されば私は何も思ふ事は御座んせぬ、決して決して不了簡[8]など出すやうな事はしませぬほどにそれも案じて下さりますな、私の身体は今夜をはじめに勇のものだと思ひまして、あの人の思ふままに何となりして貰ひましよ、それではもう私は戻ります、亥之さんが帰つたらば宜しくいふて置いて下され、お父様もお母様も御機嫌よう、この次には笑ふて参りまするとて是非なさ[9]さうに立あがれば、母親は無けなし[10]の巾着[11]さげて出て駿河台まで何程でゆくと門なる車夫に声をかくるを、あ、お母様それは私がやりまする、有がたう御座んしたと温順しく挨拶して、格子戸くぐれば顔に袖、涙をかくして乗り移る哀れさ、家には父が咳払ひ[12]のこれもうるめ[13]る声成し。

下

　さやけき[14]月に風のおと添ひて、虫の音たえだえに物がなしき上野へ入りてよりま

❶ 自然生　自然生长的草木。❷ 上野の新坂下　东京台东区根岸一带。不远处有东京代表性的贫民窟万年町。❸ 駿河台　从前的东京神田区骏河台，东临猿乐町，是当时的高级住宅区之一。❹ 森　上野公园的树林。❺ 雇ひつけの車宿　平时打交道的人力车行。❻ あら立てる　使事态扩大。❼ これまでの身　境况不可能有所好转。❽ 不了簡　胡思乱想。暗指自杀、离家出走等情况。❾ 是非ない　无可奈何。❿ 無けなし　仅有一点点。⓫ 巾着　布做的钱包。⓬ 咳払ひ　干咳，清嗓子。⓭ うるむ　哽咽。⓮ さやけし　明朗；明亮。

だ一町もやうやうと思ふに、いかにしたるか車夫はぴつたりと轅を止め[1]て、誠に申かねましたが私はこれで御免を願ひます、代は入りませぬからお下りなすつてと突然にいはれて、思ひもかけぬ事なれば阿関は胸をどつきりとさせて、あれお前そんな事を言つては困るではないか、少し急ぎの事でもあり増し[2]は上げやうほどに骨を折つておくれ、こんな淋しい処では代りの車も有るまいではないか、それはお前人困らせといふ物、愚図ら[3]ずに行つておくれと少しふるへて頼むやうに言へば、増しが欲しいと言ふのでは有ませぬ、私からお願ひですどうぞお下りなすつて、もう引くのが厭やに成つたので御座りますと言ふに、それではお前加減でも悪るいか、まあどうしたと言ふ訳、此処まで挽いて来て厭やに成つたでは済むまいがねと声に力を入れて車夫を叱れば、御免なさいまし、もうどうでも厭やに成つたのですからとて提燈を持しまま不図脇へのがれて、お前は我ままの車夫さんだね、それならば約定の処[4]までとは言ひませぬ、代りのある処まで行つてくれればそれでよし、代はやるほどに何処からまで、切めて広小路までは行つておくれと優しい声にすかす[5]様にいへば、なるほど若いお方ではありこの淋しい処へおろされては定めしお困りなさりませう、これは私が悪う御座りました、ではお乗せ申ませう、お供を致しませう、さぞお驚きなさりましたろうとて悪者[6]らしくもなく提燈を持かゆる[7]に、お関もはじめて胸をなで、心丈夫に車夫の顔を見れば二十五六の色黒く、小男の痩せぎす[8]、あ、月に背けたあの顔が誰れやらで有つた、誰れやらに似てゐると人の名も咽元まで転がりながら、もしやお前さんはと我知らず声をかけるに、ゑ、と驚いて振あふぐ[9]男、あれお前さんはあのお方では無いか、私をよもやお忘れはなさるまいと車より薄るやうに下りてつくづくと打まもれ[10]ば、貴嬢は斎藤の阿関さん、面目も無い[11]こんな姿で、背後に目が無ければ何の気もつかずにいました、それでも音声にも心づくべき筈なるに、私は余程の鈍に成りましたと下を向いて身を恥れば、阿関は頭の先より爪先まで眺めてゐるゐる私だとて往来で行逢ふた位ではよもや貴君と気は付きますまい、唯た今の先までも知らぬ他人の車夫さんとのみ思ふてゐましたに御存じないは当然、勿体ない[12]事であつたれど知らぬ事なればゆるして下され、まあ何時からこんな業して、よくその

◆
───────────────

❶ 轅を止める 停车。 ❷ 増し 加收的费用。 ❸ 愚図る 磨蹭。 ❹ 約定の処 指约定的目的地骏河台。 ❺ すかす 连哄带劝。❻ 悪者 坏人，无赖。❼ 提燈を持かゆる 拿回车灯,指继续拉车。❽ 痩せぎす 瘦骨嶙峋。❾ 振あふぐ「振り仰ぐ」。仰视。❿ 打まもる 注视，盯着看。⓫ 面目も無い 丢人，脸上无光。⓬ 勿体ない 诚惶诚恐。

か弱い身に障りもしませぬか、伯母さんが田舎へ引取られてお出なされて、小川町[1]のお店をお廃めなされたといふ噂は他処ながら聞いてもゐましたれど、私も昔しの身でな[2]ければ種々と障る事があつてな、お尋ね申すは更なること手紙あげる事も成ませんかつた、今は何処に家を持つて、お内儀さんも御健勝か、小児のも出来てか、今も私は折ふし小川町の勧工場[3]見物に行まする度々、旧のお店がそつくりそのまま同じ烟草店の能登やといふに成つてゐまするを、何時通つても覗かれて、ああ高坂の録さん[4]が子供であつたころ、学校の行返りに寄つては巻烟草のこぼれを貰ふて、生意気らしう吸立てた物なれど、今は何処に何をして、気の優しい方なればこんなむづかしい世にどのやうの世渡りをしてお出ならうか、それも心にかかりまして、実家へ行く度に御様子を、もし知つてもゐるかと聞いては見まするけれど、猿楽町を離れたのは今で五年の前、根つからお便りを聞く縁がなく、どんなにお懐しう御座んしたらうと我身のほどをも忘れて[5]問ひかくれば、男は流れる汗を手拭にぬぐふて、お恥かしい身に落まして今は家と言ふ物も御座りませぬ、寐処は浅草町の安宿、村田といふが二階に転がつて、気に向ひた時は今夜のやうに遅くまで挽く事もありまするし、厭やと思へば日がな一日ごろごろとして烟のやうに暮してゐまする、貴嬢は相変らずの美くしさ、奥様にお成りなされたと聞いた時からそれでも一度は拝む事が出来るか、一生の内に又お言葉を交はす事が出来るかと夢のやうに願ふてゐました、今日までは入用のない[6]命と捨て物に取あつかふてゐましたけれど命があればこその御対面、ああ宜く私を高坂の録之助と覚えてゐて下さりました、辱なう御座りますと下を向くに、阿関はさめざめとして誰れも憂き世に一人と思ふて下さるな。

　してお内儀さんはと阿関の問へば、御存じで御座りましよ筋向ふの杉田やが娘、色が白いとか恰好がどうだとか言ふて世間の人は暗雲[7]に褒めたてた女で御座ります、私が如何にも放蕩をつくし[8]て家へとては寄りつかぬやうに成つたを、貰ふべき頃に貰ふ物を貰はぬからだと親類の中の解らずやが勘違ひして、あれならばと母親が眼鏡にかけ[9]、是非もらへ、やれ貰へと無茶苦茶に進めたてる五月蠅さ、どうなりと成れ、成れ、勝手に成れとてあれを家へ迎へたは丁度貴嬢が御懐妊だと聞ました時分の事、

---

❶ 小川町 从前东京神田区小川町, 在猿乐町东南。❷ 昔しの身でない 指已经嫁人。❸ 勧工場 明治时代的超级市场。大型建筑中聚集了多家商店, 售卖各类商品。❹ 高坂の録さん 车夫的名字。高坂录之助。❺ 我身のほどをも忘れて 忘记了自己已为人妻的身份, 沉浸在回忆中。❻ 入用のない 不必要的。❼ 暗雲 一个劲儿地, 过度地。❽ 放蕩をつくす 终日游荡, 不务正业。❾ 眼鏡にかける 看中。

一年目には私が処にもお目出たうを他人[ひと]からは言はれて、犬張子[1]や風車を並べたてる様に成りましたれど、何のそんな事で私が放蕩のやむ事か、人は顔の好い女房を持たせたら足が止まるか、子が生れたら気が改まるかとも思ふてゐたのであらうなれど、たとへ小町[2]と西施と手を引いて来て、衣通姫[そとほりひめ][3]が舞ひを舞つて見せてくれても私の放蕩[のら]は直らぬ事に極めて置いたを、何で乳くさい子供の顔見て発心[ほつしん][4]が出来ませう、遊んで遊んで遊び抜いて、呑んで呑んで呑み尽して、家も稼業もそつち除けに箸一本もたぬやうに成つたは一昨々年[さきおととし]、お袋は田舎へ嫁入つた姉の処に引取つて貰ひまするし、女房[にようぼ]は子をつけて実家[さと]へ戻したまま音信[いんしん]不通、女の子ではあり惜しいとも何とも思ひはしませぬけれど、その子も昨年の暮チブスに懸つて死んださうに聞ました、女はませな物ではあり、死ぬ際[ぎは]には定めし父様[ととさん]とか何とか言ふたので御座りましよう、今年居れば五つになるので御座りました、何のつまらぬ身の上、お話しにも成りませぬ。

　男はうす淋しき顔に笑みを浮べて貴嬢といふ事も知りませぬので、飛んだ[5]我ままの不調法[6]、さ、お乗りなされ、お供をしまする、さぞ不意でお驚きなさりましたろう、車を挽くと言ふも名ばかり、何が楽しみに轅棒[かぢぼう]をにぎつて、何が望みに牛馬[うしうま]の真似をする[7]、銭[ぜに]を貰へたら嬉しいか、酒が呑まれたら愉快なか、考へれば何もかも悉皆[しつかい]厭やで、お客様を乗せやうが空車[から]の時だらうが嫌やとなると用捨なく[8]嫌やに成まする、呆れはてる我まま男、愛想[あいそ]が尽きるでは有りませぬか、さ、お乗りなされ、お供をしますと進められて、あれ知らぬ中[うち]は仕方もなし、知つて其車に乗れます物か、それでもこんな淋しい処を一人ゆくは心細いほどに、広小路へ出るまで唯道づれに成つ[9]て下され、話しながら行ませうとてお関は小褄[こづま][10]少し引あげて、ぬり下駄のおとこれも淋しげなり。

　昔の友といふ中にもこれは忘られぬ由縁[ゆかり]のある人、小川町の高坂とて小奇麗な烟草屋[たばこや]の一人息子、今はこの様に色も黒く見られぬ男になつてはゐれども、世にある[11]頃の唐桟ぞろひ[とうざん][12]に小気の利い[13]た前だれがけ、お世辞[14]も上手、愛敬もありて、

---

❶ 犬張子　纸糊的狗。恭喜婴儿出生的贺礼，江户后期普及。❷ 小町　小野小町。六歌仙之一，是日本代表性的美女。❸ 衣通姫　允恭天皇之妃。传说美丽的肌肤透过衣裙光华四射。❹ 発心　走上正路。❺ 飛んだ　不像话。❻ 不調法　粗鲁，无理。❼ 牛馬の真似をする　学做牛马。拉车人自卑自贱的说法。❽ 用捨ない　不顾情面，毫不客气。❾ 道づれに成る　结伴走路。❿ 小褄　和服下摆的两端。⓫ 世にある　落魄之前。⓬ 唐桟ぞろひ　和服、外褂全套都是高级的唐桟条纹棉所制。⓭ 小気が利く　乖巧；麻利。⓮ お世辞　和蔼可亲的话语、举止。

年の行かぬやうにも無い¹、父親の居た時よりは却つて店が賑やかなと評判された利口らしい人の、さてもさても²の替り様、我身が嫁入りの噂聞え初た頃から、やけ遊び³の底ぬけ騒ぎ⁴、高坂の息子はまるで人間が変つたやうな、魔でもさし⁵たか、祟り⁶でもあるか、よもや只事では無い⁷とその頃に聞きしが、今宵見れば如何にも浅ましい⁸身の有様、木賃泊り⁹に居なさんすやうに成らうとは思ひも寄らぬ、私はこの人に思はれて、十二の年より十七まで明暮れ顔を合せる毎に行々はあの店の彼処へ座つて、新聞見ながら商ひするのと思ふてもゐたれど、量らぬ人に縁の定まりて、親々の言ふ事なれば何の異存を入られやう、烟草屋の録さんにはと思へど¹⁰それはほんの子供ごころ、先方からも口へ出して言ふた事はなし、此方は猶さら、これは取とまらぬ¹¹夢の様な恋なるを、思ひ切つてしまへ、思ひ切つてしまへ、あきらめてしまはうと心を定めて、今の原田へ嫁入りの事には成つたれど、その際までも涙がこぼれて忘れかねた人、私が思ふほどはこの人も思ふて、それ故の身の破滅かも知れぬ物を、我がこの様な丸髷などに、取済し¹²たる様な姿をいかばかり面にくく¹³思はれるであらう、夢さらさうした楽しらしい¹⁴身ではなけれどもと阿関は振かへつて録之助を見やるに、何を思ふか茫然とせし顔つき、時たま逢ひし阿関に向つてさのみは嬉しき様子も見えざりき。

　広小路に出れば車もあり、阿関は紙入れ¹⁵より紙幣いくらか取出して小菊の紙¹⁶にしほらしく¹⁷包みて、録さんこれは誠に失礼なれど鼻紙なりとも買つて下され、久し振でお目にかかつて何か申たい事は沢山あるやうなれど口へ出ませぬは察して下され、では私は御別れに致します、随分からだを厭ふ¹⁸て煩らはぬ様に、伯母さんをも早く安心させておあげなさりまし、蔭ながら私も祈ります、どうぞ以前の録さんにお成りなされて、お立派にお店をお開きに成ります処を見せて下され、左様ならばと挨拶すれば録之助は紙づつみを頂いて、お辞儀申す¹⁹筈なれど貴嬢のお手より下されたのなれば、あり難く頂戴して思ひ出にしまする、お別れ申すが惜しいと言つてもこれが夢ならば仕方のない事、さ、お出なされ、私も帰ります、更けては路が淋しう御座

---

❶ 年の行かぬやうにも無い 少年老成；为人可靠。❷ さてもさても 感叹词，后面加「の」做连体词。唉呀呀；真是。❸ やけ遊び 自暴自弃，耽于玩乐。❹ 底ぬけ騒ぎ 闹得天翻地覆。❺ 魔がさす 鬼迷心窍。❻ 祟り 报应。❼ 只事では無い 非同小可。❽ 浅ましい 凄惨。❾ 木賃泊り 住进自己开伙的廉价小客栈。❿ 烟草屋の録さんにはと思へど 原来想着嫁人就嫁给香烟店的录哥。⓫ 取とまらぬ 「取りとめのない」。不着边际的。⓬ 取済す 一本正经，装模作样。⓭ 面にくい 面目可憎。⓮ 楽しらしい 富足，无忧无虑。⓯ 紙入れ 钱包。⓰ 小菊の紙 小张的和纸。⓱ しほらし 谨慎郑重。⓲ 厭ふ 爱惜，珍重。⓳ お辞儀申す 推辞，谢绝。

りますぞとて空車^{からぐるま}引いてうしろ向く、其人は東^{それ}へ、此人は南^{これ}へ、大路の柳月のかげに靡^{なび}い¹てカなささうの塗り下駄のおと、村田の二階も原田の奥も憂^うきはお互ひの世におもふ事多し。

作品评析

　　《十三夜》发表于 1895 年 12 月《文艺俱乐部》杂志。

　　如果说美貌改变命运，《十三夜》则讲述了灰姑娘神话的破灭。农历九月十三夜是阖家团圆的日子，阿关丢下熟睡的孩子，悄然回到娘家。斋藤家生活拮据，勉强维持着士族的体面，母亲制作了赏月糕团，牵挂着豪门中的女儿。阿关不忍心让父母失望，犹豫再三，终于道出受虐待的真相，决心离婚。父母大惊失色，伤心不已。母亲回想起原田勇执意迎娶阿关的往事，愤愤不平。父亲却谆谆告诫女儿："夫妻身份地位不同，想法自然不同。姑爷懂道理，人聪明，又是学者，不会随便欺负人。……哪怕他嘴上刻薄也好，脾气坏也好，做妻子就得让丈夫高兴才对。"父亲强调隐忍的哲学，也有现实的考虑。他不愿看着阿关失去孩子，失去原田夫人的身份，回到贫困中。何况阿关的弟弟还指望原田勇的提携。阿关的离婚与沉重的观念、利益捆绑在一起，她本人的人格尊严、内心感受只能无限退后了。

　　阿关听从父亲劝告，返回原田家途中，认出拉活的洋车夫是自己暗恋过的香烟店少东家。录之助神情恍惚，说出了阿关出嫁以后自己婚姻失败、沦为车夫的经历。两人在月光下凄然作别。

　　如果说原田勇的荣达代表了明治社会光鲜的一面，阿关、录之助一家的境遇则显示了黯淡的一面。平民向上的愿望被无情辗碎，这也是一叶和父亲的忧闷。

课后练习

1. 阿関の実家はどんな身分なのか、まとめてみよう。
2. 阿関の「出世」とはなにか、考えてみよう。
3. 阿関の願い事を聞いて、「父親」が原田のことを非難しないのはなぜか、話し合ってみよう。
4. 「十三夜」という設定は、この小説のテーマにどう寄与していると思われるか。

---

❶ 靡く 草木随风摇曳。

第五节　从西洋崇拜到古典回归
——谷崎润一郎

作家简介

谷崎润一郎（1886—1965）：唯美的恶魔主义与嗜虐的女性崇拜编织的物语世界

唯美的世界

谷崎润一郎出生于东京日本桥，在保存有江户情调的平民区长大这一点，对于谷崎文学的形成产生了巨大影响。因父亲事业失败，谷崎勉强坚持学业，最终还是因为学费滞纳从大学辍学。在大学期间，谷崎开始文学创作，1910 年（明治 43 年），参与创刊第二次《新思潮》杂志，受到反自然主义文学运动兴起的激励，陆续发表《刺青》、《麒麟》等作品，又参加"潘恩会"，结识永井荷风。第二年，受到永井荷风的盛赞，从而确立作家地位。谷崎的作品中一直贯穿着超越伦理对女性的官能美大加赞美、跪拜在美的面前的姿态。其特异的构思、题材与华丽的文体使其成为唯美主义的中坚作家。不过，同为唯美主义作家，永井荷风的创作中包含着文明批评的要素，而谷崎则不同，他的作品中呈现一种绝对的官能崇拜的倾向，故而又被称为"恶魔主义"。

回归古典

1923 年（大正 12 年）关东大地震后，谷崎润一郎移居关西，从而发现了日本的古典美，加深了回归古典的倾向。自恶魔主义的集大成之作《痴人之爱》（1924 年）之后，陆续发表了《食蓼之虫》、《吉野葛》、《剪芦》、《春琴抄》等一系列以古典文体创作的、采用传统的物语样式的作品。谷崎厌恶昭和时期的西洋化风潮，在随笔《阴翳礼赞》中赞美在阴（暗）之中寻找美才是日本的传统之美；在《文章读本》中重视"大和调"，号召写作之人不要拘泥于汉文调与西洋调。

文坛大家

第二次世界大战期间，谷崎完成了《源氏物语》的现代文翻译。1943 年（昭和 18 年）开始创作小说《细雪》，因连载遭禁，进入沉默期。战后重新开始旺盛的创作活动，发表了《少将滋干之母》、《钥匙》、《疯癫老人日记》等诸多佳作。

代表作简介

《春琴抄》

短篇小说。1933 年（昭和 8 年）发表于《中央公论》杂志。

大阪道修町药材商的女儿春琴 9 岁失明，以后在弹奏三弦琴中找到生活的意义，15 岁时成为春松检校（检校：三弦琴、按摩等盲人职业团体中的最高位阶）门下最出色的琴师。侍奉春琴的佐助也跟随春琴学习弹琴。不久，春琴生下一个与佐助长相一模一样的孩子，但是对于二人的关系却矢口否认。春琴的一个弟子美浓屋利太郎是个放荡公子，他向春琴求婚，遭到严辞拒绝。一天晚上，不知何人泼热水到春琴脸上，导致春琴毁容。佐助担心春琴伤心，自己用针刺瞎双目，成为盲人。

小说中，春琴对佐助十分苛刻，稍不如意就百般打骂。而佐助却把春琴奉若神明，俯首听命，甚至充满感激之情。佐助为了取悦春琴以表达他的爱慕敬仰之心，最终竟然用针刺伤双眼，也成为盲人。这时两个人的关系才有了大的变化。"在此之前，两个人之间虽然有肉体关系，却为师徒之别所隔阂，直到此刻两颗心方紧紧地在一起，合为一流。"佐助怀着对春琴美丽容颜和白皙肌肤的美好回忆，照料着春琴的起居，听从她的呼唤。该作品在古典世界中表现了嗜虐者的恋爱欢喜与女性跪拜的极致。

《细雪》

长篇小说。1943 年（昭和 18 年）开始连载于《中央公论》杂志。战争期间一度中断，1948 年最终完稿。小说以 1935 年与谷崎成婚的松子夫人姐妹为原型，以大阪船场的旧家为舞台，在关西地区独特的风俗中描绘了四姐妹编织的优美画卷。

在蒔冈家四姐妹之中，内向安静而倔强的三女儿雪子和奔放、现代行动派的四妹秒子截然相反，二姐幸子（以谷崎松子夫人为原型）妥善处理着雪子的婚事和秒子引起的各种麻烦，几经周折，小说在雪子即将举行婚礼时结束。该小说如华丽的画卷般描绘了关西地区一年四季的传统节日活动，如赏樱、捉萤火虫、赏月等风流雅事，将大阪平民老铺留存的精致的关西文化与战争、洪水等喧嚣的世态相对照，同时包含自传小说与风俗小说的要素，整体上可以视为谷崎润一郎唯美主义文学的一个巅峰。

作品选读

刺　青

　其れはまだ人々が「愚」と云う貴い徳を持って居て、世の中が今のように激しく軋み合わない¹時分であった。殿様²や若旦那³の長閑⁴な顔が曇らぬように、御殿女中⁵や華魁⁶の笑いの種が盡きぬようにと、饒舌を売る⁷お茶坊主だの幇間⁸だのと云う職業が、立派に存在して行けた程、世間がのんびりして居た時分であった。女定九郎⁹、女自雷也¹⁰、女鳴神¹¹、―――当時の芝居でも草双紙¹²でも、すべて美しい者は強者であり、醜い者は弱者であった。誰も彼も挙って美しからんと努めた揚句は、天稟¹³の体へ絵の具を注ぎ込む迄になった。芳烈な、或は絢爛な、線と色とが其の頃の人々の肌に躍った。

　馬道¹⁴を通うお客は、見事な刺青のある駕籠舁¹⁵を選んで乗った。吉原、辰巳の女も美しい刺青の男に惚れた。博徒、鳶の者¹⁶はもとより、町人¹⁷から稀には侍なども入墨¹⁸をした。時々両国で催される刺青会では参会者おの／＼肌を叩いて、互に奇抜な意匠¹⁹を誇り合い、評しあった。

　清吉と云う若い刺青師の腕きゝ²⁰があった。浅草のちゃり文、松島町の奴平、こんこん次郎などにも劣らぬ名手であると持て囃され²¹て、何十人の人の肌は、彼の絵筆の下に絖地²²となって擴げられた。刺青会で好評を博す刺青の多くは彼の手になったものであった。達磨金はぼかし刺²³が得意と云われ、唐草権太は朱刺の名手と讃えられ、清吉は又奇警な構図と妖艶な線とで名を知られた。

　もと豊国国貞²⁴の風を慕って、浮世絵師の渡世をして²⁵居たゞけに、刺青師に堕落

---

❶ 軋み合う　冲突，斗争。❷ 殿様　大人，老爷。❸ 若旦那　少爷，公子。❹ 長閑　无忧无虑、悠然自得的样子。❺ 御殿女中　府邸侍女。❻ 華魁　花魁，名气大的妓女。❼ 饒舌を売る　传播坊间闲谈；耍嘴皮子。❽ 幇間　以在宴席等场合侍候客人、演出小节目助兴等应酬周旋为职业的男人。❾ 女定九郎　歌舞伎剧目。❿ 女自雷也　女盗贼。⓫ 女鳴神　歌舞伎剧目。⓬ 草双紙　江户中期到明治初期流行创作的以插图为主的假名通俗读物。⓭ 天稟　天生具备的才能或性格。⓮ 馬道　官道。⓯ 駕籠舁　轿夫。⓰ 鳶の者　江户时代的消防队员。⓱ 町人　居住在都市的工商业者。⓲ 入墨　刺青，文身。⓳ 意匠　匠心，动脑筋下功夫的构思或图案。⓴ 腕きゝ　才能卓越的人。㉑ 持て囃す　赞不绝口，极力称赞。㉒ 絖地　光绫。绸布的一种，质地薄而柔滑，有光泽。㉓ ぼかし刺　以颜色的渐变烘托、晕染层次的刺法。㉔ 豊国国貞　日本浮世绘名家。㉕ 渡世をする　以某种职业为生。

してからの清吉にもさすが畫工らしい良心と、鋭感とが残って居た。彼の心を惹きつける程の皮膚と骨組みとを持つ人でなければ、彼の刺青を購う訳には行かなかった。たま／＼描いて貰えるとしても、一切の構図と費用とを彼の望むがまゝにして、其の上堪え難い針先の苦痛を、一と月も二た月もこらえねばならなかった。

この若い刺青師の心には、人知らぬ快楽と宿願とが潜んで居た。彼が人々の肌を針で突き刺す時、真紅に血を含んで脹れ上る肉の疼きに堪えかねて、大抵の男は苦しき呻き声を発したが、其の呻きごえが激しければ激しい程、彼は不思議に云い難き愉快を感じるのであった。刺青のうちでも殊に痛いと云われる朱刺、ぼかしぼり、——それを用うる事を彼は殊更喜んだ。一日平均五六百本の針に刺されて、色上げを良くする為め湯へ浴って出て来る人は、皆半死半生の体で清吉の足下に打ち倒れたまゝ、暫くは身動きさえも出来なかった。その無残[1]な姿をいつも清吉は冷やかに眺めて、

「嘸お痛みでがしょうなあ」と云いながら、快さそうに笑って居る。

意気地のない[2]男などが、まるで知死期の苦しみのように口を歪め歯を喰いしばり[3]、ひい／＼と悲鳴をあげる事があると、彼は、

「お前さんも江戸っ児だ。辛抱しなさい。——この清吉の針は飛び切りに痛えのだから」

こう云って、涙にうるむ男の顔を横目で見ながら、かまわず刺って行った。また我慢づよい者がグッと胆を据えて、眉一つしかめず怺えて居ると、

「ふむ、お前さんは見掛けによらねえ突っ張者だ。——だが見なさい、今にそろ／＼疼き出して、どうにもこうにもたまらないようになろうから」

と、白い歯を見せて笑った。

彼の年来の宿願は、光輝ある美女の肌を得て、それへ己れの魂を刺り込む事であった。その女の素質と容貌とに就いては、いろ／＼の注文があった。啻に美しい顔、美しい肌とのみでは、彼は中々満足する事が出来なかった。江戸中の色町[4]に名を響かせた女と云う女を調べても、彼の気分に適った味わいと調子とは容易に見つからなかった。まだ見ぬ人の姿かたちを心に描いて、三年四年は空しく憧れながらも、彼はなお其の願いを捨てずに居た。

---

❶ 無残　残酷，无情。❷ 意気地がない　没志气，窝囊，性格懦弱。❸ 喰いしばる　咬紧，亦指咬牙忍受痛苦。❹ 色町　花街柳巷。

　丁度四年目の夏のとあるゆうべ、深川の料理屋平清の前を通りかゝった時、彼はふと門口に待って居る駕籠の簾のかげから、真っ白な女の素足のこぼれて居るのに気がついた。鋭い彼の眼には、人間の足はその顔と同じように複雑な表情を持って映った。その女の足は、彼に取っては貴き肉の宝玉であった。拇指から起って小指に終る繊細な五本の指の整い方、絵の島の海辺で獲れるうすべに色の貝にも劣らぬ爪の色合い、珠のような踵[1]のまる味、清冽な岩間の水が絶えず足下を洗うかと疑われる皮膚の潤沢。この足こそは、やがて男の生血に肥え太り、男のむくろ[2]を蹈みつける足であった。この足を持つ女こそは、彼が永年たずねあぐん[3]だ、女の中の女であろうと思われた。清吉は躍りたつ胸をおさえて、其の人の顔が見たさに駕籠の後を追いかけたが、二三町行くと、もう其の影は見えなかった。

　清吉の憧れごゝちが、激しき恋に変って其の年も暮れ、五年目の春も半ば老い込んだ或る日の朝であった。彼は深川佐賀町の寓居で、房楊枝[4]をくわえながら、錆竹[5]の濡れ縁に萬年青[6]の鉢を眺めて居ると、庭の裏木戸[7]を訪うけはいがして、袖垣[8]のかげから、ついぞ見馴れぬ小娘が這入って来た。

　それは清吉が馴染の辰巳の藝妓から寄こされた使の者であった。

　「姐さんから此の羽織[9]を親方へお手渡しゝて、何か裏地へ絵模様を畫いて下さるようにお頼み申せって………」

　と、娘は鬱金[10]の風呂敷をほどいて、中から岩井杜若[11]の似顔畫のたとう[12]に包まれた女羽織と、一通の手紙とを取り出した。

　其の手紙には羽織のことをくれ／″＼も頼んだ末に、使の娘は近々に私の妹分として御座敷[13]へ出る筈故、私の事も忘れずに、この娘も引き立て[14]ゝやって下さいと認め[15]てあった。

　「どうも見覚えのない顔だと思ったが、それじゃお前は此の頃此方へ来なすったのか」こう云って清吉は、しげ／＼と娘の姿を見守った。年頃は漸う十六か七かと思われたが、その娘の顔は、不思議にも長い月日を色里[16]に暮らして、幾十人の男の魂を弄んだ年増のように物凄く整って居た。それは国中の罪と財との流れ込む都の中で、

---

❶ 踵　脚后跟。❷ むくろ　身体，身躯。❸ たずねあぐむ　踏破铁鞋四处寻觅。❹ 房楊枝　穂状牙签。❺ 錆竹　带有赤褐色斑点的枯竹。❻ 萬年青　万年青。草本植物，叶呈阔披针形且有光泽。❼ 裏木戸　房子后面的栅栏门。❽ 袖垣　翼墙，翼篱。附于建筑物侧面建造的宽度狭窄的篱墙。❾ 羽織　短外褂。❿ 鬱金　姜黄，郁金黄。⓫ 岩井杜若　江户时期以饰演毒妇而出名的歌舞伎演员。⓬ たとう　包装纸。⓭ 御座敷　艺伎、艺人被召去陪客人喝酒的宴席。⓮ 引き立てる　关照，照顾。⓯ 認める　写（信或文章）。⓰ 色里　花街柳巷。

何十年の昔から生き代り死に代ったみめ[1]麗しい多くの男女の、夢の数々から生れ出づべき器量[2]であった。

「お前は去年の六月ごろ、平清から駕籠で帰ったことがあろうがな」

こう訊ねながら、清吉は娘を縁へかけさせて、備後表[3]の台に乗った巧緻な素足を仔細に眺めた。

「えゝ、あの時分なら、まだお父さんが生きて居たから、平清へもたび／＼まいりましたのさ」

と、娘は奇妙な質問に笑って答えた。

「丁度これで足かけ[4]五年、己はお前を待って居た。顔を見るのは始めてだが、お前の足にはおぼえがある。———お前に見せてやりたいものがあるから、上ってゆっくり遊んで行くがいゝ」

と、清吉は暇を告げて[5]帰ろうとする娘の手を取って、大川の水に臨む二階座敷へ案内した後、巻物を二本とり出して、先ず其の一つを娘の前に繰り展げた。

それは古の暴君紂王の寵妃、末喜[6]を描いた絵であった。瑠璃珊瑚を鏤めた金冠の重さに得堪えぬなよやかな体を、ぐったり[7]勾欄に靠れて、羅綾[8]の裳裾[9]を階の中段にひるがえし、右手に大杯を傾けながら、今しも庭前に刑せられんとする犠牲の男を眺めて居る妃の風情と云い、鉄の鎖で四肢を銅柱へ縛いつけられ、最後の運命を待ち構えつゝ、妃の前に頭をうなだれ、眼を閉じた男の顔色と云い、物凄い迄に巧に描かれて居た。

娘は暫くこの奇怪な絵の面を見入って居たが、知らず識らず其の瞳は輝き其の唇は顫えた。怪しくも其の顔はだん／＼と妃の顔に似通って来た。娘は其処に隠れたる真の「己」を見出した。

「この絵にはお前の心が映って居るぞ」

こう云って、清吉は快げに笑いながら、娘の顔をのぞき込んだ。

「どうしてこんな恐ろしいものを、私にお見せなさるのです」

と、娘は青褪めた[10]額を攅げて云った。

「この絵の女はお前なのだ。この女の血がお前の体に交って居る筈だ」

---

❶ みめ 長相，尤指女性的容貌。❷ 器量 容貌，姿色。主要指女性的姿容。❸ 備後表 备后（地名）出产的质量上乘的榻榻米草垫子席面。❹ 足かけ 前后，大约。计算年、月、日等时，把开始和结束的零头当做一个整数来计算时使用的词。❺ 暇を告げる 告别，告辞。❻ 末喜 夏王桀的妃子，这里是作者的错误，应为妲己。❼ ぐったり 娇弱无力的样子。❽ 羅綾 绫罗绸缎，华美的衣服。❾ 裳裾 衣服的下摆。❿ 青褪める 发青，特指由于身体衰弱或恐怖等而面无血色，变得苍白。

と、彼は更に他の一本の畫幅を展げた。

それは「肥料」と云う畫題であった。畫面の中央に、若い女が桜の幹へ身を倚せて、足下に累々と斃れて居る多くの男たちの屍骸を見つめて居る。女の身辺を舞いつゝ凱歌をうたう小鳥の群、女の瞳に溢れたる抑え難き誇りと歓びの色。それは戦の跡の景色か、花園の春の景色か。それを見せられた娘は、われとわが心の底に潜んで居た何物かを、探りあてたる心地であった。

「これはお前の未来を絵に現わしたのだ。此処に斃れて居る人達は、皆これからお前の為めに命を捨てるのだ」

こう云って、清吉は娘の顔と寸分違わぬ畫面の女を指さした。

「後生だから[1]、早く其の絵をしまって下さい」

と、娘は誘惑を避けるが如く、畫面に背いて畳の上へ突俯したが、やがて再び唇をわなゝかした[2]。

「親方[3]、白状します。私はお前さんのお察し通り、其の絵の女のような性分を持って居ますのさ。―――だからもう堪忍して、其れを引っ込めてお呉んなさい」

「そんな卑怯なことを云わずと、もっとよく此の絵を見るがいゝ。それを恐ろしがるのも、まあ今のうちだろうよ」

こう云った清吉の顔には、いつもの意地の悪い笑いが漂って居た。

然し娘の頭は容易に上らなかった。襦袢[4]の袖に顔を蔽うていつまでも突俯したまゝ、

「親方、どうか私を帰しておくれ。お前さんの側に居るのは恐ろしいから」

と、幾度か繰り返した。

「まあ待ちなさい。己がお前を立派な器量の女にしてやるから」

と云いながら、清吉は何気なく娘の側に近寄った。彼の懐には嘗て和蘭医から貰った麻睡剤の壜が忍ばせて[5]あった。

日はうらゝかに川面を射て、八畳の座敷は燃えるように照った。水面から反射する光線が、無心に眠る娘の顔や、障子の紙に金色の波紋を描いてふるえて居た。部屋のしきりを閉て切って刺青の道具を手にした清吉は、暫くは唯恍惚として[6]すわって居るばかりであった。彼は今始めて女の妙相をしみ／″＼味わう事が出来た。その動か

ぬ顔に相対して、十年百年この一室に静坐するとも、なお飽くことを知るまいと思われた。古のメンフィス¹の民が、荘厳なる埃及の天地を、ピラミッドとスフィンクス²とで飾ったように、清吉は清浄な人間の皮膚を、自分の恋で彩ろうとするのであった。

やがて彼は左手の小指と無名指と拇指の間に挿んだ絵筆の穂³を、娘の背にねかせ、その上から右手で針を刺して行った。若い刺青師の霊は墨汁の中に溶けて、皮膚に滲んだ。焼酎に交ぜて刺り込む琉球朱の一滴々々は、彼の命のしたゝりであった。彼は其処に我が魂の色を見た。

いつしか午も過ぎて、のどかな春の日は漸く暮れかゝったが、清吉の手は少しも休まず、女の眠りも破れなかった。娘の帰りの遅きを案じて迎いに出た箱屋⁴迄が、

「あの娘ならもう疾うに帰って行きましたよ」

と云われて追い返された。月が対岸の土州屋敷の上にかゝって、夢のような光が沿岸一帯の家々の座敷に流れ込む頃には、刺青はまだ半分も出来上らず、清吉は一心に蝋燭の心を掻き立て⁵ゝ居た。

一点の色を注ぎ込むのも、彼に取っては容易な業でなかった。さす針、ぬく針の度毎に深い吐息をついて、自分の心が刺されるように感じた。針の痕は次第々々に巨大な女郎蜘蛛の形象を具え始めて、再び夜がしらゝ⁶と白み初めた時分には、この不思議な魔性の動物は、八本の肢を伸ばしつゝ、背一面に蟠った。

春の夜は、上り下りの河船の櫓声に明け放れて、朝風を孕んで下る白帆の頂から薄らぎ初める霞の中に、中洲、箱崎、霊岸島の家々の甍⁷がきらめく頃、清吉は漸く絵筆を擱いて、娘の背に刺り込まれた蜘蛛のかたちを眺めて居た。その刺青こそは彼の生命のすべてゞあった。その仕事をなし終えた後の彼の心は空虚であった。二つの人影は其のまゝ稍ゝ暫く動かなかった。そうして、低く、かすれた声が部屋の四壁にふるえて聞えた。

「己はお前をほんとうの美しい女にする為めに、刺青の中へ己の魂をうち込んだのだ、もう今からは日本国中に、お前に優る女は居ない。お前はもう今迄のような臆病な心は持って居ないのだ。男と云う男は、皆なお前の肥料になるのだ。………」

其の言葉が通じたか、かすかに、糸のような呻き声が女の唇にのぼった。娘は次第々々

---

❶ 古のメンフィス 古孟斐斯。位于尼罗河西岸开罗南方的古埃及城市，约公元前 3000 年建成，曾作为首都繁荣一时。❷ スフィンクス 斯芬克斯，人面狮身像。❸ 穂 笔尖。❹ 箱屋 拎箱的，艺伎的跟班。❺ 蝋燭の心を掻き立てる 拨亮蜡烛的芯。❻ しらしら 放亮，微明，渐白。（黎明时）天逐渐亮起来。❼ 甍 屋瓦。

に知覚を恢復して来た。重く引き入れては、重く引き出す肩息に、蜘蛛の肢は生けるが如く蠕動<ruby>ぜんどう</ruby>した。

「苦しかろう。体を蜘蛛が抱きしめて居るのだから」

こう云われて娘は細く無意味な眼を開いた。其の瞳は夕月の光を増すように、だん／＼と輝いて男の顔に照った。

「親方、早く私に背<ruby>せなか</ruby>の刺青を見せておくれ、お前さんの命を貰った代りに、私は嘸<ruby>さぞ</ruby>美しくなったろうねえ」

娘の言葉は夢のようであったが、しかし其の調子には何処か鋭い力がこもって居た。

「まあ、これから湯殿へ行って色上げをするのだ。苦しかろうがちッと我慢をしな」

と、清吉は耳元へ口を寄せて、労わる<ruby>いた</ruby>[1]ように囁いた。

「美しくさえなるのなら、どんなにでも辛抱して見せましょうよ」

と、娘は身内<ruby>みうち</ruby>の痛みを抑えて、強いて微笑<ruby>ほほえ</ruby>んだ。

「あゝ、湯が滲みて苦しいこと。………親方、後生だから私を打っ捨って、二階へ<ruby>うちゃ</ruby>行って待って居てお呉れ、私はこんな悲惨<ruby>みじめ</ruby>な態<ruby>ざま</ruby>を男に見られるのが口惜<ruby>くや</ruby>しいから」

娘は湯上りの体を拭いもあえず、いたわる清吉の手をつきのけて[2]、激しい苦痛に流しの板の間へ身を投げたまゝ、魘<ruby>うな</ruby>される[3]如くに呻いた。気狂じみた髪が悩ましげに其の頬へ乱れた。女の背後には鏡台が立てかけてあった。真っ白な足の裏が二つ、その面へ映って居た。

昨日とは打って変った女の態度に、清吉は一と方<ruby>ひ</ruby>ならず<ruby>かた</ruby>[4]驚いたが、云われるまゝに独り二階に待って居ると、凡そ半時ばかり経<ruby>た</ruby>って、女は洗い髪を両肩へすべらせ、身じまい[5]を整えて上って来た。そうして苦痛<ruby>くるしみ</ruby>のかげもとまらぬ晴れやかな眉を張って、欄干に靠れながらおぼろにかすむ[6]大空を仰いだ。

「この絵は刺青と一緒にお前にやるから、其れを持ってもう帰るがいゝ」

こう云って清吉は巻物を女の前にさし置いた。

「親方、私はもう今迄のような臆病な心を、さらりと捨てゝしまいました。──お前さんは真先に私の肥料<ruby>こやし</ruby>になったんだねえ」

と、女は剣<ruby>つるぎ</ruby>のような瞳を輝かした。その耳には凱歌の声がひゞいて居た。

◆────────────────────────────

❶ 労わる 怜惜，満懐同情地対待力量弱小者。❷ つきのける 推開。❸ 魘される 魔（住），做了可怕的梦等，在睡眠中発出痛苦的声音。❹ 一と方ならず 特別，格外。❺ 身じまい 打扮，整理装束。❻ おぼろにかすむ 云雾朦胧。

「帰る前にもう一遍、その刺青を見せてくれ」

清吉はこう云った。

女は黙って頷いて肌を脱いだ。折から朝日が刺青の面にさして、女の背は燦爛とした。

作品评析

短篇小说。1910 年（明治 43 年）发表于《新思潮》杂志，是谷崎润一郎的成名之作。在这个短篇之中，几乎包含了谷崎润一郎全部的世界。美丽的女人身体即为美，美永远是强者，此外，女人脚部的特殊魅力以及被美征服之后获得的享乐，这些谷崎润一郎作品中唯美主义的核心都在该作品中有完美呈现。

小说讲述了江户末期，在"人们尚保有'愚'之德"时，为了追求"不为人知的快乐与夙愿"的刺青师清吉的故事。清吉看见前来刺青的人在刺痛中挣扎，感到一种无法言喻的愉悦。他多年来的夙愿就是"得一美女的光艳肌肤，在上面刻下自己的灵魂"。一次，在街上他看见从轿子围帘中露出美人的一只脚，神往不已。一个偶然的机会，他得以在这个美女的后背刺下巨大的蜘蛛刺青。刺青完成后，美女双目放光，对清吉说："你成了我的第一个肥料。"

课后练习

1. 文中に「それは古の暴君紂王の寵妃、末喜を描いた絵であった。」とありますが、中国の読者として、この箇所について、どう思うか。
2. 女の態度の変化と清吉の意図するところを巡って、この小説のテーマを考えてみよう。
3. 女の背中にできた女郎蜘蛛の隠喩的意味について考えてみよう。
4. 「丁度四年目の夏のとあるゆうべ、深川の料理屋平清の前を通りかゝった時、彼はふと門口に待って居る駕籠の簾のかげから、真っ白な女の素足のこぼれて居るのに気がついた。鋭い彼の眼には、人間の足はその顔と同じように複雑な表情を持って映った。その女の足は、彼に取っては貴き肉の宝玉であった。拇指から起って小指に終る繊細な五本の指の整い方、絵の島の海辺で獲れるうすべに色の貝にも劣らぬ爪の色合い、珠のような踵のまる味、清洌な岩間の水が絶えず足下を洗うかと疑われる皮膚の潤沢。この足こそは、やがて男の生血に肥え太り、男のむくろを蹈みつける足であった。この足を持つ女こそは、彼が永年たずねあぐんだ、女の中の女であろうと思われた。」

この段落では、主に何について書いているのか、「フェティシズム」という言葉の意味を調べながら、考えてみよう。

第六节 "小说之神"——志贺直哉

作家简介

志贺直哉（1883—1971）：以精练的文体写尽自然与人生的自我肯定的文学

伦理观的养成

志贺直哉出生于宫城县，因哥哥夭折，成为家里的继承人。志贺受到祖父母的溺爱，一直住在祖父家中，这使得他和父亲关系疏远。祖父直道是二宫尊德最忠实的弟子。17岁时，志贺认识了内村鑑三，为其个性所吸引，以后的七年间一直奉内村为师，受基督教的氛围熏染，养成了"憧憬正义，憎恶不正虚伪的性情"。志贺作品中一贯的对于不调和、不正、不自然的近乎洁癖的伦理观，大多来自内村与祖父的影响。对于祖父参与开发的足尾矿山引起的严重矿毒事件，志贺亲赴当地进行调查，与身为实业界大腕的父亲发生激烈冲突，以后多年一直与父亲处于对立状态。

白桦派的诞生

在学习院中学读书时，志贺与武者小路实笃、木下利玄、正亲町公和同班，成为好友。高中时，坚定了成为作家的理想，升入东京帝国大学英文专业后，又转入国语专业，开始学习文学，创办同人杂志。这期间，创作了《一个早晨》，描写自己和祖母之间发生的一件小事。27岁时，与同是学习院毕业的武者小路实笃、有岛武郎、里见弴一起创办《白桦》杂志，被称为"白桦派"。白桦派同人站在理想主义与人道主义的立场，相信人的可能性，祈祷生命力的提升与自我的充实。白桦派尊重人的个性，为人们带来希望的文学成为大正文坛的主流。志贺在创刊号上发表《到网走去》，此后几乎每期都在杂志上发表短篇小说，逐渐确立了作家地位。这一时期的代表作有《大津顺吉》、《正义派》、《克罗谛思的日记》、《清兵卫与葫芦》、《范的犯罪》等。

与父亲的不和与和解

志贺因与自家女佣的结婚问题，以及大学退学等原因与父亲关系日益恶化后，离开家搬到广岛县的尾道。在尾道开始创作长篇小说《时任谦作》，该作的青年主人公试图在与父亲的争执中坚持自我，但作品的创作并不顺利，一度中断。此后志贺多次搬家，不顾父亲反对与武者小路实笃表妹结婚。婚后长女夭折，遭遇这些变故后，志贺一度停止了文学创作。直到1917年（大正6年），志贺在《白桦》上发表《在城崎》，表现出对于生命本质的重新审视。同年，与父亲达成和解，家庭生活安定，文学创作进入成熟期。此后陆续发表了《好人物夫妇》、

《赤西蛎太》、《和解》、《学徒之神》、《篝火》、《河边的住宅》等代表作。

与父亲的抗争一直是志贺创作的动力，自与父亲达成和解后，作家的心境发生变化，文学创作呈现一种和谐的倾向。作家在中断的《时任谦作》基础上开始创作小说《暗夜行路》，描写一直坚持自我的主人公，在和谐的大自然的背景中逐渐实现与他者融合的心路历程。该作可以视为志贺直哉文学的集大成之作。志贺因其作品中现实主义的精确笔触被奉为"小说之神"，大受推崇的同时，也引来一些不同意见。

代表作简介

《清兵卫与葫芦》

短篇小说，发表于1913年（大正2年）。该作富于幽默感地描写了周围人对于痴迷于葫芦魅力的少年的态度，批判了那些毫不理解孩子才能的大人们，作品中折射出作家本人与父亲之间的对立。

小学生清兵卫非常喜欢葫芦，一天，他弄到一个近乎完美的葫芦，非常爱护，还把葫芦带到教室，正在摆弄时被老师发现，遭到严厉批评，葫芦也被老师没收。回家后，父亲大骂清兵卫，把他费尽心思收集来的葫芦全部砸碎。清兵卫心想：这些大人什么都不懂。老师觉得葫芦脏兮兮的，就送给了勤杂工，经由勤杂工之手，最后葫芦被古董商人以600元的高价买下。

《在城崎》

短篇小说，发表于1917年（大正6年）。1913年，志贺曾在东京被山手线电车撞倒，后到兵库县的城崎温泉疗养。在城崎，作家看见了一些小动物，由此引发对自身生与死的思考。该作被称为"心境小说"的代表作，格调高雅，文笔优美。

"我"在交通事故中身受重伤，幸免一死，出院后前往城崎进行疗养康复。一天早晨，"我"目睹了受到同伴抛弃最终归入尘土的蜜蜂；另一天，在小河边看见被竹签穿透脖子，虽注定一死却执着于生、一直拼命挣扎的老鼠；另一个傍晚，"我"在小河边看见一只蝾螈停在对岸的岩石上，想扔个石子吓跑它，哪知石子竟然砸死了蝾螈。这三个小动物的死，使"我"想到自己曾经与死神擦肩而过，不禁感叹生物的生命完全由偶然支配，"生"与"死"其实并非处于完全对立的两极，两者并无太大差异，死一直就伴随着我们。

《暗夜行路》

长篇小说，自1921年（大正10年）开始断断续续进行连载，包括1919年的手稿在内，随着志贺直哉境遇与心境的变化，构思也发生着变化，历时16年终于完稿。该作并非采用私小说的手法，而是虚构的作品，主人公时任谦作一直摸索，力图获得精神上的平静与自足，

并在此过程中获得成长。作品与作家的心境有重合之处。

　　主人公时任谦作为了开始新的生活，迁居尾道，得知自己是父亲出国后祖父与母亲不伦生下的孩子这一秘密后，谦作痛苦彷徨。好不容易重新面对生活的谦作迎娶了直子，可直子却在自己离家时与其表兄犯下错误。无法摆脱苦恼的谦作只身前往鸟取县的大山，闭门不出。在这里，谦作感到自己融入了大自然，获得了心灵的净化，心境趋于调和，打算原谅一切，可是因病卧床。直子赶来，看见谦作"充满爱意的柔和的目光"，下定决心与此人相伴一生，绝不再分开。

作品选读

十一月三日 [1] 午後の事

　　晩秋には珍しく南風が吹いて、妙に頭は重く、肌はじめじめ [2] と気持の悪い日だった。自分は座敷でひとり寝ころんで旅行案内を見ていた。さし当り実行の的もなかったが、空想だけでも、こういう日には一種の清涼剤になる。そして眠れたら眠るつもりでいた。そこに根戸にいる従弟が訪ねて来た。

　　自分は起きて縁側に出た。従弟は庭に溢れている井戸で足を洗いながら、

　　「今日大分大砲の音がしましたね」と言った。

　　「あっちの方に聴えたね。小金ヶ原 [3] あたりかしら」

　　「演習がもう始まったんだな。昨日停車場へ行ったら馬がたくさん来ていた」

　　従弟は足を拭いて上って来た。二人は椅子の部屋に来た。従弟は自分の手にある旅行案内を見ると、

　　「そんな物を見て何かむほん [4] の計画でもあるんですか」と言った。

　　二人は旅行の話をした。九州の方へ行くとすると汽車より濠州 [5] 行きか何か、船の方が面白そうだといいような話をした。そして長崎までの汽車賃と船賃とを、その本

---

❶ 十一月三日　明治天皇的生日，这一天举行阅兵式和军事演习。❷ じめじめ　潮湿。❸ 小金ヶ原　千叶县西北部一带的称呼。❹ むほん　谋反。❺ 豪州　澳大利亚。

で調べたりした。

　蜂が四五疋、鈍いなりに羽音を立ててその辺を飛び廻った。毎年今ごろになると寒さに弱った蜂が陽あたりのいい部屋の天井へ来て集まる、今年は子供がそれを手づかまえにしかねないので、気がつくと蝿たたきで殺していた。で、今も自分は従弟と話しながらそれらを殺しては捨てていた。

　「今日は七十三度¹だよ」

　「七十三度というと、どうなんです」

　「今ごろ七十三度は暑いじゃないか。ちょっとした山なら夏の盛りだ」

　「それに蒸すんですよ。蒸すからこんなに頭が変なんですよ」そう従弟の方で説明した。そして「今まで昼寝をしていたんだけど……」と顔を顰めながら、大分延びた丸刈り²の髪を両手で逆さにかき上げた。

　「久しぶりで散歩でもしようか」

　「しよう」

　「柴崎に鴨を買いに行こうか」

　「いいでしょう」

　自分は妻に財布とハンケチを出させた。妻は、

　「町のお使いはどうするの？その鴨は今晩は駄目なの？」と言った。

　「今晩は駄目だ」

　二人は庭から裏の山へ出た。北の空がちょっと険しい曇り方をしていた。畑から子の神道³に出て、しばらく行ってまた畑の間を小学校の方へ曲った。成田線の踏切り⁴を越して行く騎兵の一隊が遠く見えた。皆帽子に白い布⁵を巻いていた。

　しばらくして自分たちもその踏切りを越した、すると今度は後ろから歩兵の一隊が来た。その時それはかなり遠かった。二人はあまり注意もせずに話しながら来たが、その一隊はむしろ案外な早さで、間もなく自分たちのすぐ背後に迫って来た。

　「きっと敵を追いかけているんですよ」と従弟が言った。

　この蒸し暑いのに皆外套を着ている。いくら暑くてもそれは命令で勝手には脱げないらしい。帽子だけは皆手に持っていた。それにはやはり白い布が巻いてあった。し

❶ 七十三度　华氏73度，摄氏23度左右。❷ 丸刈り　头发全部剪短。❸ 子の神道　位于现在千叶县我孙子市寿2丁目，是通往子神大黑天延寿院的大道。❹ 踏切り　铁道口。❺ 白い布　白布条。敌我双方进行模拟战时，用以识别敌我。

かしそれも先頭に歩いていた若い士官がちょっと後ろを向いて何か簡単な号令をかけた時に皆は被ってしまった。蒸し風呂から出て来た人のような汗の玉が皆の顔に流れている、そして全く黙り込んで、ただ急ぐ。汗と革類とから来る変な悪臭が一緒について行った。

十二三間[1]長さのその隊は間もなく自分たちを追い抜いて往った。一足遅れに行くある一人の疲れきった後ろ姿を見ながら、従弟は、

「何だかいろんな物がちっとも身体についていないのね。もう少し工合よく作れそうなものだ」言った。

「外套は二枚持って歩くのかい?」

「背嚢についているんですか。あれは毛布でしょう」と従弟が言った。

兵隊は遠ざかって行った。往来[2]には常になく新しい馬糞がたくさん落ち散っていた。二人は中学時代に行った行軍の話などをしながら歩いた。

常磐線の踏切りから切通しのだらだら坂を登って少し行くと彼方の桑畑に散兵しているのが見えた。百姓がところどころ一トかたまり[3]になってそれを見物していた。

東源寺という榧の大木で名高い寺への近道の棒杭[4]のあるところから街道を外れて入った。左手の畑道を騎兵が七八騎一列になって、馬を暢気[5]に歩かせていた。間もなく、自分たちは竹藪[6]の中のじゅくじゅくした細い坂路を下りて、目的の鴨屋へ行った。

鴨は一羽もなかった、その朝ちょうど東京へ出したところだと言う。そして「今あるのはおしどり[7]ぐらいなものです」と言った。それを見た。しかしおしどりはまだ少。しも馴れていなかった。柵の隅[8]でできるだけ小さくなって、片方の眼だけをこっちへ向けていたかにも不安らしい様子をしていた。「雄はまだ雛です。別々に捕ったので親子でないから雌に押されているんですよ」主な雄が地面へ腹をつけたきりで、もし歩いても中腰[9]でヨタヨタ[10]しているのを弁解するように言った。

近所の仲間には鴨もあるはずだというので、自分はやはりそれを頼んだ。二人は主がそれを取って来る間、一町[11]ほど先の利根[12]の堤防へ行って見た。堤防と言っても現在水の流れているところまでは一里ほどもあって、その間は真菰[13]の生い茂った

---

❶ 間 1間约为1.8米。 **❷** 往来 道路。 **❸** かたまり 一团，成群结队。 **❹** 棒杭 木桩。 **❺** 暢気 悠闲。 **❻** 竹藪 竹林。 **❼** おしどり 鸳鸯。 **❽** 隅 角落。 **❾** 中腰 弯着腰，半起身。 **❿** よたよた 摇摇晃晃，东倒西歪。 **⓫** 町 1町约为109米。 **⓬** 利根 即利根川，河流横贯关东平原后流入太平洋。 **⓭** 真菰 茭白。

広々した沼池になっている。

二三発続いて銃声がした。近いところで、急に鴨が頓狂な声で鳴き立てた。遠くの方で小鴨の一群が飛び立った。銃声はなお続いた。脅かされて、鴨の群はだんだん高く舞い上った。

同じ堤防の上をこっちへ向かって二十騎ほどの騎兵が早足で来る。そして間もなく銃声は止んだ。二人は堤防を下りて引っ返して来た。

彼方の四つ角[1]で地図を持った士官が二三人兵隊と何か大声で道のことを訊いていた。小さい田一つへだてた[2]鴨屋の婆さんがやはり大きい声でそれに返事をしていた。士官と兵隊とは急いで教えられた方へ入って行った。

自分たちがその四つ角まで来た時に青くびの鴨を一羽、羽交[3]で下げた主と出会った。自分はその鴨の無邪気な突きだしている[4]顔を見ると今二三分の間に殺してしまうのが不快になった。食うために買いに来て、あまり面白くもない餌飼いの鴨を持って買えるのも考え物だと思ったが、とにかく殺さずに持って帰ることにした。

鴨屋へ来ると主はそれを持って土間を抜けて裏へ廻った。殺す気かしらとちょっと思った。そして少し嫌な気をしながら、殺して来たら殺したでもいいという気を漠然持った。すると、

「殺しに行ったんじゃないんですか」と従弟が注意した。で、自分も、

「おいおい殺すんじゃないよ」と大声で主に注意した。

「このままお持ちになりますか」主はひねりかけたその手つきのまま、土間へ入って来た。

鴨はあばれもしなければ、鳴きもしなかった。自分たちはそれを風呂敷に包んでもらって、そこを出た。

東源寺近道の棒杭のところまで帰って来ると、そこの百姓家に軍馬が二三匹つないであった。

「兵隊が寝ている。どうしたんだろう」と従弟は百姓家の方を覗き込んで言った、歩きながらだと、かえって藪垣をとおして、それがチラチラと見えた。「休んでいるのかしら、帽子は布を巻いてませんね。そうすると先刻のは逃げていたんだな」と従弟が言った。

---

❶ 四つ角 十字路口。 ❷ 隔てる 間隔。 ❸ 羽交 翅膀。 ❹ 突き出す 探出，伸出，挺起。

街道へ出ると、五間ほど先の道端（みちばた）に上半身裸体にされた兵隊が仰向けに背嚢に倚りかかって寝ていた。一人が看護している。胸にハンケチを当てて、それに水筒から水をたらしていた。病人は意識も不確からしく眼をつぶったまま、力なく口を開けていた。そのくせ顔だけは汗ばんでかなりに赤い。変な気がした。立ち止まってみるのがいやだった。

それからだらだらの切通し[1]を下りて来るとそこで二百人ばかりの歩兵の一隊と擦（す）れ違（ちが）った。かなりの急ぎ足で歩いている。隊の中ごろへ来て自分は全くまいってしまった一人の兵隊を見た。両側から一人ずつその腋の下に腕を差し込んでまいったままにどんどん隊の歩度で急いで行く。その兵隊はもう眼を開いてはいなかった。そして泥酔（でいすい）した人のように、肩に据わらない[2]首を一足ごとに仰向けに、あるいは右に左に振っていた。

同じような人がまた来た。その顔には何の表情もない。苦痛の表情さえも現れないほど苦しいのだという気がした。ちょうど踏切りを超える時に足がレールのわずかな溝（みぞ）に引っかかると、その人は突き飛ばされたように前へのめって[3]しまった。支えていた兵隊の腕にも力はなかった。そして倒れた人は何も言わない。倒れた人は何も言わない。倒れたきりでいる。

急ぎ足の隊はそこでちょっとさえぎられる[4]と後から後から人が溜まりかけた。

「止まっちゃいかん」と士官が大きい声で言った。流れの水が石で分かれるように人々はそこで二つに分かれて過ぎた。人々の眼は倒れた人を見た。しかし黙っている。皆の衆は見ながら黙って急ぐ。

「おい起て。起たんか」頭のところに立っていた伍長が怒鳴（どな）った。一人が腕を持って引き起こそうとした。伍長は続けさまに怒鳴った。倒れた人は起きようとした。俯伏（うつぶ）しに延びきった身体（ち）を縮めちょっと腰のところを高くした。しかしもう力はなかった。すぐたわいなく[5]つぶれてしまう。二三度その動作を繰り返した。芝居（しばい）[6]で殺された奴が俯伏しになった場合よくそういう動作をする。それがちょっと不快に自分の頭に映った。倒れた人は一年志願兵[7]だった。他の兵隊から見ると背も低く弱そうだった。

---

❶ 切通し　山路。　❷ 据わる　不动，平静。　❸ のめる　向前倒下。　❹ さえぎる　中断。　❺ たわいない　不省人事。
❻ 芝居　戏剧，演戏。　❼ 一年志願兵　根据明治时期的征兵制度，在陆军服兵役期间，希望通过特定的考试后再服一年兵役，之后成为预备、后备将校的士兵。

「これは駄目だ。物を去ってやれ」と士官が言った。踏切り番人のかみさんが手桶に水をくんで急いで来た。自分はそれ以上見られなかった。何か狂暴に近い気持が起って来た。そして涙が出て来た。

後から来た従弟が、

「眠っちゃいかん、眠っちゃいかんってしきりに言ってましたよ」と言った。

五六間来るとそこにも一人倒れていた。力なく半分閉じた眼をしていながら、その兵隊は上半身裸体のまま起き上がって歩き出そうとする。それも全く口をきかずに。

「起きんでいい。起きんでいい」と看護している兵隊が止めた。一人の兵隊が下の田圃で田の水を水筒に入れていた。従弟は妙な顔をして、それを自分に示した。

十間ほど来るとそこにまた一人倒れていた。どれもこれも、ぼんやりと何の表情もない顔をしている。

自身の背嚢の上にさらに二つの背嚢を積み上げ、両の肩に銃を一挺ずつかけて、黙々として一人歩いて来る若い小柄な兵隊に出会った。

少し行くとまた一人倒れていた。

「水を少し貰えませんか」それを看護している兵隊がちょうどそこへ通りかかった四人連れの兵隊を見上げて声をかけた。「両方も一滴もなくなっちゃった」

「少しあるだろう」とこういってそのうち一人が立ち止って自身の水筒を抜いて渡した。

兵隊は眼をつぶって仰向けになっている兵隊の口にそれからわずかな量をたらしこんだ。次に額に二三滴、ハンケチをかけた胸に二三滴、ちょうど儀式か何かのようにたらすと、そのわずかな水も使いきらぬようにして礼を言って立っている兵隊に返した。その兵隊は水筒を受け取る仲間を追って駆けて行った。

自分たちはそれからも二三町の間になお四五人そういう人々を見た。

小学校の前で従弟と別れた。そして夕方の畑道を急いで来た。自分は一人になるとまた興奮して来た。それはあまりに明らか過ぎることだと思った。それは早晩どんな人にもハッキリしないではいない事がらだ。何しろ明らか過ぎることだ、と思った。すべては全く無知から来ているのだと思った。

自分はいつか、道を間違えていた。まがるところをまがらずに来たのだ。子の神の入口まで行って自家の方へ引きかえして来た。

帰るとすぐ自分は風呂敷の鴨を出して見た。羽がいを交叉してその下に首を仰向けに差し込んであった。この間まで鳩を入れておいた小屋の中で自分はそれを自由にし

てやった。しかし鴨は半死ににになっていた。羽ばたき[1]をして地面をかけようとするが首がもう上がらない。のどを延ばして、それを地面にすりつけて[2]ただもがいた[3]。自分は出して池へ放して見た。しかしなぜか真っ直ぐには浮かばない。すぐ裏返しになって白い腹を見せ、ばたばた騒いだ。自分は重ね重ね不愉快になった。

「おや、お父様が鴨を買っていらした。とうと[4]よ」こんなことをいって妻が小さい女の子を抱いて出て来た。

「見るんじゃない。彼方へ行って……」自分は何ということなしに不機嫌に言った。そして鴨は女中を呼んで隣の百姓へやって、殺してもらった。それを自家で食う気はもうしなかった。翌日それを他へ送ってやった。

作品评析

《十一月三日午后的事》发表于 1919 年，11 月 3 日是明治天皇的生日，战前一直作为天长节，是国民四大节日之一。以此为标题，描写发生在当天的一件令人不愉快的事情。一般由此认为该作表现出人道主义、非军国主义的思想感情，受到好评。1918 年 9 月，日本政府宣布出兵西伯利亚，此时日本国内因为大米价格居高不下，各地爆发"米骚动"，参加者超过数百万人，为此政府投入十万多军队在各地进行镇压，小说中的军事演习就发生在这样的时代背景之下。

不过将作品纯粹作为一幅白描的人生插图也颇耐人寻味。主人公住在我孙子市，明治天皇的生日当天下午与表弟一起去买鸭子。中途目睹军事演习中士兵的辛苦，对于军事组织非常愤慨，认为"这一切都来源于无知"。回家后，"我"把买来的鸭子杀掉，自己也不想吃鸭肉，直接送给了别人。志贺作品中经常出现的"愉快"、"不快"的感情变化在这篇小说中也起到了推动情节发展的关键作用，以自我感受为中心、笔法精确简练等志贺作品的特色在该作中都有所体现。

课后练习

1.「自分」は兵隊の様子をどのような気持ちで見ているか、次のそれぞれの場面についてまとめてみよう。

---

❶ 羽ばたく 拍打翅膀。 ❷ すりつける 摩擦。 ❸ もがく 挣扎。 ❹ とうと 幼儿用语，这里指小鸟。

①「歩兵の一隊」を見た時

②「上半身裸体にされた兵隊」を見た時

③ 踏切で「倒れた人」を見た時

2.「自分」の鴨に対する心情の変化を次のそれぞれの時点でまとめてみよう。

① 初めて「青くびの鴨」を見た時

② その鴨を「自由にしてやった」時

③ その鴨を「殺してもらった」時

3.「すべては全く無知からきているのだと思った」とあるが、どのようなことをいっていると思われるか。

4.「晩秋には……気持ちの悪い日だった。」という冒頭の一文は、この小説の中でどのような効果をあげているか。

第七节 大正时期的代表作家
——芥川龙之介

作家简介

芥川龙之介（1892—1927）：以巧妙的故事性、完美的文体和新奇的构思构建的市民文学

出生

芥川龙之介生于东京京桥区，出生七个月后由于生母精神失常，被生母娘家芥川家收养，成为养子。芥川家是一个旧式封建家族，虽然礼法规矩森严，但是喜好风雅，养父芥川道章喜作南画、俳句，爱好赏玩盆景。这样的家庭环境对芥川龙之介影响很大。芥川龙之介自幼喜好读书，从汉文书籍、江户时代的文学到幸田露伴、夏目漱石等近代作家，乃至西方近代的文学、哲学书籍，广泛涉猎，而且毕生以书画、俳句、古玩为爱好。

登上文坛

早在东京帝国大学英文专业读书期间，芥川龙之介就表现出强烈的创作欲望。1914 年 22 岁的时候，芥川在第三次《新思潮》杂志上发表了小说处女作《老年》、剧本《青年与死》，虽然这并没有得到当时文坛的关注，但是初步显露出了芥川龙之介的文学资质。1915 年开始，芥川龙之介参加了夏目漱石门下的"星期四聚会"，次年发表在第四次《新思潮》杂志上的《鼻子》受到夏目漱石的盛赞，从而作为新人作家崭露头角。1916 年从东京帝国大学毕业后，芥川龙之介就职于海军机关学校，担任英语教师。1919 年他辞去教职，进入大阪每日新闻社，开始专心于文学创作。

中国之行与晚年的不安

1921 年 3 月至 7 月，芥川龙之介以大阪每日新闻社特派员的身份，到中国旅行。这是他一生中唯一的一次海外旅行。在这次历时百余天的旅行中，芥川龙之介游历了中国东部地区的很多城市，包括上海、杭州、苏州、扬州、镇江、南京、芜湖、九江（庐山）、武汉、长沙、郑州、洛阳、北京、天津等地。1922 年开始，芥川龙之介的健康状况每况愈下，此后一直为神经衰弱、失眠、胃肠疾病所苦，经常到各地疗养。1927 年 7 月 24 日，芥川龙之介服用过量安眠药自杀。

代表作简介

《地狱变》

　　《地狱变》发表于1918年，连载于《大阪每日新闻》。小说主人公是孤高倨傲、受堀川大公庇护的画师良秀，他的才能无人能及，世人皆知，但却不受人喜欢。堀川大公命令良秀绘制"地狱变"屏风，但他却为贵妇被焚死在槟榔毛车中的画面而苦恼，迟迟不能绘出，于是请求堀川大公能够在自己眼前再现这个场面。良秀有一个独生女，在堀川大公殿上侍奉，大公倾心于良秀之女，想要占有却没能得逞，于是，大公答应了良秀的请求，却将良秀之女捆绑在槟榔毛车上放火焚烧。良秀亲眼看着自己心爱的女儿在烈火中挣扎痛苦，身不由己地要奔向车子，但他还是停了下来挥舞画笔，"好像瞻仰开眼大佛一般"，将在火焰里遭受痛苦的女儿的样子记录了下来。一个月后惊世骇俗的"地狱变"屏风完成了，良秀自己却悬梁自尽。《地狱变》的故事来源于《宇治拾遗物语》中的"绘佛师良秀见家烧而悦事"和《古今著闻集》第十一卷的"弘高书地狱变屏风次第"，但主题思想和构思都与原文无关，属于芥川龙之介的独创。小说首尾呼应，情节进展有度，对良秀折磨弟子的各个场面以及最后良秀女儿在牛车中被焚这一高潮场面的描写堪称经典。小说以第三者的角度叙述情节，在作者和事件进展之间制造了距离感，这些手法都充分反映出芥川龙之介驾驭短篇小说的功力。

　　牺牲了日常生活道德的艺术家良秀，获得无上的欢喜和激动，而为惩罚良秀这种嗜画如命的举动将良秀独生女推上死路的堀川大公则从残忍的喜悦跌落至苍白的苦闷，这一对比反映出作家芥川龙之介艺术至上主义的思想。主人公良秀不得不放弃做一名俗人，但却获得了艺术家的无上荣光。这种艺术至上主义的主题在《戏作三昧》等作品中也有反映。

《南京的基督》

　　《南京的基督》发表于1920年，芥川龙之介赴中国旅行的前一年。故事发生在南京奇望街的一个私娼——金花家中。金花为了让父亲能够多喝上一杯小酒，不得不靠卖笑为生。她受去世的母亲的影响，笃信基督教，坚信基督会原谅自己为生计而从事这一行当。一日金花发现自己患上了恶性梅毒，虽然伙伴们告诉她，只要把这个病传染给别人，自己就会痊愈，可是她坚持不接客。一天晚上，一个外国男子来到她这里，金花觉得他与墙上十字架上的基督非常相像。次日早晨，金花醒来，外国男子早已不见了踪影，但她却惊奇地发现自己的梅毒病已经痊愈。于是金花深信昨晚的外国男子就是基督的化身，他来拯救了自己。第二年曾经到过金花这里的日本旅行家又来了，他听金花讲述了这个故事，但是他心里明白那个外国男子并不是基督的化身，而是自己认识的一个记者。他是一个日本人与美国人的混血儿，曾经吹嘘自己在南京的一个私娼家里趁着女子熟睡之际没有付钱就溜走了，但后来他患上了梅毒，不久就发疯了。芥川龙之介在作品最后指出，该作是受到谷崎润一郎的小说《秦淮一夜》的影响而创作的。文中对于金花家中的摆设以及金花衣着打扮的描写，受到了同行作家的称赞。久米正雄说："场景描写尤其吸引人。芥川还没有去中国，就已经描写得这般逼真传神，若是今秋从中国归来，会写出怎样的作品啊！"可见芥川龙之介对中国题材小说创作的驾轻就熟，受到了文坛的一致公认。

　　《南京的基督》也是芥川龙之介一系列基督教题材小说的代表作之一，《烟草与魔鬼》、

《基督徒之死》、《圣·克利斯朵夫传》、《众神的微笑》等都属于这一系列的作品。芥川龙之介并不是有神论者，但他一直喜欢基督教，临终时枕边还摆着一本翻开的《圣经》。在《南京的基督》这部作品里，芥川龙之介通过金花这一人物，赞美对于信仰的坚持，这部小说告诉读者：在笃信之中，宗教就会带来奇迹。

《齿轮》

　　《齿轮》作为芥川龙之介的遗稿于 1927 年 10 月发表在《文艺春秋》杂志上。它是作家遗稿中唯一一部纯粹的小说。小说由《雨衣》、《复仇》、《夜晚》、《还没有？》、《赤光》、《飞机》等六章构成，每一章又都可以看作一篇独立的短篇小说。1927 年 1 月，芥川龙之介的姐夫西川丰家中发生火灾，住宅全部烧毁，由于火灾发生之前，该房屋曾投保了巨额的保险，所以被怀疑有故意纵火的嫌疑，西川丰最终留下高额的债务，卧轨自杀。芥川龙之介一边忙于处理该事件的后事，一边投宿在帝国旅馆，写作《河童》等小说。《齿轮》就取材于这期间作家的生活。小说没有连贯的情节内容，描写了自认为如同生活在地狱一般的主人公，为发疯和死亡的预感而恐惧，异常敏感的神经不断捕捉到各种奇异的幻觉。在视野中旋转着的半透明的齿轮、象征着死亡和绝望的穿雨衣的男子等意象交织在一起，构成了一个阴暗、恐怖、充满神经战栗的凄美的小说世界。

　　可以说，一直拒绝自我表白的作家，在这部小说中第一次讲述了即将走向死亡的自己内心的孤独和绝望。不过，《齿轮》并不是自然主义作家创作的"私小说"，作品中对各个意象的连接转承都作了巧妙的设计，广津和郎评价《齿轮》的艺术技巧"冷静而又一丝不乱"，的确，虽然小说中描写了作家晚年行将崩溃的神经的幻觉和乱象，但作品的艺术手法仍然是精心构成，天衣无缝。

作品选读

羅 生 門

　　ある日の暮方の事である。一人の下人が、羅生門¹の下で雨やみを待っていた。
広い門の下には、この男のほかに誰もいない。ただ、所々丹塗²の剥げた、大きな

---

❶ 羅生門　平安京（即京都）的正门，位于朱雀大路的正南方。❷ 丹塗　朱漆。

円柱に、蟋蟀が一匹とまっている。羅生門が、朱雀大路[1]にある以上は、この男のほかにも、雨やみをする市女笠[2]や揉烏帽子[3]が、もう二三人はありそうなものである。それが、この男のほかには誰もいない。

何故かと云うと、この二三年、京都には、地震とか辻風[4]とか火事とか饑饉とか云う災がつづいて起った。そこで洛中[5]のさびれ方は一通りではない。旧記[6]によると、仏像や仏具を打砕いて、その丹がついたり、金銀の箔がついたりした木を、路ばたにつみ重ねて、薪の料に売っていたと云う事である。洛中がその始末[7]であるから、羅生門の修理などは、元より誰も捨てて顧る者がなかった。するとその荒れ果てたのをよい事にして、狐狸が棲む。盗人が棲む。とうとうしまいには、引取り手のない死人を、この門へ持って来て、棄てて行くと云う習慣さえ出来た。そこで、日の目が見えなくなると、誰でも気味を悪るがって、この門の近所へは足ぶみをしない事になってしまったのである。

その代りまた鴉がどこからか、たくさん集って来た。昼間見ると、その鴉が何羽となく輪を描いて、高い鴟尾[8]のまわりを啼きながら、飛びまわっている。ことに門の上の空が、夕焼けであかくなる時には、それが胡麻をまいたようにはっきり見えた。鴉は、勿論、門の上にある死人の肉を、啄みに来るのである。――もっとも今日は、刻限が遅いせいか、一羽も見えない。ただ、所々、崩れかかった、そうしてその崩れ目に長い草のはえた石段の上に、鴉の糞が、点々と白くこびりついているのが見える。下人は七段ある石段の一番上の段に、洗いざらした紺の襖[9]の尻を据えて、右の頬に出来た、大きな面皰[10]を気にしながら、ぼんやり、雨のふるのを眺めていた。

作者はさっき、「下人が雨やみを待っていた」と書いた。しかし、下人は雨がやんでも、格別どうしようと云う当てはない。ふだんなら、勿論、主人の家へ帰る可き筈である。所がその主人からは、四五日前に暇を出された[11]。前にも書いたように、当時京都の町は一通りならず[12]衰微していた。今この下人が、永年、使われていた主人から、暇を出されたのも、実はこの衰微の小さな余波にほかならない。だから「下人

---

❶ 朱雀大路 自南向北贯穿平安京正中央的道路。❷ 市女笠 用蓑衣草或竹子编织的斗笠，一般为女性外出时使用。这里指戴这种斗笠的女人。❸ 揉烏帽子 三角形多褶皱的黑漆帽子。这里指戴这种帽子的男人。❹ 辻風 旋风。❺ 洛中 京城内，京都城内。❻ 旧記 旧时的记录。鸭长明的《方丈记》（1212年）中曾记载当时因为接连不断的灾难，人们把佛像当作柴草来卖。❼ 始末 情形，结局，地步。❽ 鴟尾 宫殿、佛殿等屋脊两端的鱼尾形脊瓦装饰。❾ 襖 平民穿着的棉衣。❿ 面皰 粉刺。⓫ 暇を出す 辞退，解雇。⓬ 一通りならない 非同一般。

が雨やみを待っていた」と云うよりも「雨にふりこめられた下人が、行き所がなくて、途方にくれていた」と云う方が、適当である。その上、今日の空模様も少からず、この平安朝の下人の Sentimentalisme[1] に影響した。申の刻下り[2] からふり出した雨は、いまだに上るけしき[3] がない。そこで、下人は、何をおいても差当り[4] 明日の暮しをどうにかしようとして——云わばどうにもならない事を、どうにかしようとして、とりとめもない考えをたどりながら、さっきから朱雀大路にふる雨の音を、聞くともなく聞いていたのである。

雨は、羅生門をつつんで、遠くから、ざあっと云う音をあつめて来る。夕闇は次第に空を低くして、見上げると、門の屋根が、斜につき出した甍[5] の先に、重たくうす暗い雲を支えている。

どうにもならない事を、どうにかするためには、手段を選んでいる遑[6] はない。選んでいれば、築土[7] の下か、道ばたの土の上で、饑死をするばかりである。そうして、この門の上へ持って来て、犬のように棄てられてしまうばかりである。選ばないとすれば——下人の考えは、何度も同じ道を低徊[8] した揚句に、やっとこの局所[9] へ逢着[10] した。しかしこの「すれば」は、いつまでたっても、結局「すれば」であった。下人は、手段を選ばないという事を肯定しながらも、この「すれば」のかたをつける[11] ために、当然、その後に来る可き「盗人になるよりほかに仕方がない」と云う事を、積極的に肯定するだけの、勇気が出ずにいたのである。

下人は、大きな嚔をして、それから、大儀[12] そうに立上った。夕冷えのする京都は、もう火桶[13] が欲しいほどの寒さである。風は門の柱と柱との間を、夕闇と共に遠慮なく、吹きぬける。丹塗の柱にとまっていた蟋蟀も、もうどこかへ行ってしまった。

下人は、頸をちぢめながら、山吹[14] の汗衫[15] に重ねた、紺の襖の肩を高くして門のまわりを見まわした。雨風の患のない、人目にかかる惧のない、一晩楽にねられそうな所があれば、そこでともかくも、夜を明かそうと思ったからである。すると、幸い門の上の楼へ上る、幅の広い、これも丹を塗った梯子が眼についた。上なら、人がいたにしても、どうせ死人ばかりである。下人はそこで、腰にさげた聖柄[16] の

---

❶ Sentimentalisme 感伤主义。❷ 申の刻下り 下午四点过后。❸ けしき 预兆，苗头。❹ 差当り 当前，目前。❺ 甍 铺着瓦的屋顶。❻ 遑 闲暇，余暇，工夫。❼ 築土 墙顶铺着瓦的泥土墙。❽ 低徊 低首徘徊。❾ 局所 这里指考虑之后得出的结论。❿ 逢着 碰上，遇到。⓫ かたをつける 加以解决。⓬ 大儀 吃力地，辛苦。⓭ 火桶 木制圆火盆。⓮ 山吹 金黄色。⓯ 汗衫 为吸汗而穿着的单层内衣。⓰ 聖柄 没有包鲨鱼皮的木制刀柄。

太刀[1]が鞘走らない[2]ように気をつけながら、藁草履[3]をはいた足を、その梯子の一番下の段へふみかけた。

　それから、何分かの後である。羅生門の楼の上へ出る、幅の広い梯子の中段に、一人の男が、猫のように身をちぢめて、息を殺し[4]ながら、上の容子を窺っていた。楼の上からさす火の光が、かすかに、その男の右の頬をぬらしている。短い鬚の中に、赤く膿を持った面皰のある頬である。下人は、始めから、この上にいる者は、死人ばかりだと高を括って[5]いた。それが、梯子を二三段上って見ると、上では誰か火をとぼして、しかもその火をそこここと動かしているらしい。これは、その濁った、黄いろい光が、隅々に蜘蛛の巣をかけた天井裏に、揺れながら映ったので、すぐにそれと知れたのである。この雨の夜に、この羅生門の上で、火をともしているからは、どうせただの者[6]ではない。

　下人は、守宮[7]のように足音をぬすんで[8]、やっと急な梯子を、一番上の段まで這うようにして上りつめた。そうして体を出来るだけ、平にしながら、頸を出来るだけ、前へ出して、恐る恐る、楼の内を覗いて見た。

　見ると、楼の内には、噂に聞いた通り、幾つかの死骸が、無造作に棄ててあるが、火の光の及ぶ範囲が、思ったより狭いので、数は幾つともわからない。ただ、おぼろげながら、知れるのは、その中に裸の死骸と、着物を着た死骸とがあるという事である。勿論、中には女も男もまじっているらしい。そうして、その死骸は皆、それが、かつて、生きていた人間だと云う事実さえ疑われるほど、土を捏ねて造った人形のように、口を開いたり手を延ばしたりして、ごろごろ床の上にころがっていた。しかも、肩とか胸とかの高くなっている部分に、ぼんやりした火の光をうけて、低くなっている部分の影を一層暗くしながら、永久に唖の如く黙っていた。

　下人は、それらの死骸の腐爛した臭気に思わず、鼻を掩った。しかし、その手は、次の瞬間には、もう鼻を掩う事を忘れていた。ある強い感情が、ほとんどことごとくこの男の嗅覚を奪ってしまったからだ。

　下人の眼は、その時、はじめてその死骸の中に蹲っている人間を見た。檜皮色[9]の着物を着た、背の低い、痩せた、白髪頭の、猿のような老婆である。その老婆は、右

---

❶ 太刀　长刀，大刀。❷ 鞘走る　脱鞘，出鞘。❸ 藁草履　稲草鞋。❹ 息を殺す　屏住呼吸，屏气。❺ 高を括る　不放在眼里，认为不值一顾。❻ ただの者　一般的人，寻常的人。❼ 守宮　壁虎。❽ 足音をぬすむ　蹑足，走路时不发出脚步声。❾ 檜皮色　红黑色。

の手に火をともした松の木片を持って、その死骸の一つの顔を覗きこむように眺めていた。髪の毛の長い所を見ると、多分女の死骸であろう。

　下人は、六分の恐怖と四分の好奇心とに動かされて、暫時は呼吸をするのさえ忘れていた。旧記[1]の記者の語を借りれば、「頭身の毛も太る」[2]ように感じたのである。すると老婆は、松の木片を、床板の間に挿して、それから、今まで眺めていた死骸の首に両手をかけると、丁度、猿の親が猿の子の虱をとるように、その長い髪の毛を一本ずつ抜きはじめた。髪は手に従って抜けるらしい。

　その髪の毛が、一本ずつ抜けるのに従って、下人の心からは、恐怖が少しずつ消えて行った。そうして、それと同時に、この老婆に対するはげしい憎悪が、少しずつ動いて来た。——いや、この老婆に対すると云っては、語弊[3]があるかも知れない。むしろ、あらゆる悪に対する反感が、一分毎に強さを増して来たのである。この時、誰かがこの下人に、さっき門の下でこの男が考えていた、饑死をするか盗人になるかと云う問題を、改めて持出したら、恐らく下人は、何の未練[4]もなく、饑死を選んだ事であろう。それほど、この男の悪を憎む心は、老婆の床に挿した松の木片のように、勢いよく燃え上り出していたのである。

　下人には、勿論、何故老婆が死人の髪の毛を抜くかわからなかった。従って、合理的には、それを善悪のいずれに片づけてよいか知らなかった。しかし下人にとっては、この雨の夜に、この羅生門の上で、死人の髪の毛を抜くと云う事が、それだけで既に許すべからざる[5]悪であった。勿論、下人は、さっきまで自分が、盗人になる気でいた事なぞは、とうに[6]忘れていたのである。

　そこで、下人は、両足に力を入れて、いきなり、梯子から上へ飛び上った。そうして聖柄の太刀に手をかけながら、大股に老婆の前へ歩みよった。老婆が驚いたのは云うまでもない。

　老婆は、一目下人を見ると、まるで弩にでも弾かれたように、飛び上った。

　「おのれ、どこへ行く。」

　下人は、老婆が死骸につまずきながら、慌てふためいて[7]逃げようとする行手を塞いで、こう罵った。老婆は、それでも下人をつきのけて[8]行こうとする。下人はまた、

◆

　❶ 旧記　这里指《今昔物语集》。❷ 頭身の毛も太る　形容恐怖得令人毛发悚然倒竖起来。❸ 語弊　语病。❹ 未練　留恋，依恋。❺ 許すべからざる　不能允许，不能原谅。❻ とうに　早就，老早。❼ 慌てふためく　惊慌失措，手忙脚乱。❽ つきのける　撞开，推开。

それを行かすまいとして、押しもどす。二人は死骸の中で、しばらく、無言のまま、つかみ合った。しかし勝敗は、はじめからわかっている。下人はとうとう、老婆の腕をつかんで、無理にそこへじ倒した。丁度、鶏の脚のような、骨と皮ばかりの腕である。

「何をしていた。云え。云わぬと、これだぞよ。」

下人は、老婆をつき放すと、いきなり、太刀の鞘を払って、白い鋼の色をその眼の前へつきつけた。けれども、老婆は黙っている。両手をわなわなふるわせて、肩で息を切り[1]ながら、眼を、眼球がまぶたの外へ出そうになるほど、見開いて、唖のように執拗く黙っている。これを見ると、下人は始めて明白にこの老婆の生死が、全然、自分の意志に支配されていると云う事を意識した。そうしてこの意識は、今までけわしく燃えていた憎悪の心を、いつの間にか冷ましてしまった。後に残ったのは、ただ、ある仕事をして、それが円満に成就した時の、安らかな得意と満足とがあるばかりである。そこで、下人は、老婆を見下しながら、少し声を柔らげてこう云った。

「己は検非違使[2]の庁の役人などではない。今し方[3]この門の下を通りかかった旅の者だ。だからお前に縄をかけて、どうしようと云うような事はない。ただ、今時分この門の上で、何をして居たのだか、それを己に話しさえすればいいのだ。」

すると、老婆は、見開いていた眼を、一層大きくして、じっとその下人の顔を見守った。まぶたの赤くなった、肉食鳥のような、鋭い眼で見たのである。それから、皺で、ほとんど、鼻と一つになった唇を、何か物でも噛んでいるように動かした。細い喉で、尖った喉仏[4]の動いているのが見える。その時、その喉から、鴉の啼くような声が、喘ぎ喘ぎ、下人の耳へ伝わって来た。

「この髪を抜いてな、この髪を抜いてな、鬘にしようと思うたのじゃ。」

下人は、老婆の答が存外、平凡なのに失望した。そうして失望すると同時に、また前の憎悪が、冷やかな侮蔑と一しょに、心の中へはいって来た。すると、その気色が、先方へも通じたのであろう。老婆は、片手に、まだ死骸の頭から奪った長い抜け毛を持ったなり、蟇[5]のつぶやくような声で、口ごもり[6]ながら、こんな事を云った。

「成程な、死人の髪の毛を抜くと云う事は、何ぼう[7]悪い事かも知れぬ。じゃが、ここにいる死人どもは、皆、そのくらいな事を、されてもいい人間ばかりだぞよ。現

◆

❶ 息を切る 上气不接下气，连呼吸带喘。❷ 検非違使 平安朝初期的警察司法机构。❸ 今し方 方才，刚才。❹ 喉仏 喉结。❺ 蟇 蟾蜍，癞蛤蟆。❻ 口ごもる 支支吾吾，含糊不清。❼ 何ぼう 多么。

在、わしが今、髪を抜いた女などはな、蛇を四寸¹ばかりずつに切って干したのを、干魚だと云うて、太刀帯²の陣³へ売りに往んだわ。疫病にかかって死ななんだら、今でも売りに往んでいた事であろ。それもよ、この女の売る干魚は、味がよいと云うて、太刀帯どもが、欠かさず菜料⁴に買っていたそうな。わしは、この女のした事が悪いとは思うていぬ。せねば、饑死をするのじゃて、仕方がなくした事であろ。されば、今また、わしのしていた事も悪い事とは思わぬぞよ。これとてもやはりせねば、饑死をするじゃて、仕方がなくする事じゃわいの。じゃて、その仕方がない事を、よく知っていたこの女は、大方わしのする事も大目に見てくれるであろ。」

老婆は、大体こんな意味の事を云った。

下人は、太刀を鞘におさめて、その太刀の柄を左の手でおさえながら、冷然として、この話を聞いていた。勿論、右の手では、赤く頬に膿を持った大きな面皰を気にしながら、聞いているのである。しかし、これを聞いている中に、下人の心には、ある勇気が生まれて来た。それは、さっき門の下で、この男には欠けていた勇気である。そうして、またさっきこの門の上へ上って、この老婆を捕えた時の勇気とは、全然、反対な方向に動こうとする勇気である。下人は、饑死をするか盗人になるかに、迷わなかったばかりではない。その時のこの男の心もちから云えば、饑死などと云う事は、ほとんど、考える事さえ出来ないほど、意識の外に追い出されていた。

「きっと、そうか。」

老婆の話が完ると、下人は嘲るような声で念を押した。そうして、一足前へ出ると、不意に右の手を面皰から離して、老婆の襟上⁵をつかみながら、噛みつくようにこう云った。

「では、己が引剥⁶をしようと恨むまいな。己もそうしなければ、饑死をする体なのだ。」

下人は、すばやく、老婆の着物を剥ぎとった。それから、足にしがみつこうとする老婆を、手荒く死骸の上へ蹴倒した。梯子の口までは、僅に五歩を数えるばかりである。下人は、剥ぎとった檜皮色の着物をわきにかかえて、またたく間に急な梯子を夜の底へかけ下りた。

❶ 寸 日本的一寸相当于3.03厘米左右。❷ 太刀帯 平安时代在东宫坊（负责为太子服务的衙门）担当警卫的官吏。❸ 陣 这里指守值候室，值班室。❹ 菜料 这里指菜肴。❺ 襟上 后脖颈。❻ 引剥 剥衣服。

しばらく、死んだように倒れていた老婆が、死骸の中から、その裸の体を起したのは、それから間もなくの事である。老婆はつぶやくような、うめくような声を立てながら、まだ燃えている火の光をたよりに、梯子の口まで、這って行った。そうして、そこから、短い白髪を倒にして、門の下を覗きこんだ。外には、ただ、黒洞々たる夜があるばかりである。

下人の行方は、誰も知らない。

作品评析

《罗生门》发表于 1915 年，该小说的内容取材于《今昔物语》第二十九卷的《罗城门登上层见死人盗人语》，同时还参考了第三十一卷中《太刀带阵卖鱼姬语》中的情节。故事发生在世态凋敝、火灾饥荒不断的平安时代末期，都城京都的一个黄昏。一位遭到解雇的仆役，在罗生门下避雨。罗生门的城楼之上饿死者的尸体散乱，仆役爬上门楼，发现一个老妪蹲在尸骸堆中揪拔死人的头发。老妪说，她用这些头发做假发，卖钱生活，否则自己就要饿死，而且那些死人活着的时候也是如此。仆役原本内心一直在激烈斗争：是饿死，还是沦为盗贼？听了老妪的话，他鼓起了勇气，三下两下剥下老妪的衣物，迅速消失在漆黑的夜幕下。《今昔物语》中简短的描述经过芥川龙之介的想象与再现，场景逼真，布局缜密，充分反映出芥川龙之介作为短篇小说作家的才能和功力。日本著名文学评论家吉田精一评价这部作品：动静结合，对比鲜明，构思周全。

在《罗生门》这部作品中，芥川龙之介揭示了人性在极限状况下表现出来的丑恶，揪拔死人头发的老妪、黑洞洞的夜幕、不知去向的仆役，在这幅构图中，我们可以看到作者对人性的绝望——在生存的名义之下，人们忘记了道德观念，互相容许各自的罪恶。这部构局完美的短篇小说当中反映出的却是一个黑暗的现实世界。

课后练习

1. 文中に出ている動物の名前をすべて抜き出して、それぞれの意味するところを考えてみよう。

2. 下人の「赤く膿を持った面皰」についての表現が文中に何回も出ている。それらをすべて抜き出して、「面皰」の意味について考えてみよう。

3. 「下人の行方は、誰も知らない。」という結末の一句を初稿の結末の「下人はすでに、雨を冒して、京都の町へ強盗を働きに急ぎつつあった」と比べてみよう。改作の効果

がどこにあるか、考えてみよう。

4. 『今昔物語』の原典と比較してみて、作家の芥川龍之介が原典のどこに興味を持ったか、考えてみよう。

5. 下人という人間はどのような人物として描かれているか、場面を追ってその心理の推移をまとめてみよう。

6. 老婆の論理をまとめてみよう。

7. 登場人物たちを包み込む、羅生門に象徴された世相、社会状況に目をむけよう。

8. この文章の中には自分のことを「作者」と自称する「語り手」が現われる。なぜ「語り手」は平安朝の物語の中に、「Sentimentalisme」というフランス語で下人を表現したのか。

中篇

日本近现代文学的发展
——昭和前期

第一节　概　述

　　1923 年（大正 12 年）的关东大地震给陷入经济不景气之中的日本以沉重的打击，昭和初年，世界性的经济危机又波及日本，农村凋敝，城市中到处都是失业者。随之而来的是社会不安加剧，社会主义运动日益活跃。当然，当局对其镇压也日益残酷，1928 年（昭和 3 年），各地同时拘捕共产党员，史称"三一五事件"。之后，镇压愈发严酷，社会主义运动遭受毁灭性打击。与此同时，为了摆脱经济危机，日本开始向海外寻求出路，加强对中国大陆的侵略，"九一八事变"爆发。政治的主导权为军部所掌握，日本退出国连，卢沟桥事变后发动全面侵华战争，并进而对美国宣战，开始太平洋战争，并最终于 1945 年 8 月全面战败。

　　在这样激荡的时代中，文坛内部也出现了激烈的对立，经历了巨大的变化。总的来说，这一时期，出现了无产阶级文学与现代主义文学以及既成的市民文学三足鼎立的局面。无产阶级文学遭到当局镇压后，开始出现"转向文学"。太平洋战争期间，除去两三例外，日本文坛几乎没有任何杰出的作品面世，出现文学的"空白时代"。

　　芥川龙之介的自杀开启了昭和时期的小说创作。首先是无产阶级文学、自明治大正时期发展起来的传统小说，以及试图改革这一传统的现代主义小说这三大流派基本形成，之后是无产阶级文学遭到镇压后陷入低谷，"转向文学"出现。现代主义文学也出现了新的走向，1937 年抗日战争爆发后，日本的小说界战时色彩日益浓厚，战争小说大量涌现，直至战败。

　　全日本无产者艺术联盟的机关杂志《战旗》创刊后，小林多喜二发表了《蟹工船》、《党生活者》等作品，德永直在《没有太阳的街市》中描写了印刷工人的罢工运动。昭和前期，女性作家辈出，宫本百合子、野上弥生子、平林泰子、佐多稻子、壶井荣、冈本佳乃子、林芙美子、宇野千代等都活跃在文坛，其中不少是无产阶级文学阵营的作家。

　　现代主义小说方面，以横光利一、川端康成为代表的新感觉派引人注目，之后又出现了"新兴艺术派"，堀辰雄、井伏鳟二、梶井基次郎，以及发表了《冬宿》的阿部知二、《途中》的作者嘉村矶多堪称其中的代表。这些作家都个性鲜明，创作了独具特色的作品。

　　在转向作家中，中野重治通过《无法写小说的小说家》、《歌的离别》等作品，岛木健作则通过《癞病》、《生活的探求》等作品暗自坚持着对于时局的反抗。此外，还有武田麟太郎、高见顺等作家。牧野信一、丹羽文雄、石川达三、太宰治、石川淳、坂口安吾、尾崎一雄、中山义秀也登上了文坛。

　　随着战局日益严峻，文学家们也作为报道员被派往战场，于是出现了大量战记小说。此外，为了鼓舞民族主义精神，农民文学、大陆文学、海洋文学也呈泛滥之势，真正的文学反而出现了空白。

　　在这样的时代背景之下，堀辰雄、太宰治等作家仍然坚守着自己的艺术阵地，新人作家中岛敦也是其中一员。此外，明治、大正以来文坛的大家幸田露伴、正宗白鸟、德田秋声、永井荷风、谷崎润一郎等都不为时代氛围所动，即便没有发表的可能，仍然坚持文学创作。

第二节　第一位获得诺贝尔文学奖的日本作家——川端康成

作家简介

川端康成（1899—1972）：以新感觉描写"美丽的日本"

二十世纪日本文学版图中，川端康成地位突出。如果说芥川龙之介是传统文学最后一位大家，川端可谓现代派的开创者之一，领先于野间宏、大江健三郎等现代派主将。作为唯美主义重镇，前辈有永井荷风、谷崎润一郎、佐藤春夫，后进中可望其项背的唯有三岛由纪夫。一般说来，唯美主义与现代派的美学追求是抵牾、相悖的，在他身上却相得益彰。

川端康成生于大阪，父亲是一位开业医生。川端习汉诗、文人画。两三岁时，父母病故，由祖父母接到乡间抚养。少年时代祖母、姐姐、祖父先后离世，川端成了孤儿，在亲戚的帮助下读完中学，考入第一高等学校、东京帝国大学。1921年他与石浜金作等创办第六次《新思潮》，发表小说《招魂节一景》，受到菊池宽赏识。同年他与16岁的少女伊藤初代订婚，对方随后毁约。亲人之死、孤儿体验、恋爱创伤形成了川端文学的底色。

1924年川端大学毕业，与横光利一、片冈铁兵等创办《文艺时代》杂志，新感觉派文学走到聚光灯下，与无产阶级文学一起形成了昭和初期两大文学潮流。川端的前期和中期作品中，有写实见长的《十六岁日记》、《伊豆舞女》，也有标榜"新感觉"的掌篇小说、现代主义小说《浅草红团》、新心理主义小说《水晶幻想》、虚无主义倾向的《禽兽》、《彩虹》等。《雪国》堪称中期创作的集大成。战后川端寄情于日本古典文学传统，完成了《千鹤》、《山之声》、《湖》、《睡美人》等杰作。这些小说描写了逸出道德框架的欲念和恋情，表现出生命的幽微、官能的妖艳，也透出颓废的气息。1968年川端作为日本作家首次获得诺贝尔文学奖。颁奖词的评价是：川端文学以"敏锐的感受、高超的叙事技巧，表现了日本人的精神实质"；"川端先生为架设东西方之间的精神桥梁做出了贡献"。

1948年川端就任日本笔会会长，1957年主办了国际笔会东京大会。他的贡献还在于发掘提携了多名文坛新人，如堀辰雄、北条民雄、冈本加乃子、三岛由纪夫等。1972年川端以煤气自杀，享年73岁。

代表作简介

《伊豆舞女》

短篇小说。初期代表作。1926 年发表于《文艺时代》杂志。1927 年由金星堂出版。

川端康成曾经在不同场合，把《千代》（1919）、《招魂节一景》（1921）、《十六岁日记》（1925）说成自己的处女作。有学者认为，孤儿意识和恋爱挫折是川端特有的内心问题，对此进行文学化表现，初次取得成功的作品是《伊豆舞女》。从这个意义来说，《伊豆舞女》也可以看作川端的处女作。

《伊豆舞女》取材于川端 1918 年的伊豆旅行，近似于自传小说。主人公"我" 20 岁，一个高学生。"因为孤儿的秉性，为人别扭，一再苛责反省，弄得苦闷不堪，所以才来伊豆旅行。"途中"我"邂逅了一队巡回艺人，结伴同行。14 岁的小舞女美丽纯真，她说"我"是一个好人，一句朴素的赞扬使"我"心生感激，化解了孤儿的忧郁。

小说一方面以时序为线索，具有旅行日记的特点，同时也有精心设计的故事线，"我"的初恋情愫、心理变化通过追赶巡回艺人、不期而遇、途中交往、怅然分别等几个场景表现出来。小说淡化情节，把文学性的中心放在诗意的追求上，熔叙事、抒情、写景于一炉。评论家中村光夫说：小说中的"我"是一个被有意识地非个性化处理的叙述者。这是小说广受喜爱的秘密，因为每个读者都可以代入小说中的"我"。

1933 年以来《伊豆舞女》多次被搬上银幕，由田中绢代、美空云雀、吉永小百合、山口百惠等女星主演，被誉为昭和的青春之歌。

《山之声》

长篇小说。战后代表作。1949—1954 年于《改造文艺》等杂志分散连载。1954 年由筑摩书房出版。

居住镰仓的尾形信吾跟妻子、儿子夫妇一起生活。年逾 60 的信吾，某一个夏夜，听见地鸣一般的"山之声"，他感到恐惧，疑为死期将近。女儿房子离婚，带着孩子搬回娘家。儿子修一新婚燕尔，却跟一个战争寡妇有染。信吾殚精竭虑，事态并无好转，唯一的安慰是儿媳菊子的存在。不久修一的情妇与菊子同时怀孕。菊子出于洁癖，做了堕胎手术。信吾觉察到修一夫妇的裂痕，建议他们独自居住，重新给对方一次机会。菊子说修一令她害怕，如果分手，"愿意照顾爸爸，做什么都可以"。信吾一惊，意识到内心深处对菊子的欲望。最后他让菊子离开，决心坦然面对衰老和死亡。小说以季节流转为背景，描写了老年的幻想、悲哀和达观。

如果侧重于信吾，可以读出一个超越伦理的情爱故事。与肉体的衰老相左，信吾在想象世界中自由飞翔，缤纷梦境折射出潜意识的渴望与挣扎。同时《山之声》也表现了战后家庭的解体。作为一家之长，信吾对子女的婚姻危机束手无策。子女只要求父母的经济援助，却没有敞开心扉的交流。小说融入能乐、俳谐等日本传统文化要素，包含了丰富的艺术性和社会内涵，是川端小说中最具长篇特质的作品。

雪　国

　　国境[1]の長いトンネルを抜けると雪国であった。夜の底が白くなった。信号所[2]に汽車が止まった。

　　向側の座席から娘が立って来て、島村の前のガラス窓を落した。雪の冷気が流れこんだ。娘は窓いっぱいに乗り出して、遠くへ叫ぶように、

　　「駅長さあん、駅長さあん。」

　　明りをさげてゆっくり雪を踏んで来た男は、襟巻[3]で鼻の上まで包み、耳に帽子の毛皮[4]を垂れていた。

　　もうそんな寒さかと島村は外を眺めると、鉄道の官舎らしいバラック[5]が山裾に寒々と散らばっているだけで、雪の色はそこまで行かぬうちに闇に呑まれていた。

　　「駅長さん、私です、御機嫌よろしゅうございます。」

　　「ああ、葉子さんじゃないか。お帰りかい。また寒くなったよ。」

　　「弟が今度こちらに勤めさせていただいておりますのですってね。お世話さまですわ。」

　　「こんなところ、今に寂しくて参る[6]だろうよ。若いのに可哀想だな。」

　　「ほんの子供ですから、駅長さんからよく教えてやっていただいて、よろしくお願いいたしますわ。」

　　「よろしい。元気で働いてるよ。これからいそがしくなる。去年は大雪だったよ。よく雪崩れてね、汽車が立往生する[7]んで、村も焚出し[8]がいそがしかったよ。」

　　「駅長さんずいぶん厚着に見えますわ。弟の手紙には、まだチョッキ[9]も着ていないようなことを書いてありましたけれど。」

　　「私は着物を四枚重ねだ。若い者は寒いと酒ばかり飲んでいるよ。それでごろごろ

---

　❶ 国境　日本古代区划上国与国的边境。根据川端康城的《雪国》之旅，指群马县与新潟县交界处。❷ 信号所　单线铁路上的会让站。❸ 襟巻　围巾。❹ 帽子の毛皮　帽子的皮护耳。❺ バラック　临时木板房；简易房。❻ 参る　受不了。❼ 立往生する　火车遇到雪灾抛锚。❽ 焚出し　发生雪崩、火车受阻的时候，村里人为乘客做饭，提供救援。❾ チョッキ　穿在西式上装里面的背心。

あすこにぶっ倒れてるのさ、風邪をひいてね。」

駅長は官舎の方へ手の明りを振り向けた。

「弟もお酒をいただきますでしょうか。」

「いや。」

「駅長さんもうお帰りですの？」

「私は怪我をして、医者に通ってるんだ。」

「まあ。いけませんわ[1]。」

和服に外套の駅長は寒い立話を切り上げたいらしく、もう後姿を見せながら、

「それじゃまあ大事にいらっしゃい。」

「駅長さん、弟は今出ておりませんの？」と、葉子は雪の上を目捜しして、

「駅長さん、弟をよく見てやって、お願いです。」

悲しいほど美しい声[2]であった。高い響きのまま夜の雪から木魂して来そうだった。

汽車が動きだしても、彼女は窓から胸を入れなかった。そうして線路の下を歩いている駅長に追いつくと、

「駅長さあん、今度の休みの日に家へお帰りって、弟に言ってやって下さあい。」

「はあい。」と、駅長が声を張りあげた。

葉子は窓をしめて、赤らんだ頬に両手をあてた。

ラッセル[3]を三台備えて雪を待つ、国境の山であった。トンネルの南北から、電力による雪崩報知線が通じた。除雪人夫延人員五千名に加えて消防組青年団の延人員二千名出動の手配がもう整っていた。

そのような、やがて雪に埋もれる鉄道信号所に、葉子という娘の弟がこの冬から勤めているのだと分ると、島村は一層彼女に興味を強めた。

しかし、ここで「娘[4]」と言うのは、島村にそう見えたからであって、連れの男が彼女のなんであるか、無論島村の知るはずはなかった。二人のしぐさは夫婦じみていたけれども、男は明らかに病人だった。病人相手ではつい男女の隔てがゆるみ、まめまめしく世話すればするほど、夫婦じみて見えるものだ。実際また自分より年上の男をいたわる女の幼い母ぶりは、遠目に夫婦とも思われよう。

◆────────────────────────────

❶ いけませんわ　真糟糕。❷ 悲しいほど美しい声　美得近乎悲凉的声音。这是岛村的感受。❸ ラッセル　内燃机车改装的除雪车。❹ 娘　未婚的年轻姑娘。

島村は彼女一人だけを切り離して[1]、その姿の感じから、自分勝手に娘だろうときめているだけのことだった。でもそれには、彼がその娘を不思議な見方であまりに見つめ過ぎた結果、彼自らの感傷が多分に加わってのことかもしれない。

もう三時間も前のこと、島村は退屈まぎれ[2]に左手の人差指を[3]いろいろに動かして眺めては、結局この指だけが、これから会いに行く女[4]をなまなましく覚えている、はっきり思い出そうとあせればあせるほど、つかみどころなくぼやけてゆく記憶の頼りなさのうちに、この指だけは女の触感で今も濡れていて、自分を遠くの女へ引き寄せるかのようだと、不思議に思いながら、鼻につけて匂いを嗅いでみたりしていたが、ふとその指で窓ガラスに線を引くと、そこに女の片眼がはっきり浮き出たのだった。彼は驚いて声をあげそうになった。しかしそれは彼が心を遠くへやっていたからのことで、気がついてみればなんでもない、向側の座席の女が写ったのだった。外は夕闇がおりているし、汽車のなかは明りがついている。それで窓ガラスが鏡になる。けれども、スチイム[5]の温みでガラスがすっかり水蒸気に濡れているから、指で拭くまでその鏡はなかったのだった。娘の片眼だけは反って異様に美しかったものの、島村は顔を窓に寄せると、夕景色見たさという風な旅愁顔を俄づくりして[6]、掌でガラスをこすった。

娘は胸をこころもち[7]傾けて、前に横たわった男を一心に見下していた。肩に力が入っているところから、少しいかつい[8]眼も瞬きさえしないほどの真剣さのしるしだと知れた。男は窓の方を枕にして、娘の横へ折り曲げた足をあげていた。三等車である。島村の真横ではなく、一つ前の向側の座席だったから、横寝している男の顔は耳のあたりまでしか鏡に写らなかった。

娘は島村とちょうど斜めに向い合っていることになるので、じかにだって見られるのだが、彼女等が汽車に乗り込んだ時、なにか涼しく刺すような娘の美しさに驚いて目を伏せる途端、娘の手を固くつかんだ男の青黄色い手が見えたものだから、島村は二度とそっちを向いては悪いような気がしていたのだった。

鏡の中の男の顔色は、ただもう娘の胸のあたりを見ているゆえに安らかだという風

◆ ————————————————————————————————

❶ 彼女一人だけを切り離して 把她跟同行的男子分开单独来看。 ❷ 退屈まぎれ 闲极无聊。 ❸ 左手の人差指を 暗示了岛村与驹子的性爱关系。 ❹ これから会いに行く女 眼下要去会面的女人，指驹子。 ❺ スチイム 暖气设备。 ❻ 夕景色見たさという風な旅愁顔を俄づくりして 好像贪看傍晚景色似的，临时装出沉浸在旅愁中的神情。 ❼ こころもち （岛村）似乎觉得。 ❽ いかつい 严肃，神情严峻。

に落ちついていた。弱い体力が弱いながらに甘い調和を漂わせていた。襟巻を枕に敷き、それを鼻の下にひっかけて口をぴったり覆い、それからまた上になった頬を包んで、一種の頬かむりのような工合だが、ゆるんで来たり、鼻にかぶさって来たりする。男が目を動かすか動かさぬうちに、娘はやさしい手つきで直してやっていた。見ている島村がいら立って来るほど幾度もその同じことを、二人は無心に繰り返していた。また、男の足をつつんだ外套の裾が時々開いて垂れ下る。それも娘は直ぐ気がついて直してやっていた。これらがまことに自然であった。このようにして距離というものを忘れながら、二人は果しなく遠くへ行くものの姿のように思われたほどだった。それゆえ島村は悲しみを見ているというつらさはなくて、夢のからくりを眺めているような思いだった。不思議な鏡のなかのことだったからでもあろう。

　鏡の底には夕景色が流れていて、つまり写るものと写す鏡とが、映画の二重写し[1]のように動くのだった。登場人物と背景とはなんのかかわりもないのだった。しかも人物は透明のはかなさで、風景は夕闇のおぼろな流れで、その二つ[2]が融け合いながらこの世ならぬ[3]象徴の世界を描いていた。殊に娘の顔のただなかに野山のともし火がともった時には、島村はなんともいえぬ美しさに胸が顫えたほどだった。

　遥かの山の空はまだ夕焼の名残の色がほのかだったから、窓ガラス越しに見る風景は遠くの方までものの形が消えてはいなかった。しかし色はもう失われてしまっていて、どこまで行っても平凡な野山の姿が尚更平凡に見え、なにものも際立って注意を惹きようがないゆえに、反ってなにかぼうっと大きい感情の流れであった。無論それは娘の顔をそのなかに浮べていたからである。窓の鏡に写る娘の輪郭のまわりを絶えず夕景色が動いているので、娘の顔も透明のように感じられた。しかしほんとうに透明かどうかは、顔の裏を流れてやまぬ夕景色が顔の表を通るかのように錯覚されて、見極める時がつかめない[4]のだった。

　汽車のなかもさほど明るくはないし、ほんとうの鏡のように強くはなかった。反射がなかった。だから、島村は見入っているうちに、鏡のあることをだんだん忘れてしまって、夕景色の流れのなかに娘が浮んでいるように思われて来た。

　そういう時、彼女の顔のなかにともし火がともったのだった。この鏡の映像は窓の

◆

① 映画の二重写し　影片的画面叠加。② その二つ　人物与风景。③ この世ならぬ　不似人间。④ 見極める時がつかめない　抓不住机会来看清楚（姑娘的脸是否真的透明）。

外のともし火を消す強さはなかった。ともし火も映像を消しはしなかった。そうしてともし火は彼女の顔のなかを流れて通るのだった。しかし彼女の顔を光り輝かせるようなことはしなかった。冷たく遠い光であった。小さい瞳のまわりをぽうっと明るくしながら、つまり娘の眼と火とが重なった瞬間、彼女の眼は夕闇の波間に浮ぶ、妖しく美しい夜光虫であった。

こんな風に見られていることを、葉子は気づくはずがなかった。彼女はただ病人に心を奪われていたが、たとえ島村の方へ振り向いたところで[1]、窓ガラスに写る自分の姿は見えず、窓の外を眺める男など目にも止まらなかっただろう。

島村が葉子を長い間盗見しながら彼女に悪いということを忘れていたのは、夕景色の鏡の非現実な力にとらえられていたからだったろう。

だから彼女が駅長に呼びかけて、ここでもなにか真剣過ぎるものを見せた時にも、物語めいた興味が先きに立ったのかもしれない。

その信号所を通るころは、もう窓はただ闇であった。向うに風景の流れが消えると鏡の魅力も失われてしまった。葉子の美しい顔はやはり写っていたけれども、その温かいしぐさにかかわらず、島村は彼女のうちになにか澄んだ冷たさを新しく見つけて、鏡の曇って来るのを拭おうともしなかった。

ところがそれから半時間ばかり後に、思いがけなく葉子達も島村と同じ駅に下りたので、彼はまたなにか起るかと自分にかかわりがあるかのように振り返ったが、プラット・フォウムの寒さに触れると、急に汽車のなかの非礼[2]が恥ずかしくなって、後も見ずに機関車の前を渡った。

男が葉子の肩につかまって線路へ下り[3]ようとした時に、こちら[4]から駅員が手を上げて止めた。

やがて闇から現われて来た長い貨物列車が二人の姿を隠した。

宿屋の客引きの番頭は火事場の消防のように[5]ものものしい雪装束[6]だった。耳をつつみ、ゴムの長靴をはいていた。待合室の窓から線路の方を眺めて立っている女も、青いマントを着て、その頭巾をかぶっていた。

---

❶ 振り向いたところで　即使转过身来。❷ 汽車のなかの非礼　指岛村偷偷观察叶子的不礼貌行为。❸ 線路へ下りる　从站台走下路轨（跨过轨道才能出站）。❹ こちら　岛村已经过了轨道，跟站务员站在同一侧。❺ 火事場の消防のように　像火场的消防员一样。❻ ものものしい雪装束　夸张的防寒装束。

　島村は汽車のなかのぬくみがさめなくて、そとのほんとうの寒さをまだ感じなかったけれども、雪国の冬は初めてだから、土地の人のいでたちに先ずおびやかされた。

　「そんな恰好をするほど寒いのかね。」

　「へい、もうすっかり冬支度¹です。雪の後でお天気になる前の晩は、特別冷えます。今夜はこれでもう氷点を下っておりますでしょうね。」

　「これが氷点以下かね。」と、島村は軒端の可愛い氷柱を眺めながら、宿の番頭と自動車に乗った。雪の色が家々の低い屋根を一層低く見せて、村はしいんと底に沈んでいるようだった²。

　「なるほどなににさわっても冷たさがちがうよ。」

　「去年は氷点下二十何度というのが一番でした。」

　「雪は？」

　「さあ、普通七八尺ですけれど、多い時は一丈を二三尺超えてますでしょうね。」

　「これからだね。」

　「これからですよ。この雪はこの間一尺ばかり降ったのが、だいぶ解けて来たところです。」

　「解けることもあるのかね。」

　「もういつ大雪になるか分りません。」

　十二月の初めであった。

　島村はしつっこい風邪心地で³つまっていた鼻が、頭のしんまですっといちどきに通って⁴、よごれものが洗い落されるように、水洟がしきりと落ちて来た。

　「お師匠さん⁵とこの娘はまだいるかい。」

　「へえ、おりますおります。駅におりましたが、御覧になりませんでしたか、濃い青のマントを着て。」

　「あれがそうだったの？　——後で呼べるだろう。」

　「今夜ですか。」

　「今夜だ。」

---

❶ 冬支度　冬天的衣服。❷ 村はしいんと底に沈んでいるようだった　村子静悄悄地沉底了一般。❸ しつっこい風邪心地で　感冒迟迟不好的感觉。❹ 頭のしんまですっといちどきに通って　（鼻子）一下子通气通到了脑仁。❺ お師匠さん　驹子师从的舞蹈师傅。驹子当了师傅的养女，一边学艺，一边帮助养家。

「今の終列車でお師匠さんの息子が帰るとか言って、迎えに出ていましたよ。」

夕景色の鏡のなかで葉子にいたわられていた病人は、島村が会いに来た女の家の息子だったのだ。

そうと知ると、自分の胸のなかをなにかが通り過ぎたように感じたけれども、このめぐりあわせ[1]を、彼はさほど不思議と思うことはなかった。不思議と思わぬ自分を不思議と思ったくらいのものであった。

指で覚えている女と眼にともし火をつけていた女との間に、なにがあるのかなにが起るのか、島村はなぜかそれが心のどこかで見えるような気持もする。まだ夕景色の鏡から醒め切らぬせいだろうか。あの夕景色の流れは、さては時の流れの象徴であったかと、彼はふとそんなことを呟いた。

スキイの季節前の温泉宿は最も客の少い時で、島村が内湯[2]から上って来ると、もう全く寝静まっていた。古びた廊下は彼の踏む度にガラス戸を微かに鳴らした。その長いはずれの帳場の曲り角に、裾を冷え冷えと黒光りの板の上へ拡げて、女が高く立っていた。

とうとう芸者に出た[3]のであろうかと、その裾を見てはっとしたけれども、こちらへ歩いて来るでもない、体のどこかを崩して迎えるしなを作る[4]でもない、じっと動かぬその立ち姿から、彼は遠目にも真面目なものを受け取って、急いで行ったが、女の傍に立っても黙っていた。女も濃い白粉の顔で微笑もうとすると、反って泣き面になったので、なにも言わずに二人は部屋の方へ歩き出した。

あんなことがあった[5]のに、手紙も出さず、会いにも来ず、踊の型の本など送るという約束も果さず、女からすれば笑って忘れられたとしか思えないだろうから、先ず島村の方から詫びかいいわけを言わねばならない順序[6]だったが、顔を見ないで歩いているうちにも、彼女は彼を責めるどころか、体いっぱいになつかしさを感じていることが知れるので、彼は尚更、どんなことを言ったにしても、その言葉は自分の方が不真面目だという響きしか持たぬだろうと思って、なにか彼女に気押される甘い喜びにつつまれていたが、階段の下まで来ると、

◆

❶ このめぐりあわせ 这次机缘巧合。指火车上遇到的病人是驹子家舞蹈师傅的儿子。❷ 内湯 温泉旅馆内设的浴场。❸ 芸者に出る 入行当艺妓。❹ 迎えるしなを作る 做出迎候的妩媚姿态。❺ あんなことがあった 暗示岛村与驹子之前的情事。❻ 順序 常规过程；常理。

「こいつが一番よく君を覚えていたよ。」と、人差指だけ伸した左手の握り拳を、いきなり女の目の前に突きつけた。

「そう?」と、女は彼の指を握るとそのまま離さないで手をひくように階段を上って行った。

火燵の前で手を離すと、彼女はさっと首まで赤くなって、それをごまかすためにあわててまた彼の手を拾いながら、

「これが覚えていてくれたの」

「右じゃない、こっちだよ。」と、女の掌の間から右手を抜いて火燵に入れると、改めて左の握り拳を出した。彼女はすました顔で、

「ええ、分ってるわ。」

ふふと含み笑いしながら、島村の掌を拡げて、その上に顔を押しあてた。

「これが覚えていてくれたの」

「ほう冷たい。こんな冷たい髪の毛初めてだ。」

「東京はまだ雪が降らないの?」

「君はあの時、ああ言ってたけれども、あれはやっぱり嘘だよ。そうでなければ、誰が年の暮にこんな寒いところへ来るものか。」

作品评析

《雪国》。中篇小说。中期代表作。1935 至 1937 年分散刊载于《文艺春秋》、《改造》杂志。1937 年成书。1940 年开始续写，1947 年完成。1948 年由创元社出版。

小说以岛村的三次雪国旅行为线索，描写了驹子和叶子的人生、爱情以及雪国的自然风土。岛村是个耽于幻想的舞蹈研究家，他在东京有家室，却对雪国念念不忘。驹子是舞蹈师傅家学艺的姑娘，不幸师傅中风，师傅的儿子行男也病倒了。驹子为给行男治病，当了艺妓。叶子深爱行男，对驹子心怀嫉妒。

小说开篇是岛村第二次去往温泉村。火车穿过隧道，暮色中大地一片莹白。停车的间隙，叶子打开车窗叫住站长，她的声音"美得令人悲哀"。岛村注意到叶子在照料行男，她的面庞映在车窗玻璃上，眼眸与山野的灯火交叠，使岛村蓦然心动。岛村想起了驹子，当晚重逢，驹子已经入行当了艺妓，一年前相识的记忆翩然归来。驹子对镜晨妆，红颜白雪交相辉映。岛村眼里，驹子就像一条洁净透明的蚕，她的热烈真诚使岛村深深眷恋，又感到"徒劳"。岛村与驹子离别之际，叶子来车站寻找驹子，带来行男临终的口信，驹子却不肯回去。

岛村第三次到访雪国是一年后的红叶季节。秋虫落在铺席上纷纷死去，驹子心事重重。

行男已死，叶子在墓前终日流连。岛村心怀愧疚，决定与驹子分手。结尾处放电影的茧仓起了大火，驹子和岛村赶往火场，皎洁的银河垂落眼前。叶子坠入火海，驹子发狂似的上前抱住她。嘈杂中，岛村感到银河在心头倾泻而下。

　　《雪国》取材于越后汤泽的旅行经历，是川端倾注心力最多的一部作品，表现出女性的纤细情感、含蓄的官能气氛、流动的象征世界。小说一经发表，便受到文坛推崇，被誉为"精纯的珠玉之作"，是"日本文学中不可多得的神品"。战后《雪国》被译成几十种文字，成为享誉世界的作品。评论家伊藤整称其为"日本近代抒情文学的经典"。

课后练习

1. 「国境の長いトンネルを抜けると雪国であった。夜の底が白くなった。」という冒頭の二つの文は、この小説の中でどのような効果をあげているか。

2. 「雪国」という空間が具体的な地名によって示されないのはなぜか、考えてみよう。

3. 葉子が窓の鏡に写る娘としてイメージが強調されているのはなぜか、話し合ってみよう。

4. 「じっと動かぬその立ち姿から、彼は遠目にも真面目なものを受け取って、急いで行った」とあるが、島村は二回目の再会に駒子から何を感じ取ったと思われるか。

第三节　无产阶级文学的兴起
——黑岛传治

作家简介

黑岛传治（1898—1943）：与农民共鸣的文学

登上文坛

黑岛传治出生于香川县小豆岛一个自耕农兼佃农之家，1917年（大正6年）前往东京，一边在建筑公司工作，一边从事文学创作，为志贺直哉、托尔斯泰、陀斯绥耶夫斯基、契诃夫等的文学所吸引，与同乡的诗人壶井繁治交往密切。1919年，进入早稻田大学预科，但应征入伍，1921年被派往西伯利亚，因肺部疾患次年4月被遣返回内地。回到故乡疗养后，创作了小说《电报》等。1925年，再次前往东京，在与壶井繁治等人创办的同人杂志《潮流》上发表小说《电报》。第二年又在杂志《文艺战线》上发表《铜币两钱》（后改为《两钱铜币》）、《猪群》，受到好评，成为杂志《文艺战线》同人。1927年（昭和2年），与青野季吉、叶山嘉树、藏原惟人等成立"劳农艺术家联盟"。

劳农作家

自初期的农民小说之后，黑岛传治一贯描写与故乡农村关系密切的人物形象，在无产阶级文学运动中，就"农民文学"的问题发表评论。1927年发表的《雪橇》、《盘旋的鸦群》等根据入伍后赴西伯利亚经历创作的作品，成为反战文学的杰作。在《无产阶级艺术教程》第一集中执笔《反战文学论》，将反战文学作为阶级斗争的一环，站在无产阶级的立场上进行理论化。1930年，唯一一部长篇小说《武装的街巷》刚刚发行，即被禁止销售。同年参加"日本无产阶级作家同盟"，在同盟内创办"农民文学研究会"等。

1932年，无产阶级文化联盟遭到镇压后，西伯利亚时代所患肺病恶化，返回故乡专心疗养，但最终于1943年病逝。黑岛传治还创作有《冰河》、《秋天的洪水》等作品。

当时的无产阶级文学容易陷入观念性的倾向，而黑岛传治的作品贴近农民生活，以现实主义的笔触描写农民的悲欢与愿望，深刻揭示农民的自私狡猾、对于土地和金钱的异常的执着、基于经验主义与事大主义的保守性。黑岛传治的作品对于农民们因贫困造成的悲惨境遇寄予深刻的同情，描写农民的斗争时重视表现从农民的生活中自然发生的诉求，塑造了形形色色的人物形象。被称为"西伯利亚文学"的一系列作品中，作家在西伯利亚广袤的自然中，描写离开祖国进行战斗的士兵，抒情性与现实主义风格相结合，描写了士兵们的痛苦、欲望、对家庭团圆与女性的憧憬，对于同样被压迫的劳动人民表示理解和同情，

揭示了军队与战争的阶级本质。

　　黑岛传治的创作生涯不足十年，其文风朴实，在无产阶级文学盛行的时代，处于非主流的边缘地位，战后随着对无产阶级文学的重新评价，黑岛传治的作品重受瞩目。

代表作简介

《武装的街巷》

　　黑岛传治唯一的长篇小说《武装的街巷》，是日本近代文学史上有名的"禁书"。1928 年，中国国民政府开始北伐。日本帝国主义为了阻挠一个统一的中国出现，以保护日本侨民为借口，第二次出兵山东，并在济南大肆杀戮平民，制造了震惊中外的济南"五三惨案"。黑岛传治 1929 年 9 月至 11 月来济南、天津、沈阳等地做实地调查，回国后据此写成长篇小说《武装的街巷》。该小说发行当天就被禁止发售。1945 年日本战败投降后，美国对日本进行全面管辖，一批当时遭到禁止的具有反战思想的文学作品被解禁出版，而《武装的街巷》因为作品中同时具有深刻的反帝国主义思想，仍在被禁之列，直到 1953 年才得以由青木出版社重新出版发行。

　　该作品描写了中国劳动者在严酷的殖民剥削之下的悲惨境遇，同时通过描写流落到山东省的一家普通日本人的凄惨生活，揭露了战争的丑恶一面，暴露了帝国主义侵略战争的本质，成为一部具有划时代意义的作品。在该小说中，黑岛传治不仅对日本帝国主义侵略中国的罪行进行揭露，也对西方列强对中国的侵略予以揭露："鸦片战争以来，各国的帝国主义都想要中华民族灭绝，所以故意将鸦片带进中国，让中国人沉湎于此。但无论怎样禁止，其法令也无法得到贯彻，总有空子可钻。"对美国在中国利用庚子赔款建立学堂、在黄河流域种植棉花之事，黑岛传治评论道："企图在文化上对中国进行侵略的美国，在所到之处设立教会、学校、医院，进行虚假的慈善事业，赠送物品，并放弃庚子赔款，让中国人就范于他们。"

《盘旋的鸦群》

　　短篇小说，1928 年（昭和 3 年）发表于《改造》杂志。俄罗斯孩子来要剩饭，士兵们毫无理由地被从祖国派遣到这里，他们思念内地，思念家人。士兵们越过栅栏，去俄罗斯人家里，开始了超越国界的人与人之间的交流。但是士兵松木与武石在伽丽娅家里遇见少佐，结果被派去守卫伊意西。在一望无际的雪地里，也没有乘坐雪橇，徒步行军的中队迷路，被埋在雪下，全军覆没。春天到了，雪开始融化，一群乌鸦在雪地中啄食士兵的尸体。通过雪地中到处乱飞的乌鸦象征性地描写了士兵们在痛苦挣扎后最终死去的悲惨事实，以及对此的强烈愤怒与悲伤之情。小说揭示了军队使士兵们对生活的向往彻底破灭的本质，文章简洁克制，堪称反战文学的杰作。

二銭銅貨

一

　独楽¹が流行っている時分だった。弟の藤二がどこからか健吉が使い古した古独楽を探し出して来て、左右の掌の間に三寸釘の頭をひしゃいで²通した心棒³を挾んでまわした。まだ、手に力がないので一生懸命にひねって⁴も、独楽は少しの間立って廻うのみで、すぐみそすって⁵しまう。子供の時から健吉は凝り性⁶だった。独楽に磨きをかけ、買った時には、細い針金⁷のような心棒だったのを三寸釘に挿しかえた。その方がよく廻って勝負をすると強いのだ。もう十二三年も前に使っていたものだが、ひびきも入っていず、黒光りがして、重く如何にも木質が堅そうだった。油をしませたり、蝋を塗ったりしたものだ。今、店頭で売っているものとは木質からして異う。

　しかし、重いだけ幼い藤二には廻し難かった。彼は、小半日も上り框の板の上でひねっていたが、どうもうまく行かない。

　「お母あ、独楽の緒を買うて。」藤二は母にせびった。

　「お父うにきいてみイ。買うてもえいか。」

　「えい云うた。」

　母は、何事にもこせ〳〵⁸する方だった。一つは苦しい家計が原因していた。彼女は買ってやることになっても、なお一応、物置きの中を探して、健吉の使い古しの緒が残っていないか確めた。

　川添いの小さい部落の子供達は、堂の前に集った。それぞれ新しい独楽に新しい緒を巻いて廻して、二ツをこちあてあって勝負をした。それを子供達はコッツリコと云った。緒を巻いて力を入れて放って引くと、独楽は澄んで廻りだす。二人が同時に廻して、代り代りに自分の独楽を相手の独楽にこちあてる。一方の独楽が、みそをすって

---

❶ 独楽　陀螺。 ❷ ひしゃぐ　压扁，压进。 ❸ 心棒　中轴。 ❹ ひねる　转。 ❺ 味噌を擂る　原意为奉承，谄媚。此处意为倒下。 ❻ 凝り性　执着，热衷于一件事。 ❼ 針金　铁丝。 ❽ こせこせ　小气。

消えてしまうまでつゞける。先に消えた方が負けである。

「こんな黒い古い独楽を持っとる者はウラ（自分の意）だけじゃがの。独楽も新しいのを買うておくれ。」藤二は母にねだった。

「独楽は一ツ有るのに買わいでもえいがな。」と母は云った。

「ほいたって、こんな黒いんやかい……皆なサラ¹を持っとるのに！」

以前に、自分が使っていた独楽がいいという自信がある健吉は、

「阿呆云え、その独楽の方がえいんじゃがイ！」と、なぜだか弟に金を出して独楽を買ってやるのが惜しいような気がして云った。

「ううむ。」

兄の云うことは何事でも信用する藤二だった。

「その方がえいんじゃ、勝負をしてみい。それに勝つ独楽は誰れっちゃ持っとりゃせんのじゃ。」

そこで独楽の方は古いので納得した。しかし、母と二人で緒を買いに行くと、藤二は、店頭の木箱の中に入っている赤や青で彩った新しい独楽を欲しそうにいじくった。

雑貨店の内儀²に緒を見せて貰いながら、母は、

「藤よ、そんなに店の物をいらいまわるな。手垢で汚れるがな。」と云った。

「いゝえ、いろうたって大事ござんせんぞな。」と内儀は愛相を云った³。

緒は幾十条も揃えて同じ長さに切ってあった。その中に一条だけ他のよりは一尺ばかり短いのがあった。スンを取って切って行って、最後に足りなくなったものである。

「なんぼぞな？」

「一本、十銭よな。その短い分なら八銭にしといてあげまさ。」

「八銭に……」

「へえ。」

「そんなら、この短いんでよろしいワ。」

そして母は、十銭渡して二銭銅貨を一ツ釣銭に貰った。なんだか二銭儲けたような気がして嬉しかった。

帰りがけに藤二を促すと、なお、彼は箱の中の新しい独楽をいじくっていた⁴。他

から見ても、如何にも、欲しそうだった。しかし無理に買ってくれともよく云わずに母のあとからついて帰った。

二

　隣部落の寺の広場へ、田舎廻りの角力¹が来た。子供達は皆んな連れだって²見に行った。藤二も行きたがった。しかし、丁度稲刈りの最中だった。のみならず、牛部屋では、鞍をかけられた牛が、粉ひき臼をまわして、くるくる、真中の柱の周囲を廻っていた。その番もしなければならない。

　「牛の番やかいドーナリヤ！」いつになく³藤二はいやがった。彼は納屋⁴の軒の柱に独楽の緒をかけ、両手に端を持って引っぱった。

　「そんなら雀を追いに来るか。」

　「いいや。」

　「そんなにキママ⁵を云うてどうするんぞいや！　粉はひかにゃならず、稲にゃ雀がたかりよるのに！」母は、けわしい声をだした。

　藤二は、柱と綱引き⁶をするように身を反らして緒を引っぱった。暫らくして、小さい声で、

　「皆な角力を見に行くのに！」と云った。

　「うちらのような貧乏タレにゃ、そんなことはしとれゃせんのじゃ！」

　「えゝい。」がっかりしたような声でいって、藤二はなお緒を引っぱった。

　「そんなに引っぱったら緒が切れるがな。」

　「えゝい。皆のよれ短いんじゃもん！」

　「引っぱったって延びせん——そんなことしよったらうしろへころぶぞ！」

　「えゝい延びるんじゃ！」

　そこへ父が帰って来た。

　「藤は、何ぐず／＼云よるんぞ！」藤二は睨みつけられた。

　「そら見い、叱らりょう。——さあ、牛の番をしよるんじゃぞ！」

　母はそれをしおに、こう云いおいて田へ出かけてしまった。

---

❶ 角力　相扑。❷ 連れ立つ　結伴去。❸ いつになく　一反常态。❹ 納屋　储藏室。❺ 気まま　任性。❻ 綱引き　拔河。

　父は、臼の漏斗に小麦を入れ、おとなしい牛が、のそのそ[1]人の顔を見ながら廻っているのを見届けてから出かけた。

　藤二は、緒を買って貰ってから、子供達の仲間に入って独楽を廻しているうちに、自分の緒が他人のより、大分短いのに気づいた。彼は、それが気になった。一方の端を揃えて、較べると、彼の緒は誰のに比しても短い。彼は、まだ六ツだった。他の大きい学校へ上っている者とコッツリコをするといつも負けた。彼は緒が短いためになお負けるような気がした。そして、緒の両端を持って引っぱるとそれが延びて、他人のと同じようになるだろうと思って、しきりに[2]引っぱっているのだった。彼は牛の番をしながら、中央の柱に緒をかけ、その両端を握って、緒よ延びよとばかり引っぱった。牛は彼の背後をくるくる廻った。

<h2 style="text-align:center">三</h2>

　健吉が稲を刈っていると、角力を見に行っていた子供達は、大勢群がって帰って来た。彼等は、帰る道々独楽を廻していた。

　それから暫らく親子は稲を刈りつゞけた。そして、太陽が西の山に落ちかけてから、三人は各々徒荷[3]を持って帰った。

　「牛屋は、ボッコひっそりとしとるじゃないや。」

　「うむ。」

　「藤二は、どこぞへ遊びに行たんかいな。」

　母は荷を置くと牛部屋をのぞきに行った。と、不意に吃驚して、

　「健よ、はい来い！」と声を顫わせて云った。

　健吉は、稲束を投げ棄てゝ急いで行って見ると、番をしていた藤二は、独楽の緒を片手に握ったまま、暗い牛屋の中に倒れている。頸がねじれて[4]、頭が血に染っている。

　赤牛は、じいっと鞍を背負って子供を見守るように立っていた。竹骨の窓から夕日が、牛の眼球に映っていた。蠅が一ツ二ツ牛の傍でブン／＼羽をならしてとんでいた。……

　「畜生！」父は稲束を荷って帰った六尺棒を持ってきて、三時間ばかり、牛をブン

---

❶ のそのそ　慢吞吞地。　❷ しきりに　不停地。　❸ 徒荷　徒步搬运的货物。　❹ ねじれる　弯曲。

なぐりつゞけた。牛にすべての罪があるように。

「畜生！おどれはろくなことをしくさらん！」

牛は恐_{おそ}れて口から泡を吹きながら小屋の中を逃げまわった。

鞍_{くら}は毀_{こわ}れ、六尺は折れてしまった。

それから三年たつ。

母は藤二のことを思い出すたびに、

「あの時、角力_{すもう}を見にやったらよかったんじゃ！」

「あんな短い独楽の緒を買うてやらなんだらよかったのに！──緒を柱にかけて引っぱりよって片一方の端から手がはずれてころんだところを牛に踏まれたんじゃ。あんな緒を買うてやるんじゃなかったのに！　二銭やこし仕末をしたってなんちゃになりゃせん！」といまだに涙を流す。……

（大正十四年九月）

作品评析

　　短篇小说，1926 年（大正 15 年）发表于《文艺战线》杂志，当时题为《铜钱二两》。农家的次子藤二让母亲买根新的线，用来抽陀螺。母亲为了省二两钱，买了一根短了两厘米的次品。走街串巷表演的相扑力士来到村里，母亲不让藤二去看相扑，而是让他在家里看着牛拉磨。藤二把抽陀螺的绳子绑在牛棚的柱子上拼命地想把绳子拉长，不料手滑摔倒，被牛踩了脑袋而死。三年后，母亲还在后悔为了省二两钱给藤二买了根短绳，又后悔那天应该让藤二去看相扑……

　　母亲的自责令读者同情，而藤二之死的根本原因显然在于农户的贫困。作家本人也出身农民，家境贫困，真挚的描述使这部现实主义的杰作生动感人。作品最后的省略号中包含着作者全部的创作意图，当然也是为了应对当局对无产阶级文学镇压的无奈之举。

课后练习

1. 第二節の初めの部分で、藤二は「小さい声で」みんなが相撲を見に行くことを母に言ったが、「小さい声で」言った時の藤二の心情について考えてみよう。

2. 藤二が暗い牛屋の中に倒れているところで、「竹骨の窓から夕日が、牛の眼球に映っていた。」と書いてあるが、この文の表現効果について考えてみよう。

3. いったい、何が藤二を死なせたのか、みんなで話し合ってみよう。

4. 小説の主人公の藤二は自分の家の「苦しい家計」のため、どんなことを我慢してきたのか。

5. 頭が血に染っていて、倒れている藤二を見たあとの父の反応から、父のどんな気持ちが読み取れるのか。

6. 小説の終末のところで、三年後、藤二のことを思い出す母親のつぶやきから、題目の「二銭銅貨」の意味を考えてみよう。

第四节　家喻户晓的童话作家
——宫泽贤治

作家简介

宫泽贤治（1896—1933）：将法华思想融入于文学创作之中

宫泽出生于岩手县花卷市，家中经营当铺和旧衣店。宫泽一家笃信净土真宗，家里宗教氛围浓厚。受家庭影响，宫泽从小诵读佛经，喜爱阅读宗教及哲学书籍。1915 年，宫泽以第一名的成绩考入盛冈高等农林学校，学习农艺化学。在学期间，宫泽接触到日莲宗信奉的经典《法华经》，深受触动，不惜背弃家族信仰，将日莲宗奉为自己的终生信仰，加入了日莲宗组织的国柱会。1921 年 1 月，宫泽只身前往东京，参加国柱会的传教活动的同时，开始创作童话，决心通过文艺创作普及佛教思想。9 月为照顾患病的妹妹，宫泽回到家乡，担任稗贯农业学校教员。1922 年妹妹去世，宫泽悲痛万分写下了《永别的早晨》、《无声恸哭》、《青森挽歌》等作品悼念亡妹。1924 年，宫泽自费出版了诗集《春与修罗》、童话集《要求繁多的餐馆》。1926 年 3 月，宫泽辞去教职，搬到花卷郊外独自居住，开垦播种，过起了农民生活。为了践行改变农村面貌的理想，8 月宫泽召集学生和当地年轻人，成立了"罗须地人协会"，白天在田间劳作，夜晚为农民讲授种植技术，引领农民亲近艺术。1927 年协会因故停办，之后宫泽仍四处奔走，倾尽心血指导农作物栽培。1931 年宫泽受托担任东北碎石工场的技师，后因劳累过度病倒，1933 年 9 月去世。

宫泽生长于富裕之家，却很同情贫困农民的悲苦境遇。他笃信法华经，将谋求全体生命的幸福作为毕生追求。宫泽将其慈悲之心、宗教信仰、对家乡的深厚情感、改革农村的梦想等都融入作品创作之中。在短短的 37 年生涯中，宫泽创作了 100 多篇童话、800 多首诗歌，其作品充满想象力和创造性，蕴含着深刻的自然观、宗教性与哲学性。虽然宫泽贤治生前默默无闻，死后其作品的价值逐渐被人们认识和接受，成为日本家喻户晓的诗人和儿童文学作家。

代表作简介

《银河铁道之夜》

童话，发表于 1941 年，其创作时间跨度长达八年之久，直至宫泽去世仍处于未定稿状态，被称为"永远的未完之作"。

主人公乔万尼出生于贫困家庭，父亲常年外出，母亲体弱患病，他要靠课后在印刷厂打工维持生计。悲苦的境遇让乔万尼经常遭到扎内利等同学的嘲讽。银河节的晚上，为母亲取牛奶的乔万尼，路遇同学再次被嘲笑，孤独失望中一个人跑到山丘上睡着了。

在梦里，乔万尼坐上了一列驶向天空的火车，并且意外地发现好朋友康帕内拉不知何时也出现在了列车上。两个少年乘着列车畅游在银河中，遇到了捕鸟人、青年家教等乘客。之后，乘客们陆续在沿途车站下车离开，只剩下乔万尼和康帕内拉。两个人约好要一同去寻找"真正的幸福"，但是不知何故康帕内拉竟然也消失不见了。乔万尼在哭泣中醒来，回到家后得知康帕内拉为了搭救落水的扎内利，不幸溺水身亡了。

《银河铁道之夜》描绘的世界富于浪漫色彩，亦真亦幻，引人入胜。同时，作品也揭示了宫泽独特的生死观和幸福观。乔万尼渴求幸福，但他所寻求的幸福与普罗大众有所不同，"只要能为大家找到真正的幸福，就算浴火千百次，我也愿意"，乔万尼的心声即是宫泽悲悯情怀的反映，幸福属于所有人，奉献自我为众人谋求幸福是至高无上的幸福。

《猫儿事务所》

童话，1926 年 3 月发表于随笔杂志《星期一》上，是宫泽为数不多的生前发表的童话之一。

轻便铁路停车场附近有一处猫儿第六事务所，负责为猫们提供历史、地理信息咨询。这份工作体面荣耀，人人羡慕。然而，在此工作的黑猫所长、第一秘书白猫、第二秘书虎皮猫、第三秘书花猫、第四秘书灶坑猫的相处却很不融洽。新来的灶坑猫时常被另外三个秘书打压排挤，幸亏有黑猫出面干预，矛盾才得以暂时平息。但是在灶坑猫生病休息期间，黑猫所长听信了三个秘书的逸言，以为灶坑猫想要取代他的位置，对灶坑猫的态度大变，也加入了欺凌的一方。灶坑猫不仅被所有人孤立，连工作也被抢走，悲伤又无助，只能哭泣。这时，一头威猛的狮子出现了，宣布解散事务所。

《猫儿事务所》描写了猫之间的欺凌事件，以猫社会类比人类社会。灶坑猫出生在伏天，毛短怕冷，睡觉时爱钻在灶台下面，身上沾满煤灰，因此被人嫌弃。工作中又因得到所长庇护，被同僚妒忌。从故事情节的设置可以看出，宫泽对欺凌事件和霸凌者持批判态度。小说的结尾"我一半同意狮子的意见"，是作品中最富争议的地方。狮子撤销事务所，固然解救了灶坑猫，但不分青红皂白，一并惩罚的做法是否公允？失去工作的猫们如何生活下去？"仅一半同意"的态度向读者提示了宫泽的这些考虑，与初稿设定的结局"大家都很可怜，可怜，可怜，可怜"一脉相通。

作品选读

注文¹の多い料理店

二人の若い紳士が、すっかりイギリスの兵隊²のかたちをして、ぴかぴかする³鉄砲をかついで、白熊のような犬を二疋つれて、だいぶ山奥の、木の葉のかさかさしたところを、こんなことを云いながら、あるいておりました。

「ぜんたい、ここらの山は怪しからんね。鳥も獣も一疋も居やがらん。なんでも構わないから、早くタンタアーンと、やって見たいもんだなあ。」

「鹿の黄いろな横っ腹なんぞに、二三発お見舞もうしたら、ずいぶん痛快だろうねえ。くるくるまわって、それからどたっと倒れるだろうねえ。」

それはだいぶの山奥でした。案内してきた専門の鉄砲打ち⁴も、ちょっとまごついて、どこかへ行ってしまったくらいの山奥でした。

それに、あんまり山が物凄いので、その白熊のような犬が、二疋いっしょにめまいを起こして、しばらく吠って、それから泡を吐いて死んでしまいました。

「じつにぼくは、二千四百円の損害だ」と一人の紳士が、その犬の眼ぶたを、ちょっとかえしてみて言いました。

「ぼくは二千八百円の損害だ。」と、もうひとりが、くやしそうに、あたまをまげて言いました。

はじめの紳士は、すこし顔いろを悪くして、じっと、もひとりの紳士の、顔つきを見ながら云いました。

「ぼくはもう戻ろうとおもう。」

「さあ、ぼくもちょうど寒くはなったし腹は空いてきたし戻ろうとおもう。」

「そいじゃ、これで切りあげよう。なあに戻りに、昨日の宿屋⁵で、山鳥⁶を拾円も買っ

---

❶ 注文　在日语中有"点菜"和"要求"两种意思，作者有意利用了词语的多义性特点。❷ 兵隊　士兵。❸ 鉄砲　枪。
❹ 鉄砲打ち　猎手。❺ 宿屋　旅馆。❻ 山鳥　野鸟。

て帰ればいい。」

「兎もでていたねえ。そうすれば結局おんなじこった。では帰ろうじゃないか」

ところがどうも困ったことは、どっちへ行けば戻れるのか、いっこうに見当がつかなくなっていました。

風がどうと吹いてきて、草はざわざわ、木の葉はかさかさ、木はごとんごとんと鳴りました。

「どうも腹が空いた。さっきから横っ腹が痛くてたまらないんだ。」

「ぼくもそうだ。もうあんまりあるきたくないな。」

「あるきたくないよ。ああ困ったなあ、何かたべたいなあ。」

「喰べたいもんだなあ」

二人の紳士は、ざわざわ鳴るすすき[1]の中で、こんなことを云いました。

その時ふと[2]うしろを見ますと、立派な一軒の西洋造りの家がありました。

そして玄関には

RESTAURANT

西洋料理店

WILDCAT HOUSE

山猫軒

という札[3]がでていました。

「君、ちょうどいい。ここはこれでなかなか開けてるんだ。入ろうじゃないか」

「おや、こんなとこにおかしいね。しかしとにかく何か食事ができるんだろう」

「もちろんできるさ。看板にそう書いてあるじゃないか」

「はいろうじゃないか。ぼくはもう何か喰べたくて倒れそうなんだ。」

二人は玄関に立ちました。玄関は白い瀬戸の煉瓦[4]で組んで、実に立派なもんです。そして硝子[5]の開き戸がたって、そこに金文字でこう書いてありました。

「どなたもどうかお入りください。決してご遠慮はありません」

二人はそこで、ひどくよろこんで言いました。

「こいつはどうだ、やっぱり世の中はうまくできてるねえ、きょう一日なんぎしたけれど、こんどはこんないいこともある。このうちは料理店だけれどもただでご馳走

---

❶ すすき 芒草。❷ ふと 突然。❸ 札 牌子。❹ 瀬戸の煉瓦 瓷砖。❺ 硝子 玻璃。

するんだぜ。」

「どうもそうらしい。決してご遠慮はありませんというのはその意味だ。」

二人は戸を押して、なかへ入りました。そこはすぐ廊下になっていました。その硝子戸の裏側には、金文字でこうなっていました。

「ことに ¹肥ったお方や若いお方は、大歓迎いたします」

二人は大歓迎というので、もう大よろこびです。

「君、ぼくらは大歓迎にあたっているのだ。」

「ぼくらは両方兼ねてるから」

ずんずん ²廊下を進んで行きますと、こんどは水いろのペンキ塗りの扉がありました。

「どうも変な家だ。どうしてこんなにたくさん戸があるのだろう。」

「これはロシア式だ。寒いとこや山の中はみんなこうさ。」

そして二人はその扉をあけようとしますと、上に黄いろな字でこう書いてありました。

「当軒は注文の多い料理店ですからどうかそこはご承知ください」

「なかなかはやってるんだ。こんな山の中で。」

「それあそうだ。見たまえ、東京の大きな料理屋だって大通りにはすくないだろう」

二人は云いながら、その扉をあけました。するとその裏側に、

「注文はずいぶん多いでしょうがどうか一々こらえて下さい。」

「これはぜんたいどういうんだ。」ひとりの紳士は顔をしかめ ³ました。

「うん、これはきっと注文があまり多くて支度が手間取るけれどもごめん下さいと斯ういうことだ。」

「そうだろう。早くどこか室の中にはいりたいもんだな。」

「そしてテーブルに座りたいもんだな。」

ところがどうもうるさいことは、また扉が一つありました。そしてそのわき ⁴に鏡がかかって、その下には長い柄のついたブラシが置いてあったのです。

扉には赤い字で、

「お客さまがた、ここで髪をきちんとして、それからはきものの泥を落してくだ

---

❶ ことに 尤其是，特別是。 ❷ ずんずん 不停滞地，飞快地。 ❸ しかめる 皱。 ❹ わき 旁边。

さい。」

と書いてありました。

「これはどうも尤も[1]だ。僕もさっき玄関で、山のなかだとおもって見くびったんだよ」

「作法の厳しい家だ。きっとよほど偉い人たちが、たびたび来るんだ。」

そこで二人は、きれいに髪をけずって[2]、靴の泥を落しました。

そしたら、どうです。ブラシを板の上に置くや否や、そいつがぼうっとかすんで無くなって、風がどうっと室の中に入ってきました。

二人はびっくりして、互によりそって[3]、扉をがたんと開けて、次の室へ入って行きました。早く何か暖いものでもたべて、元気をつけて置かないと、もう途方もないことになってしまうと、二人とも思ったのでした。

扉の内側に、また変なことが書いてありました。

「鉄砲と弾丸をここへ置いてください。」

見るとすぐ横に黒い台がありました。

「なるほど、鉄砲を持ってものを食うという法はない。」

「いや、よほど偉いひとが始終来ているんだ。」

二人は鉄砲をはずし、帯皮を解いて、それを台の上に置きました。

また黒い扉がありました。

「どうか帽子と外套と靴をおとり下さい。」

「どうだ、とるか。」

「仕方ない、とろう。たしかによっぽどえらいひとなんだ。奥に来ているのは」

二人は帽子とオーバーコートを釘にかけ、靴をぬいでぺたぺたあるいて扉の中にはいりました。

扉の裏側には、

「ネクタイピン、カフスボタン、眼鏡、財布、その他金物類、

ことに尖ったものは、みんなここに置いてください」

と書いてありました。扉のすぐ横には黒塗りの立派な金庫も、ちゃんと口を開けて置いてありました。鍵まで添えてあったのです。

---

❶ 尤も 合乎情理。 ❷ けずる 梳理头发。 ❸ よりそう 挨在一起。

「ははあ、何かの料理に電気をつかうと見えるね。金気[1]のものはあぶない。ことに尖ったものはあぶないと斯う云うんだろう。」

「そうだろう。して見ると勘定[2]は帰りにここで払うのだろうか。」

「どうもそうらしい。」

「そうだ。きっと。」

二人はめがねをはずしたり、カフスボタン[3]をとったり、みんな金庫のなかに入れて、ぱちんと錠をかけました。

すこし行きますとまた扉があって、その前に硝子の壺が一つありました。扉には斯う書いてありました。

「壺のなかのクリームを顔や手足にすっかり塗ってください。」

みるとたしかに壺のなかのものは牛乳のクリームでした。

「クリームをぬれというのはどういうんだ。」

「これはね、外がひじょうに寒いだろう。室のなかがあんまり暖いとひびがきれるから、その予防なんだ。どうも奥には、よほどえらいひとがきている。こんなとこで、案外ぼくらは、貴族とちかづきになるかも知れないよ。」

二人は壺のクリームを、顔に塗って手に塗ってそれから靴下をぬいで足に塗りました。それでもまだ残っていましたから、それは二人ともめいめいこっそり顔へ塗るふりをしながら喰べました。

それから大急ぎで扉をあけますと、その裏側には、

「クリームをよく塗りましたか、耳にもよく塗りましたか、」

と書いてあって、ちいさなクリームの壺がここにも置いてありました。

「そうそう、ぼくは耳には塗らなかった。あぶなく耳にひびを切らす[4]とこだった。ここの主人はじつに用意周到だね。」

「ああ、細かいとこまでよく気がつくよ。ところでぼくは早く何か喰べたいんだが、どうも斯うどこまでも廊下じゃ仕方ないね。」

するとすぐその前に次の戸がありました。

「料理はもうすぐできます。

十五分とお待たせはいたしません。

---

❶ 金気 金属类。❷ 勘定 结账，付钱。❸ カフスボタン 袖扣。❹ ひびを切らす 开裂。

すぐたべられます。

早くあなたの頭に瓶の中の香水をよく振りかけてください。」

そして戸の前には金ピカの香水の瓶が置いてありました。

二人はその香水を、頭へぱちゃぱちゃ振りかけました。

ところがその香水は、どうも酢のような匂がするのでした。

「この香水はへんに酢くさい。どうしたんだろう。」

「まちがえたんだ。下女¹が風邪でも引いてまちがえて入れたんだ。」

二人は扉をあけて中にはいりました。

扉の裏側には、大きな字で斯う書いてありました。

「いろいろ注文が多くてうるさかったでしょう。お気の毒でした。

もうこれだけです。どうかからだ中に、壺の中の塩をたくさんよくもみ込んでください。」

なるほど立派な青い瀬戸の塩壺は置いてありましたが、こんどというこんどは二人ともぎょっとしてお互にクリームをたくさん塗った顔を見合せました。

「どうもおかしいぜ。」

「ぼくもおかしいとおもう。」

「沢山の注文というのは、向うがこっちへ注文してるんだよ。」

「だからさ、西洋料理店というのは、ぼくの考えるところでは、西洋料理を、来た人にたべさせるのではなくて、来た人を西洋料理にして、食べてやる家とこういうことなんだ。これは、その、つ、つ、つ、つまり、ぼ、ぼ、ぼくらが……。」がたがたがたがた、ふるえだしてもうものが言えませんでした。

「その、ぼ、ぼくらが、……うわあ。」がたがたがたがたふるえだして、もうものが言えませんでした。

「遁げ……。」がたがたしながら一人の紳士はうしろの戸を押そうとしましたが、どうです、戸はもう一分も動きませんでした。

奥の方にはまだ一枚扉があって、大きなかぎ穴が二つつき、銀いろのホーク²とナイフの形が切りだしてあって、

「いや、わざわざご苦労です。

---

❶ 下女 女佣。 ❷ ホーク 挂钩。

大へん結構にできました。

　さあさあおなかにおはいりください。」

と書いてありました。おまけにかぎ穴からはきょろきょろ二つの青い眼玉[1]がこっちをのぞいています。

　「うわあ。」がたがたがたがた。

　「うわあ。」がたがたがたがた。

　ふたりは泣き出しました。

　すると戸の中では、こそこそこんなことを云っています。

　「だめだよ。もう気がついたよ。塩をもみこまないようだよ。」

　「あたりまえさ。親分の書きようがまずいんだ。あすこへ、いろいろ注文が多くてうるさかったでしょう、お気の毒でしたなんて、間抜けたことを書いたもんだ。」

　「どっちでもいいよ。どうせぼくらには、骨も分けて呉れやしないんだ。」

　「それはそうだ。けれどももしここへあいつらがはいって来なかったら、それはぼくらの責任だぜ。」

　「呼ぼうか、呼ぼう。おい、お客さん方、早くいらっしゃい。いらっしゃい。いらっしゃい。お皿も洗ってありますし、菜っ葉ももうよく塩でもんで置きました。あとはあなたがたと、菜っ葉をうまくとりあわせて、まっ白なお皿にのせるだけです。はやくいらっしゃい。」

　「へい、いらっしゃい、いらっしゃい。それともサラドはお嫌いですか。そんならこれから火を起してフライにしてあげましょうか。とにかくはやくいらっしゃい。」

　二人はあんまり心を痛めたために、顔がまるでくしゃくしゃの紙屑のようになり、お互にその顔を見合せ、ぶるぶるふるえ、声もなく泣きました。

　中ではふっふっとわらってまた叫んでいます。

　「いらっしゃい、いらっしゃい。そんなに泣いては折角のクリームが流れるじゃありませんか。へい、ただいま。じきもってまいります。さあ、早くいらっしゃい。」

　「早くいらっしゃい。親方がもうナフキン[2]をかけて、ナイフをもって、舌なめずりして、お客さま方を待っていられます。」

　二人は泣いて泣いて泣いて泣いて泣きました。

---

❶ 眼玉　眼珠。❷ ナフキン　餐巾。

　そのときうしろからいきなり、

　「わん、わん、ぐゎあ。」という声がして、あの白熊のような犬が二疋、扉をつきやぶっ
て室の中に飛び込んできました。鍵穴の眼玉はたちまちなくなり、犬どもはううとう
なってしばらく室の中をくるくる廻（まわ）っていましたが、また一声

　「わん。」と高く吠（ほ）えて、いきなり次の扉に飛びつきました。戸はがたりとひらき、
犬どもは吸い込まれるように飛んで行きました。

　その扉の向うのまっくらやみのなかで、

　「にゃあお、くゎあ、ごろごろ。」という声がして、それからがさがさ鳴りました。

　室はけむりのように消え、二人は寒さにぶるぶるふるえて、草の中に立っていま
した。

　見ると、上着や靴や財布やネクタイピン[1]は、あっちの枝にぶらさがったり、こっ
ちの根もとにちらばったりしています。風がどうと吹いてきて、草はざわざわ、木の
葉はかさかさ、木はごとんごとんと鳴りました。

　犬がふうとうなって戻ってきました。

　そしてうしろからは、

　「旦那あ、旦那あ、」と叫ぶものがあります。

　二人は俄（にわ）かに元気がついて

　「おおい、おおい、ここだぞ、早く来い。」と叫びました。

　簑帽子（みのぼうし）をかぶった専門の猟師（りょうし）が、草をざわざわ分けてやってきました。

　そこで二人はやっと安心しました。

　そして猟師のもってきた団子をたべ、途中（とちゅう）で十円だけ山鳥を買って東京に帰りま
した。

　しかし、さっき一ぺん紙くずのようになった二人の顔だけは、東京に帰っても、お
湯にはいっても、もうもとのとおりになおりませんでした。

◆ ————————————————————————————————————

❶ ネクタイピン　领带别针。

作品评析

　　《要求繁多的餐馆》，发表于 1924 年，是宫泽从东京返回故乡后创作的童话，收录在同名童话集《要求繁多的餐馆》中。该作品内容奇幻，构思巧妙，是宫泽的知名代表作。童话中的两个主要人物——从东京来到山里狩猎的绅士，虽然自诩来自文明开化的大都市，但其所作所为并无"文明"之感。他们鄙视山野森林，对自然和生命缺乏起码的尊重。不仅以夺取动物的生命为乐，连对保护自己的猎狗，也毫无怜悯之心，猎狗昏厥时，他们只顾算计自己的经济损失，对猎狗的生死置若罔闻。肆意妄为的两人因此受到了惩罚，不仅打猎毫无收获，还被山猫玩弄，差点成为它的盘中美味。

　　《要求繁多的餐馆》比较直观地体现了宫泽的自然观和宗教观，从两个绅士的遭遇，不难看出宫泽对近代都市文明的批判，以及对人类与自然相处之道的思考。

课后练习

1. 「二人の若い紳士」が「注文の多い料理店」を発見するまでに、どのような状況の設定がなされているか。
2. 「二人の若い紳士」は、どのような人物として描かれているか。
3. この作品において、「風」の描写はどのような役割を果たしているか。
4. 本文の中から色彩を表す語句を抜き出し、その効果について考えてみよう。
5. 山猫は紳士たちをさっさと食べてしまわなかったのはなぜか。

下篇

✤

日本近现代文学的转型

——战后的昭和文学

第一节　概　述

1945 年 8 月 15 日，日本无条件投降。战后初期的日本犹如一片废墟，物质方面，食品、物资匮乏，百业凋敝，民众生活艰难；精神方面，战前战后价值规范的颠覆引起了人们思想上的混乱和迷惘。但另一方面，不可忽视的是，战败也带来了新生的希望。战后不久，以美国为首的联合国军进驻日本，废除专制政治，否定绝对主义天皇制，制定和平宪法，在政治、经济、教育等领域推行了一系列非军事化与民主化改革。这些变革，让长期处于军国主义禁锢下的人们重获自由，看到了追求人性解放与和平民主的可能性。战后，昭和文学就在这种不安与希望并存、社会政治剧烈变动的时代背景下逐渐复苏了。

和平宪法颁布后，人们的思想和言论自由得到保障，战争期间受到严格管制的出版界迅速恢复生机，复刊和新创刊的杂志层出不穷。在出版热潮的推动下，战时一度封笔，不愿与时局同流合污的老作家们，纷纷重拾创作热情，相继推出佳作。1946 年，唯美派作家永井荷风连续发表了《舞女》、《勋章》、《浮沉》三部作品，谷崎润一郎则推出了 1943 年被当局禁止出版的《细雪》上卷。自然主义作家正宗白鸟的《战争受害者的悲哀》、白桦派作家志贺直哉的《灰色的月亮》，也是这一时期的作品。战后重新开展创作活动的，还有野上弥生子、井伏鳟二、宇野浩二、川端康成等知名作家。亲历战争和战败的川端康成，战后多次表示要回归传统，他从古典美意识出发，完成了《雪国》的创作，并发表了《千羽鹤》、《山音》等作品。

活跃在战后初期文坛上的，除了上述老作家，还有以坂口安吾、织田作之助、太宰治为代表的中坚作家。他们大多在战前已开始创作，但未能成为文坛主流，战后却因为独特的创作理念而备受关注。他们对既有的伦理道德抱有深刻的怀疑，以消极、颓废作为对世俗的反叛，以戏谑、讽刺的口吻批判市民社会的伪善，因此被称为"新戏作派"，也被称作"无赖派"作家。坂口安吾的《堕落论》、《白痴》，太宰治的《维庸之妻》、《斜阳》、《人间失格》等，给生活在战后混乱状态中的人们带来了深刻的冲击，引起了大批读者的共鸣。

战前和战争期间受到严酷镇压的无产阶级文学，战后也重获生机。以藏原惟人、中野重治、德永直、宫本百合子等为代表的文学家、评论家们，于 1946 年成立了新日本文学会，在继承无产阶级文学传统的基础上，提出"要创造和普及民主主义文学"，陆续发表了《播州平原》、《道标》、《五勺酒》等一系列作品。

与新日本文学会相对应的是《近代文学》派。1946 年 1 月，荒正人、小田切秀雄、佐佐木基一、埴谷雄高、平野谦等人创办了《近代文学》杂志，主张"尊重人性"、"艺术至上"，与新日本文学会之间围绕政治与文学的关系问题展开了激烈的讨论。《近代文学》派对文学主体性和现代自我确立问题的关注，吸引了被称为"战后派"的大批作家加入其中。根据走上文坛时间的先后次序，这批新人作家又被划分为"第一次战后派"和"第二次战后

派"，其代表人物分别有：野间宏、埴谷雄高、梅崎春生、武田泰淳；三岛由纪夫、大冈升平、安部公房。两批作家在思想和风格上具有相近的倾向：受到存在主义思潮影响，关注社会与现实，注重对自我主体性的追求；反思战争，批判战争对人性的扭曲，追问极限状态下人的生存意义；在创作内容和方法上受到西方现代主义文学影响，富于实验色彩，超越了以往的写实主义传统。

昭和二十年代末至三十年代初，日本经济逐渐复苏，社会进入相对稳定状态，文学创作也相应地进入了新阶段。这一时期登上文坛的有小岛信夫、安冈章太郎、远藤周作、庄野润三、曾野绫子等人，他们被称为"第三新人"作家。与注重社会性和思想性的战后派不同，"第三新人"作家回归写实主义传统，以近似"私小说"的手法描写市民的日常生活以及其中潜藏的空虚与不安情绪。

昭和三十年代，石原慎太郎的《太阳的季节》、开高健的《裸体的皇帝》、大江健三郎的《死者的奢华》相继获得芥川奖。这些作家因在战后形成自我，故被称为"战后一代"作家。特别是开高和大江，在作品中十分关注现实和政治问题，文学理念方面受到战后派文学的影响，呈现出积极介入社会的态势，也被称为"社会派"作家。

昭和四十年代，日本经过经济高速增长阶段，进入了大众消费社会，这一时期坚守在纯文学创作领域的是被称为"内向的一代"的作家们。他们关注自我身份认同以及自我与他者之间的关系，用内心独白、意识流等手法表现出个体在社会转型时期的困惑和焦虑。古井由吉的《杳子》、黑井千次的《时间》、后藤明生的《夹击》等是这一流派的代表作品。

昭和五十年代至昭和末期，随着价值观趋于多元化，文学创作也日益朝着多样化方向发展。战后出生的村上龙、村上春树等人崭露头角，他们着重描写都市年轻人的日常生活和内心情感，以个性化叙事反映出高度现代化、消费化社会中存在的诸种问题。1987年，村上春树发表了《挪威的森林》，年轻女作家吉本芭娜娜则发表了《厨房》，两部作品一经出版均成为畅销书，相继引发"村上春树现象"和"吉本芭娜娜现象"。文学作品能够获得社会广泛关注无疑具有积极意义，但从村上和吉本的成功中不难看出文学创作与商业运作的密切关系，这也意味着当代文学进入了一个新的发展阶段。

第二节　无赖派作家——太宰治

作家简介

太宰治（1909—1948）：寻求爱与信赖，最终走向绝望的苦恼旗手

出身新兴地主之家

太宰治，原名津岛修治，出生于青森县屈指可数的大地主家庭，因生母病弱，由婶婶抚养长大，乳母越野竹成了他儿时的玩伴。后年在作品《津轻》中，越野竹作为母性形象出现。在青森读中学时，太宰治开始文学创作，以辻岛众二的笔名在同人杂志上发表作品。

怀疑与挫折

在弘前高中读书时，因自己敬爱的作家芥川龙之介自杀深受打击，放弃学业，与艺妓小山初代开始交往。同时开始接近校内的社会主义思想组织，为自己地主阶级的出身背负罪恶感，曾经服安眠药自杀未遂。

1930 年（昭和 5 年），考入东京帝国大学法语专业，同年获准与小山初代成婚，也许是因为心怀不安，又和其他女性一起自杀，结果自己一人活了下来，越发为罪恶感而痛苦。这期间，一直参与左翼非合法运动，但逐渐感到格格不入，陷入绝望，最终脱离运动。

颓废的泥沼

在文学创作中发现希望的太宰治，正如后年将自己的作品集命名为《晚年》所体现的那样，开始创作一系列充满死亡意识的"遗书"性质的作品。1933 年，在同人杂志《海豹》上发表《鱼服记》，在另一本同人杂志《青花》上发表《回忆》。1935 年，因大学考试不合格、参加都新闻的入职考试落榜等原因，再次自杀，手术后一直使用镇痛药导致上瘾，但仍坚持创作了《小丑之花》、《青年的奇态》等作品。为治疗毒瘾入院期间，得知初代犯下过失，与她一起自杀殉情未遂后，两人离婚，生活颓废达到顶点。继《二十世纪旗手》之后，又创作了《HUMAN LOST》，宣告自己"为人失格"。

恢复"人性"

1938 年，太宰治在老师井伏鳟二的帮助下，"第一次认真思考以文学创作为生"，到山梨县的天下茶屋闭门两个月，面对着富士山的各种姿态开始自我审视，洗心革面重新开始文学创作。第二年，由井伏做介绍人，与石原美知子结婚，定居甲府。这一时期，太宰治生活充实，一直谋求健康的市民生活与文学创作的调和，创作了一系列明快而富有透明感的作品。追求人与人之间的爱、信赖与正义的作品《超级申诉》、《奔跑吧，梅洛斯！》、《东京八

景》、《新哈姆雷特》以及《女学生》等佳作中表现出作者在体会到人间的温情与美好之后的喜悦。此外，取材于将军源实朝事迹的《右大臣实朝》、取材于鲁迅事迹的《惜别》等作品，将生活在动荡年代的历史人物的谛观与悲哀投射在自己身上。太宰治回到故乡津轻旅行，创作了重新确认自我的作品《津轻》。战争期间，作家依旧全力投入创作"读来有趣"的小说《新释诸国故事》、《御伽草纸》等。

绝望的战后

在战后民主主义风潮中，太宰对于与战前并无二致的全员一样的状况感到绝望，在作品《叮叮当当》（1947年）中投以质疑。对毫无节操地顺应潮流的文坛与新闻界进行批判，明显表现出一种"破灭志向"，与坂口安吾、石川淳等一起被称为"新戏作派"或"无赖派"。作为人气作家忙碌的同时，创作了《维荣之妻》，描写在破灭与绝望的生活中的"生"，又以自己曾经交往过的女性太田静子的日记为素材发表了小说《斜阳》。《斜阳》充满对于日落西山的没落贵族的感伤与对创造新道德观的祈望，作品大受欢迎，甚至产生了"斜阳族"这一流行语。此后，太宰治因为过度疲劳、饮酒，身体日益衰弱。在作品《为人失格》中，自虐地讲述内心对于自身存在的罪恶感与苦恼，成为太宰治的集大成之作，1948年，与山崎富荣一起服用药物后投水自杀。连载中的《GOOD BYE》成为未完之作。

代表作简介

《津轻》

发表于1944年的长篇小说。作家关于自己的故乡创作有《新风土记丛书》，该作是其中的一册。在创作之前，1944年5月，作家在津轻旅行三个星期，此行的高潮是到小泊拜访儿时的乳母越野竹，两人久别重逢。

主人公"我"出生在位于津轻平原正中的金木，一个有些都市氛围的小镇。如今已过而立之年的"我"，想此生再回到故乡看看，于是踏上旅途。到了青森车站，朋友等都来接"我"，他们表现出津轻人的本性，非常热情地接待"我"。"我"回到金木的老家，再一次见到故乡的"津轻富士"（即岩木山）的身影。儿时的乳母已近三十年未见，"我"赶赴小泊看望她。

《斜阳》

中篇小说。1947年连载于《新潮》杂志。看到战后社会停留在表层的变化，而人的本质并未发生任何改变，太宰治大为失望，为了实现"从人的基底开始的革命"，他抱着一种"必须有美丽的灭亡"的悲怆的决心，创作了《斜阳》。在描写死与灭亡的同时，祈祷建立新的道德观的革命。该小说以太田静子的日记为素材，没落贵族的母亲与姐弟、畅销书作家这四个人物身上都投射着太宰治自己的影子。该作大受好评，成为畅销书，并由此诞生"斜阳族"这一流行语。

生于贵族之家的和子婚姻失败，在战后的混乱之中，她卖掉老宅，搬到伊豆的山庄与母亲一起过着安静的生活。弟弟直治平安复员归来后，为自己身为贵族背负罪恶感，去东京追随颓废派作家上原，生活堕落。不久，"真正的贵族"母亲病重过世。和子到东京与上原见面，两人结合。直治对生活绝望，最终自杀。和子读了直治的日记，感到一直在折磨自己的上原和直治都是传统道德的牺牲品。她决心与传统道德战斗，生下上原的私生子，把他抚养成人，以此来完成自己的"道德革命"。

《为人失格》

中篇小说。1948年连载于《展望》杂志。该作通过三张照片与三本笔记中的手记描写了27岁便精神失常的大庭叶藏的一生，标志着太宰治文学的最终成就。作家的内心以及对于作为人存在的不安在主人公身上都有所体现。

出生于日本东北地区大地主家庭的叶藏无法理解人的生活，也无法与他人对话，陷入自闭的世界。因此他只能通过扮演滑稽角色来掩饰内心的不安与恐惧，以期与他人交往。但是中学时，被一个叫竹一的少年看穿了本性，又遇到堀木、平目等敌人。叶藏一直追求爱与正义，但最终因为内心的苦恼，丧失了作为一个人生活下去的自信，成为废人的叶藏表白道："一切都会过去。"

作品选读

ロマネスク

仙術太郎

むかし津軽の国、神梛木村に鍬形惣助という庄屋がいた。四十九歳で、はじめて一子を得た。男の子であった。太郎と名づけた。生れるとすぐ大きいあくび[1]をした。惣助はそのあくびの大きすぎるのを気に病み[2]、祝辞を述べにやって来る親戚の者たちへ肩身のせまい[3]思いをした。惣助の懸念[4]はそろそろと的中しはじめた。太郎は母者人の乳房にもみずからすすんでしゃぶりつくようなことはなく、母者人のふとこ

---

❶ あくび 哈欠。 ❷ 気に病む 介意。 ❸ 肩身が狭い 感到丢脸。 ❹ 懸念 担心。

ろの中にいて口をたいぎ[1]そうにあけたまま乳房の口への接触をいつまででも待っていた。張子の虎[2]をあてがわれて[3]もそれをいじくりまわすことはなく、ゆらゆら動く虎の頭を退屈そうに眺めているだけであった。朝、眼をさましてからもあわてて寝床から這い出すようなことはなく、二時間ほどは眼をつぶって眠ったふりをしているのである。かるがるしきからだの仕草をきらう精神を持っていたのであった。三歳のとき、鳥渡した事件を起し、その事件のお蔭で鍬形太郎の名前が村のひとたちのあいだに少しひろまった。それは新聞の事件でないゆえ、それだけほんとうの事件であった。太郎がどこまでも歩いたのである。

　春のはじめのことであった。夜、太郎は母者人のふところから音もたてずにころがり出た。ころころと土間へころげ落ち、それから戸外へまろび出た。戸外へ出てから、しゃんと立ちあがったのである。惣助も、また母者人も、それを知らずに眠っていた。

　満月が太郎のすぐ額のうえに浮んでいた。満月の輪廓はにじんでいた。めだか[4]の模様の襦袢[5]に慈姑の模様の綿入れ胴衣を重ねて着ている太郎は、はだし[6]のままで村の馬糞だらけの砂利道を東へ歩いた。ねむたげに眼を半分とじて小さい息をせわしなく吐きながら歩いた。

　翌る朝、村は騒動であった。三歳の太郎が村からたっぷり一里もはなれている湯流山の、林檎畑のまんまんなかでこともなげに寝込んでいたからであった。湯流山は氷のかけらが溶けかけているような形で、峯には三つのなだらか[7]な起伏があり西端は流れたようにゆるやかな傾斜をなしていた。百米くらいの高さであった。太郎がどうしてそんな山の中にまで行き着けたのか、その訳は不明であった。いや、太郎がひとりで登っていったにちがいないのだ。けれどもなぜ登っていったのかその訳がわからなかった。

　発見者である蕨取りの娘の手籠[8]にいれられ、ゆられゆられしながら太郎は村へ帰って来た。手籠のなかを覗いてみた村のひとたちは皆、眉のあいだに黒い油ぎった皺をよせて、天狗、天狗とうなずき合った。惣助はわが子の無事である姿を見て、これは、これは、と言った。困ったとも言えなかったし、よかったとも言えなかった。母者人はそんなに取り乱して[9]いなかった。太郎を抱きあげ、蕨取りの娘の手籠には太郎の

---

❶ たいぎ　麻煩。❷ 張子の虎　紙老虎。❸ あてがう　給。❹ めだか　青鳉魚。❺ 襦袢　衬衫。❻ はだし　赤脚。❼ なだらか　平缓。❽ 手籠　篮子。❾ 取り乱す　慌张。

かわりに手拭地[1]を一反いれてやって、それから土間へ大きな盥を持ち出しお湯をなみなみ[2]といれ、太郎のからだを静かに洗った。太郎のからだはちっとも汚れていなかった。丸々と白くふとっていた。惣助は盥のまわりをはげしくうろついて[3]歩き、とうとう盥に蹴躓いて盥のお湯を土間いちめんにおびただしく[4]ぶちまけ母者人に叱られた。惣助はそれでも盥の傍から離れず母者人の肩越しに太郎の顔を覗き、太郎、なに見た、太郎、なに見た、と言いつづけた。太郎はあくびをいくつもいくつもしてからタアナカムダアチイナエエというかたことを叫んだ。

　惣助は夜、寝てからやっとこのかたことの意味をさとった。たみのかまど[5]はにぎわいにけり。発見！惣助は寝たままぴしゃっと膝頭を打とうとしたが、重い掛蒲団に邪魔され、臍のあたりを打って痛い思いをした。惣助は考える。庄屋のせがれは庄屋の親だわ。三歳にしてもうはや民のかまどに心をつかう。あら有難の光明や。この子は湯流山のいただきから神梛木村の朝の景色を見おろしたにちがいない。そのとき家々のかまどから立ちのぼる煙は、ほやほやとにぎわっていたとな。あら殊勝の超世の本願や。この子はなんと授かりものじゃ。御大切にしなければ。惣助はそっと起きあがり、腕をのばして隣りの床にひとりで寝ている太郎の掛蒲団をていねいに直してやった。それからもっと腕をのばしてそのまた隣りの床に寝ている母者人の掛蒲団を少しばかり乱暴に直してやった。母者人は寝相がわるかった。惣助は母者人の寝相を見ないようにして、わざと顔をきつくそむけながら呟いた。これは太郎の産みの親じゃ。御大切にしなければ。

　太郎の予言は当った。そのとしの春には村のことごとくの林檎畑にすばらしく大きい薄紅の花が咲きそろい、十里はなれた御城下町にまで匂いを送った。秋にはもっとよいことが起った。林檎の果実が手毬[6]くらいに大きく珊瑚くらいに赤く、桐の実みたいに鈴成り[7]に成ったのである。こころみにそのひとつをちぎりとり歯にあてると、果実の肉がはち切れるほど水気を持っていることとて歯をあてたとたんにぽんと音高く割れ冷い水がほとばしり[8]出て鼻から頬までびしょ濡れにしてしまうほどであった。あくるとしの元旦には、もっとめでたいことが起った。千羽の鶴が東の空から飛来し、村のひとたちが、あれよ、あれよと口々に騒ぎたてているまに、千羽の鶴は元旦の青

---

❶ 手拭地　手巾布。❷ なみなみ　満満的。❸ うろつく　徘徊。❹ おびただしい　激烈的。❺ かまど　炉灶。❻ 手毬　小皮球。❼ 鈴成り　硕果累累的样子。❽ 迸る　迸出。

空の中をゆったりと泳ぎまわりやがて西のかたに飛び去った。そのとしの秋にもまた稲の穂に穂がみのり林檎も前年に負けずに枝のたおたおするほどかたまって結実^{けつじつ}したのである。村はうるおい¹はじめた。惣助は予言者としての太郎の能力をしかと信じた。けれどもそれを村のひとたちに言いふらしてあるくことは控えていた。それは親馬鹿という嘲笑を得たくない心からであろうか。ひょっとすると何かもっと軽はずみ²な、ひともうけしようという下心からであったかも知れぬ。

　幼いころの神童は、二三年してようやく邪道におちた。いつしか太郎は、村のひとたちからなまけものという名前をつけられていた。惣助もそう言われるのを仕方がないと思いはじめたのである。太郎は六歳になっても七歳になってもほかの子供たちのように野原や田圃^{たんぼ}や河原へ出て遊ぼうとはしなかった。夏ならば、部屋の窓べりに頬杖ついて³外の景色を眺めていた。冬ならば、炉辺に坐って燃えあがる焚火^{たきび}の焔^{ほのお}を眺めていた。なぞなぞが好きであった。或る冬の夜、太郎は炉辺に行儀わるく寝そべりながら、かたわらの惣助の顔を薄目⁴つかって見あげ、ゆっくりした口調でなぞなぞを掛けた。水のなかにはいっても濡れないものはなんじゃろ。惣助は首を三度ほど振って考えて、判らぬの、と答えた。太郎はものうそう⁵に眼をかるくとじてから教えた。影じゃがのう。惣助はいよいよ太郎をいまいましく⁶思いはじめた。これは馬鹿ではないか。阿呆なのにちがいない。村のひとたちの言うように、やっぱしただのなまけものじゃったわ。

　太郎が十歳になったとしの秋、村は大洪水に襲われた。村の北端をゆるゆると流れていた三間ほどの幅の神梛木川^{かなぎ}が、ひとつき続いた雨のために怒りだしたのである。水源の濁り水^{にご}は大渦小渦を巻きながらそろそろふくれあがって六本の支流を合せてたちまち太り、身を躍らせて⁷山を韋駄天ばしり⁸に駆け下りみちみち何百本もの材木をかっさらい川岸の樫^{かし}や樅^{もみ}や白楊^{はこやなぎ}の大木を根こそぎ抜き取り押し流し、麓^{ふもと}の淵で澱ん^{よど}で澱んでそれから一挙に村の橋に突きあたって平気でそれをぶちこわし土手を破って大海のようにひろがり、家々の土台石を舐め豚を泳がせ^な^{ぶた}刈りとったばかりの一万にあまる稲坊主を浮かせてだぶりだぶりと浪打った。それから五日目に雨がやんで、十日目にようやく水がひきはじめ、二十日目ころには神梛木川は三間ほどの幅で村の北端

---

❶ 潤う　滋润；宽绰起来。❷ 軽はずみ　轻率。❸ 頬杖つく　托腮。❹ 薄目　半睁着眼。❺ ものうい　慵懒的，倦怠的。❻ 忌々しい　不吉利。❼ 身を躍らせる　跳起来。❽ 韋駄天ばしり　跑得飞快。

をゆるゆると流れていた。

　村のひとたちは毎夜毎夜あちこちの家にひとかたまり¹ずつになって相談し合った。相談の結論はいつも同じであった。おらは餓え死したくねえじゃ。その結論はいつも相談の出発点になった。村のひとたちは翌る夜また同じ相談をはじめなければいけなかった。そうしてまたまた餓え死したくねえという結論を得て散会した。翌る夜は更に相談をし合った。そうして結論は同じであった。相談は果つるところなかったのである。村が乱れて義民があらわれた。十歳の太郎が或る日、両腕で頭をかかえこみ溜息²をついている父親の惣助にむかって、意見を述べた。これは簡単に解決がつくと思う。お城へ行ってじきじき殿様³へ救済をお願いすればいいのじゃ。おれが行く。惣助は、やあ、と突拍子もない⁴歓声をあげた。それからすぐ、これはかるはずみなことをしたと気づいたらしく一旦ほどきかけた両手をまた頭のうしろに組み合せてしかめつら⁵をして見せた。お前は子供だからそう簡単に考えるけれども、大人はそうは考えない。直訴はまかり⁶まちがえば命とりじゃ。めっそうもない⁷こと。やめろ。やめろ。その夜、太郎はふところ手してぶらっと外へ出て、そのまますたすたと御城下町へ急いだ。誰も知らなかった。

　直訴は成功した。太郎の運がよかったからである。命をとられなかったばかりかごほうびをさえ貰った。ときの殿様が法律をきれいに忘れていたからでもあろう。村はおかげで全滅をのがれ、あくる年からまたうるおいはじめたのである。

　村のひとたちは、それでも二三年のあいだは太郎をほめていた。二三年がすぎると忘れてしまった。庄屋の阿呆様とは太郎の名前であった。太郎は毎日のように蔵の中にはいって惣助の蔵書を手当り次第に読んでいた。ときどき怪しからぬ⁸絵本を見つけた。それでも平気な顔して読んでいった。

　そのうちに仙術の本を見つけたのである。これを最も熱心に読みふけった。縦横十文字に読みふけった。蔵の中で一年ほども修行して、ようやく鼠と鷲と蛇になる法を覚えこんだ。鼠になって蔵の中をかけめぐり⁹、ときどき立ちどまってちゅうちゅうと鳴いてみた。鷲になって、蔵の窓から翼をひろげて飛びあがり、心ゆくまで¹⁰大空を逍遥した。蛇になって、蔵の床下にしのびいり蜘蛛の巣をさけながら、ひやひやし

---

❶ ひとかたまり　一団，一伙。❷ 溜息　叹息。❸ 殿様（对贵族、主君的敬称）老爷，大人。❹ 突拍子もない　离奇，异常。❺ しかめつら　愁眉苦脸。❻ まかり　接头词，接在动词前加强语气。❼ めっそうもない　不可想象的，不应该有的。❽ けしからぬ　不像话。❾ 駆け巡る　到处奔跑。❿ 心ゆくまで　心满意足。

た日蔭の草を腹のうろこ[1]で踏みわけ踏みわけして歩いてみた。ほどなく[2]、かまきり[3]になる法をも体得したけれど、これはただその姿になるだけのことであって、べつだん面白くもなんともなかった。

　惣助はもはやわが子に絶望していた。それでも負け惜み[4]してこう母者人に告げたのである。な、余りできすぎたのじゃよ。太郎は十六歳で恋をした。相手は隣りの油屋の娘で、笛を吹くのが上手であった。太郎は蔵の中で鼠や蛇のすがたをしたままその笛の音を聞くことを好んだ。あわれ、あの娘に惚（ほ）れられたいものじゃ。津軽（つがる）いちばんのよい男になりたいものじゃ。太郎はおのれの仙術でもって、よい男になるようになるように念じはじめた。十日目にその念願を成就（じょうじゅ）することができたのである。

　太郎は鏡の中をおそるおそる覗いてみて、おどろいた。色が抜けるように白く、頬はしもぶくれ[5]でもち肌[6]であった。眼はあくまでも細く、口鬚（くちひげ）がたらりと生えていた。天平時代の仏像の顔であって、しかも股間の逸物（いちもつ）まで古風にだらりとふやけていた[7]のである。太郎は落胆[8]した。仙術の本が古すぎたのであった。天平のころの本であったのである。このような有様では詮（せん）ない[9]ことじゃ。やり直そう。ふたたび法のよりをもどそうとしたのだが駄目であった。おのれひとりの慾望から好き勝手な法を行った場合には、よかれあしかれ[10]身体にくっついてしまって、どうしようもなくなるものだ。太郎は三日も四日も空しい努力をして五日目にあきらめた。このような古風な顔では、どうせ女には好かれまいが、けれども世の中には物好き[11]が居らぬものでもあるまい。仙術の法力を失った太郎は、しもぶくれの顔に口鬚をたらりと生やしたままで蔵から出て来た。

　あいた口のふさがらずにいる両親へ一ぶしじゅう[12]の訳をあかし、ようやく納得させてその口を閉じさせた。このようなあさましい姿では所詮、村にも居られませぬ。旅に出ます。そう書き置き[13]をしたためて、その夜、飄然（ひょうぜん）と家を出た。満月が浮んでいた。満月の輪廓は少しにじんでいた[14]。空模様[15]のせいではなかった。太郎の眼のせいであった。ふらりふらり歩きながら太郎は美男というものの不思議を考えた。むかしむかしのよい男が、どうしていまでは間抜けているのだろう。そんな筈（はず）はないの

---

❶ うろこ　鱗片。❷ ほどなく　不久。❸ かまきり　螳螂。❹ 負け惜しみ　不服输，不认输。❺ しもぶくれ　大腮帮子。❻ もち肌　肌肤白嫩。❼ ふやける　发软，发涨。❽ 落胆　灰心，气馁。❾ 詮ない　没有用。❿ よかれあしかれ　好歹，无论如何。⓫ 物好き　好奇，好事。⓬ 一部始終　来龙去脉。⓭ 書き置き　留言。⓮ 滲む　浸润，模糊。⓯ 空模様　天气。

じゃがのう。これはこれでよいのじゃないか。けれどもこのなぞなぞはむずかしく、隣村の森を通り抜けても御城下町へたどりついても、また津軽の国ざかいを過ぎてもなかなかに解決がつかないのであった。

　ちなみに太郎の仙術の奥義は、懐手[1]して柱か塀によりかかりぼんやり立ったままで、面白くない、面白くない、面白くない、面白くない、面白くないという呪文を何十ぺん何百ぺんとなくくりかえしくりかえし低音でとなえ[2]、ついに無我の境地にはいりこむことにあったという。

作品评析

　　1934 年（昭和 9 年）11 月发表在同人杂志《青花》的创刊号上，由《仙术太郎》、《吵架次郎兵卫》和《说谎三郎》三篇组成，这里节选的是其中的第一篇。该作与《鱼服记》等 15 篇作品收录于太宰治的第一部作品集《晚年》，1936 年出版。太宰治在《关于〈晚年〉》一文中称《传奇》充满滑稽的胡言乱语，有点过分，不推荐读者阅读。不过据说太宰治曾将该作的构思讲给朋友们听，为了让作品能够发表，特地企划创刊了杂志《青花》，可见作家对该作倾注了极大的热情，作品发表后受到尾崎一雄的赞许。

　　《仙术太郎》的主人公太郎三岁就表现出"预言者"的天分，十岁拯救全村，但很快就被众人遗忘。他发现关于仙术的书籍后，习得变身老鼠、大雕和蛇的方法。有了心上人之后，他试图利用仙术变身美男子，不料变成古老天平时代标准的美男，无地自容的太郎只好离开村子远走他乡。

　　《仙术太郎》并非单纯追求滑稽之作，从太郎身上可以看到不为世人认可的天才的悲哀，以及不同时代迥然不同的审美意识对人的捉弄等。而太郎所学仙术都是让自己变为人类之外的动物，在这个天生与众不同的主人公身上，可以看见讨厌为人、试图逃离人世的作家的影子。

课后练习

1. 文章の冒頭部分の「惣助の懸念」とはどのようなものか、考えなさい。
2. 第一段落の最後のところの「それだけほんとうの事件」とは、なぜそういえるのか。
3. 第十段落で惣助が「歓声をあげた」とあるが、なぜ惣助がそうしたのか。

---

❶ 懐手　两手揣在怀里。　❷ 唱える　念诵。

4. 太郎はどのような子供として生まれ、どのように成長していったか、起こした事件を
   たどりながらまとめよう。

5. この作品のおもしろさをどういうところに感じたか、話し合ってみよう。

6. この作品の文章表現の特徴を指摘してみよう。

7. 「ロマネスク」の他の二編「喧嘩次郎兵衛」「嘘の三郎」も読んでみよう。

第三节　信奉天主教的日本作家
——远藤周作

作家简介

远藤周作（1923—1996）：在文学创作中寻求基督教与日本精神风土的融合之道

远藤周作出生于东京，三岁随父亲迁居中国大连。十岁时因父母离异，远藤跟随母亲回到日本，在神户生活。在姨母的影响下，远藤的母亲加入了天主教会，远藤也于1935年6月和哥哥一起接受洗礼，开始了和宗教的不解之缘。

中学时代的远藤沉溺于电影和各类书籍，学业不佳，在升学考试中屡屡受挫，复读三年才考入庆应大学文学部预科。1945年，远藤升入庆应大学法文科，大学就读期间，他刻苦研读，陆续发表了《诸神与一神》、《天主教作家的问题》等一系列与宗教信仰相关的评论文章，受到堀辰雄、神西清等文学前辈们的垂青。1950年6月，远藤作为战后最早的留法学生，远赴里昂大学学习法国天主教文学。留学时期的经历，对远藤日后的创作意义非凡，让他越发深刻地认识到日本人身份与基督教信仰之间的不调和，并重新审视宗教之于自己的意义。1953年1月，因患严重肺结核，远藤不得不提前结束了留学生活。

回国之后，远藤正式开始小说创作，于1954年发表了具有实验色彩的短篇小说《到亚丁去》。1955年7月以《白种人》一举获得芥川奖。此后，他陆续发表了《黄种人》、《海与毒药》、《留学》、《沉默》、《死海之滨》、《武士》、《丑闻》等作品。1996年9月，远藤因病去世。去世前，他留下遗言要家人将《沉默》与《深河》两部作品放入棺木中。

川西政明曾指出："远藤周作的文学是由十二岁时受洗成为基督徒、二十七岁至三十岁三年间的法国留学生活和三十七岁至三十九岁间的病榻生活构成的。"幼年成为天主教徒的远藤，很早就意识到日本人身份与西方宗教之间的矛盾，留学期间他对东西方文化、宗教的差异有了更深刻的体会，决意将寻求基督教与日本精神风土的融合作为自己毕生的课题。同时，病弱的身体和年轻时的受挫经历，让远藤对弱者抱有关心和同情，从弱者的立场出发思考宗教信仰的意义，不拘泥于正统教义，去探索心目中的基督形象。晚年的远藤，从宗教多元论中为自己的思考找到了出路。在集大成之作《深河》中，他指出："神拥有多种面孔"，神是爱的集合体，各大宗教在本质上是相通的。"各种各样的宗教，他们从不同的道路聚集到同一地点，只要能到达同样的目的地，即使我们走的是不同的道路也无妨。"在文学史上，远藤被归为"第三新人"作家，但他的作品充满浓厚的宗教色彩，让他不仅是在第三新人作家群中，在日本作家中也显得十分独特。

代表作简介

《白种人》

芥川奖获奖作品，1955 年发表于《近代文学》杂志。小说以二战时期的法国为舞台，聚焦于白人的宗教观和深层心理，描写了"神与恶魔、神与人、善与恶、肉体与灵魂"之间的紧张争斗。

小说塑造了两个截然相反的人物——主人公"我"和雅克。"我"的父亲是法国放荡公子，母亲则是信仰坚定的德国清教徒。先天斜视、父亲的轻视、母亲的严厉管教等一系列不幸的成长经历导致"我"的内心既自卑又扭曲，想要对所有的人施加折磨，陷入"恶"的深渊。"我"不相信文化，不相信基督教，认为"人是脆弱的存在，在自己肉体的痛苦前面，会背叛所有的人的友情、信义"。而神学院学生雅克，与"我"形成了鲜明对比。雅克笃信天主教，行为举动处处体现着基督徒的宽容和博爱，他送给"我"圣经，希望宗教能够感化嗜恶的"我"。

父母死后，对纳粹的恐怖主义深感欢喜的"我"，主动成为纳粹秘密警察的帮凶，拷打折磨自己的同胞。得知雅克是抵抗运动的联络员之后，"我"亲自参与了审问。为逼迫雅克招出同党，"我"抓捕了雅克暗恋的女学生玛丽·苔蕾丝，威胁雅克要玷污她。雅克不愿背叛同志，更不想让玛丽受到侮辱，于是咬舌自尽。雅克死后，"我"陷入了深深的"疲惫"之中。远藤在小说中提出了极具个人风格的问题：天主教禁止信徒自杀，看起来雅克的自杀无疑是违背教义之举，但是他之所以自杀，并非因为放弃了与恶魔的抗争，而是为了拯救他人，并不违背基督教的教义。这样的设定深刻且极其尖锐，触及宗教观的根本性问题。而这种不顾忌讳，大胆探索的姿态恰恰反映出宗教信仰问题对于远藤的重要性。

《海与毒药》

长篇小说，1957 年 6 月至 10 月连载于杂志《文学界》。该作的发表不仅奠定了远藤在文坛的地位，也引起了广泛的社会反响。小说取材于二战期间的真实事件，1945 年九州帝国大学医学部对美军俘虏进行了令人发指的活体解剖。远藤以此为素材，借助细腻的心理描写深入剖析了日本人的精神世界，对没有宗教信仰的人如何界定"罪恶"等问题进行了思考，并在一定程度上批判了军国主义者的残忍和战争对人性的扭曲。

小说的主要人物是以桥本教授为首的 F 大学医学部第一外科的医生和护士，他们本该从事救死扶伤的工作，却出于各种目的参加了对美军士兵的活体解剖。远藤着重描写了青年医生户田刚、胜吕二郎以及护士上田信的参加经过和内心纠葛。其中，户田的道德标准最具代表性，对于自己的所作所为，他所畏惧的不是"神"的惩罚，而是来自他人的眼光和社会的惩罚。另一人物胜吕，虽然对解剖事件感到了强烈的自责，但耐人寻味的是，当他在战后回顾这段经历时，却表示那是没有办法的事，如果历史重演，"我或许还会再做一次那件事"。

作品选读

3131

沈　黙

「二十年間、私は布教してきた」フェレイラは感情のない声で同じ言葉を繰りかえしつづけた。

「知ったことはただこの国にはお前や私たちの宗教は所詮¹、根をおろさぬということだけだ」

「根をおろさぬのではありませぬ」司祭²は首をふって大声で叫んだ。「根が切りとられたのです」

だがフェレイラは司祭の大声に顔さえあげず眼を伏せたきり、意志も感情もない人形のように、

「この国は沼地³だ。やがてお前にもわかるだろうな。この国は考えていたより、もっと怖ろしい沼地だった。どんな苗もその沼地に植えられれば、根が腐りはじめる。葉が黄ばみ枯れていく。我々はこの沼地に基督教という苗を植えてしまった」

「その苗がのび、葉をひろげた時期もありました」

「何時？」

はじめてフェレイラは司祭をみつめ、うす笑いをそのこけた頬にうかべた。そのうす笑いはまるで世間知らず⁴の青年でも憐れんでいるようだった。

「あなたがこの国に来られた頃、教会がこの国のいたる所に建てられ、信仰が朝の新鮮な花のように匂い、数多い日本人がヨルダン⁵河に集まるユダヤ人のように争って洗礼をうけた頃です」

「だが日本人がその時信仰したものは基督教の教える神でなかったとすれば……」

ゆっくりとフェレイラはその言葉を呟いた。その頬にはまだ、こちらを憐れむような微笑が残っていた。

◆────────────────────────────────

❶ 所詮　终归，结局。❷ 司祭　（天主教）司祭，神甫。❸ 沼地　沼泽地带。❹ 世間知らず　阅历浅、不谙世故的人。
❺ ヨルダン　约旦。

　わけのわからぬ怒りが胸の底からこみあげれくるのを感じ、司祭は思わず拳^{こぶし}を握りしめた。理性的になれと必死に自分に言いきかせる。こんな詭弁^{きべん}にだまされてはならぬ。敗北したものは、弁解するためにどんな自己欺瞞^{ぎまん}でも作りあげていくのだ。

　「あなたは、否定してはならぬものまで否定しようとされている」

　「そうではない。この国の者たちがあの頃信じたものは我々の神ではない。彼等の神々だった。それを私たちは長い間知らず、日本人が基督教徒になったと思いこんでいた」フェレイラは疲れたように床に腰をおろした。和服の裾がはだけ、棒のように痩^やせてよごれた素足¹が見え、「私はお前に弁解したり説得するためにこう言っているのではない。おそらくだれにもこの言葉を信じてもらえまい。お前だけではなく、ゴアや澳門^{まかお}にいる宣教師たち、西欧の教会のすべての司祭たちは信じてはくれまい。だが私は二十年の布教の後に日本人を知った。我々の植えた苗の根は知らぬ間に少しずつ腐っていたことを知った」

　「聖フランシスコ・ザビエルは」司祭はたまりかねたように手で相手の言葉を遮^{さえぎ}った。

　「日本におられる間、決してそんな考えは持たれなかった」

　「あの聖者²も」フェレイラはうなずいた。「はじめは少しも気がつかなかった。だが聖ザビエル師が教えられたデウス³という言葉も日本人たちは勝手に大日^{だいにち}とよぶ信仰に変えていたのだ。陽を拝む日本人にはデウスと大日とはほとんど似た発音だった。あの錯誤^{さくご}にザビエルが気づいた手紙をお前は読んでいなかったのか」

　「もしザビエル師に良い通辞⁴がつき添っていたならば、そんなつまらぬ些細^{ささい}な誤解はなかったでしょう」

　「そうじゃない。お前には私の話が一向にわかっていないのだ」

　フェレイラは始めて顳顬^{こめかみ}⁵のあたりに神経質ないらだちをみせて言いかえした。

　「お前には何もわからぬ。澳門やゴアの修道院からこの国の布教を見物している連中^{れんちゅう}⁶には何も理解できぬ。デウスと大日と混同した日本人はその時から我々の神を彼等流に屈折⁷させ変化させ、そして別のものを作りあげはじめたのだ。言葉の混乱がなくなったあとも、この屈折と変化とはひそかに続けられ、お前がさっき口に出した布教がもっとも華やかな時でさえも日本人たちは基督教の神ではなく、彼等が屈折

---

❶ 素足 光脚，赤脚。 ❷ 聖者 圣者，圣徒。 ❸ デウス 天神，上帝。 ❹ 通辞 翻译。 ❺ 顳顬 太阳穴，额角。
❻ 連中 一伙人。 ❼ 屈折する 歪曲。

させたものを信じていたのだ。」

「我々の神を屈折させ変化させ、そして別のものを……」

司祭はフェレイラの言葉を噛みしめるように繰りかえした。

「それもやはり我々のデウスではありませんか」

「違う。基督教の神は日本人の心情のなかで、いつか神としての実体を失っていた」

「何をあなたは言う」

司祭の大声に、土間¹で餌を温和しくついばんでいた鶏が羽ばたきをしながら隅に逃げた。

「私の言うことは簡単だ、お前たちはな、布教の表面だけ見て、その質を考えておらぬ。なるほど私の布教した二十年間、言われる通り、上方²に九州に中国に仙台に、あまた教会がたち、神学校は有馬に安土に作られ、日本人たちは争って信徒となった。我々は四十万の信徒を持ったこともある」

「それはあなたは誇ってもよい筈です」

「誇る？もし、日本人たちが、私の教えた神を信じていたならな。だが、この国で我々のたてた教会で日本人たちが祈っていたのは基督教の神ではない。私たちには理解できぬ彼等流に屈折された神だった。もしあれを神というなら」フェレイラはうつむき、何かを思い出すように唇を動かした。「いや。あれは神じゃない。蜘蛛の巣にかかった蝶とそっくりだ。始めはその蝶はたしかに蝶にちがいなかった。だが翌日、それは外見だけは蝶の羽³と胴⁴とをもちながら、実体を失った死骸になっていく。我々の神もこの日本では蜘蛛の巣にひっかかった蝶とそっくりに、外形と形式だけ神らしく見せながら、すでに実体のない死骸になってしまった」

「そんな筈はない。馬鹿げた話をもう聞きたくない。あなたほどこの日本にはいなかったが、私はこの眼で殉教者たちをはっきり見た」司祭は手で顔を覆うようにして指の間から声を洩らせた。「彼等がたしかに信仰にもえながら死んでいったのを私はこの眼で見た」

雨のふる海、その海に浮かんだ二本の黒い杭⁵の思い出が司祭の心に痛いほど甦ってきた。片眼の男が真昼の光の中でどのように殺されたかも彼は忘れることはできなかった。自分に瓜をくれた女が薦⁶に入れられた海に沈められた状況も記憶にそのま

---

❶ 土間 土地房间。 ❷ 上方 京都及附近地方。 ❸ 羽 翅膀。 ❹ 胴 身体。 ❺ 杭 木桩。 ❻ 薦 粗草席。

まこびりついていた。あのものたちがもし信仰のために死んだのでないとすれば、それは人間にたいする何という冒瀆[1]だろう。フェレイラは虚偽を言っている。

「彼等が信じていたのは基督教の神ではない。日本人は今日まで」フェレイラは自信をもって断言するように一語一語に力をこめて、はっきり言った。「神の概念はもたなかったし、これからももてないだろう」

その言葉は動かしがたい岩のような重みで司祭の胸にのしかかってきた。それは彼が子供の時、神は存在すると始めて教えられた時のような重力をもっていた。

「日本人は人間とは全く隔絶した神を考える能力をもっていない。日本人は人間を超えた存在を考える力を持っていない」

「基督教と教会とはすべての国と土地とをこえて真実です。でなければ我々の布教に何の意味があっただろう」

「日本人は人間を美化したり拡張したものを神とよぶ。人間と同じ存在をもつものを神とよぶ。だがそれは教会の神ではない」

「あなたが二十年間、この国でつかんだものはそれだけですか」

「それだけだ」フェレイラは寂しそうにうなずいた。「私にはだから、布教の意味はなくなっていった。たずさえてきた苗はこの日本とよぶ沼地でいつの間にか根も腐っていった。私はながい間、それに気づきもせず知りもしなかった」

最後のフェレイラのこの言葉には司祭も疑うことのできぬ苦い諦めがこもっていた。夕暮の光はさきほどより力を失い、土間の隅には夕影が少しずつ忍びこみはじめた。司祭は遠くで木魚を叩く単調な音と、仏僧たちの悲しそうな読経の声を聞いた。

「あなたは」司祭はフェレイラにむかってつぶやいた。

「もう私の知っているフェレイラ師ではない」

「そう、私はフェレイラではない。沢野忠庵という名を奉行[2]からもらった男だ」フェレイラは眼を伏せて答えた。

「名だけではない、死刑にされた男の妻と子供も一緒にもらった」

亥の刻[3]、駕籠[4]に乗せられ、役人と番人[5]とにつき添われながら戻り路についた。夜更けのため流石に通行人も途絶え、駕籠のなかを覗かれる心配はない。役人は司祭に簾[6]をあげることを許した。逃げようと思えば逃げられたろうが、司祭にはもうそ

◆ ────────────────────────────

❶ 冒瀆 褻渎。 ❷ 奉行 武家官职名。 ❸ 亥の刻 亥时，晚上九点至十一点。 ❹ 駕籠 轿子。 ❺ 番人 看守。
❻ 簾 帘子。

の気力すら起きなかった。路はひどく細く折れ曲がり、番人が内町と教えてくれた区域にはまだ小屋のような板葺き[1]の民家がかたまっていたが、この区域を出ると時々長い寺の塀[2]や雑木林があるだけで、長崎の町はまだ町らしい形をなしていないことがよくわかってきた。真っ黒な梢の上に出ている月が駕籠にあわせて西へ西へと動くように見える。その月の色は凄まじかった。

「気晴らし[3]になったであろうが」

駕籠にそって歩きながら役人がやさしく言った。

牢舎に到着すると司祭はその役人と番人とに丁寧に礼を言って板の間に入った。背後で番人がいつものように錠[4]をおろす鈍い音がきこえた。随分ながくここを留守にして久しぶりに戻ったような気さえする。雑木林で時折、鳴いている山鳩の声も久しく耳にしなかったような気持である。この牢舎での十日にくらべることができるほど今日一日は長く苦しかった。

フェレイラに遂に会えたことはそれ自体司祭の心を驚かせはしなかった。あの老人があのような変り果てた姿になっていたことも、今、考えると、日本に来て以来、いつの間にか想像していたのだ。和服を着せられ、窶れたフェレイラがよろめくように廊下の向うから現れた時も、自分の心にはそれほどの動揺も驚愕もなかった。そんなことは今、どうでもいいことだ。どうでもいいことだ。

（だが彼の言ったことは何処まで真実なのか）

格子窓[5]から洩れる月の光を痩せた背いっぱいに浴びながら司祭は板壁にむかい端坐する。フェレイラは自分の弱さと過失とを弁解するためにあのような話を持ちだしたのではないか。そうだ。そうに違いないと心の一方で言いきかせながら、しかしひょっとするとあの話は真実ではないかと不安に駆られる。フェレイラはこの日本は底のない沼沢地だといっていた。苗はそこで根を腐らせ枯れていく。基督教という苗もこの沼沢地では人々の気づかぬ間に枯れていったのだ。

「切支丹[6]が亡びたのはな、お前が考えるように禁制[7]のせいでも、迫害のせいでもない。この国にはな、どうしても基督教を受け付けぬ何かがあったのだ」

フェレイラの言葉は一語一語、司祭の耳を刺のようにさす。お前たちが信じている

---

❶ 板葺き　木板葺屋顶。❷ 塀　围墙，栅栏。❸ 気晴らし　散心，消遣。❹ 錠　锁。❺ 格子窓　格子窗。❻ 切支丹　天主教。❼ 禁制　禁令。

あの神はこの国ではまるで蜘蛛の巣にぶらさがった蝶の死骸のように外形だけ保って血も実体も失っていたのだと、その時だけフェレイラは眼を熱っぽく光らせしゃべりつづけた。あの表情にはなぜか、敗者自己欺瞞とは思えぬような真実さが感じられたのである。

作品评析

《沉默》，长篇小说，发表于1966年，荣获第二届谷崎润一郎奖，是远藤最受关注的作品之一。远藤在小说中以德川幕府时期的禁教历史为题材，对一直困扰自己的"身份与信仰的冲突"问题进行了更为深入的探索，围绕"神的沉默和弱者救赎"问题，提出了自己的独特见解。

葡萄牙传教士罗德里格，冒着生命危险偷偷潜入日本，一边秘密传教，一边打探恩师费雷拉弃教的消息。由于信徒吉次郎的出卖，罗德里格和隐匿信徒们被捕。贫苦信徒们的惨死，让他开始思考殉教之于强者和弱者的意义，并质问神为何沉默。被关押期间，罗德里格见到了已经弃教的费雷拉，费雷拉的"日本泥沼论"给罗德里格带来了沉重打击。最后，罗德里格不忍听到被"穴吊"的教徒们的痛苦呻吟，踏上了刻有耶稣像的木板，宣布弃教。

《沉默》虽然获得了无数好评，但是因为远藤从弃教的弱者、日本人的精神传统等立场出发，提出了全新的基督形象："弱者的同伴"、"母性的基督"，这种大胆的宗教主张也让他受到了各方指责，并引发了日本文学界关于基督教日本化的激烈讨论。

课后练习

1. この文章は、「沈黙」の抜粋であるが、この部分での主題は何か、考えてみよう。

2. 「この国は考えていたより、もっと怖ろしい沼地だった。どんな苗もその沼地に植えられれば、根が腐りはじめる。葉が黄ばみ枯れていく。」とあるが、どのようなことを指しているか。

3. 司祭は、日本人の信者が「デウス」と「大日」を混同したことを「つまらぬ些細な誤解」と見ているが、あなたはどう思うか、話し合ってみよう。

4. 司祭は、最初フェレイラの棄教を強く批判し、「その苗がのび、葉をひろげた時期もありました」と主張していたが、結局フェレイラの表情から「敗者自己欺瞞とは思えぬような真実さ」を感じ、逃げる気力すら起きなかった。彼の心境は、どのように変化しているか、まとめてみよう。

第四节　前卫的战后派作家
——安部公房

作家简介

安部公房（1924—1993）：从荒诞与异化中寻求存在意义的文学

安部公房生于东京，祖籍北海道，出生第二年即跟随做医生的父亲迁居中国沈阳，在沈阳度过了童年和少年时代。1940年，安部独自回到东京读高中，三年后考入东京大学医学部。1944年，安部为躲避兵役休学回到沈阳，一直待到1946年和家人一起被遣返回日本。在沈阳长达十七年的生活经历，给安部的故乡意识和日后的文学创作带来了重要影响。

安部自幼爱好文学，涉猎广泛。高中及大学时代，他埋头研读尼采、海德格尔的哲学著作，醉心于里尔克和陀思妥耶夫斯基的作品，受到存在主义思想的影响。战后，回到东京的安部一边读书一边写作，1947年自费出版《无名诗集》，1948年发表了《终点的道标》。大学毕业后，安部弃医从文，投身于文学创作，并加入了由野间宏、埴谷雄高、花田清辉等人组织的"夜之会"，受花田清辉影响，对超现实主义产生了浓厚兴趣。20世纪50年代初，安部以《红茧》和《墙——S·卡尔玛氏的犯罪》分别获得战后文学奖和芥川文学奖，这两部作品的发表让安部声名鹊起，确立了他在日本现代文坛的地位。

之后，安部陆续创作了《砂女》（1962年）、《他人之脸》（1964年）、《燃尽的地图》（1967年）、《箱男》（1973年）、《樱花号方舟》（1984年）等一系列作品。在这些作品中，安部运用象征、隐喻、寓言化等反现实主义的手法，对个体的孤独与困惑，人与人以及人与社会之间的关系等诸种现实问题进行了深入的思考和批判，揭示出日本社会在现代化进程中不断显露出来的不合理性和荒谬性。除小说之外，安部还致力于戏剧、电影、广播剧的创作，将其前卫、实验的创作理念付诸各种实践。既超越现实又深刻地反映现实，前卫性和现实性的融合使得安部的作品与传统日本文学作品迥然有别，也为其赢得了广泛的国际赞誉。1993年，被誉为"20世纪世界文学鬼才"的安部因急性心衰突然辞世。次年，大江健三郎获得诺贝尔文学奖后曾表示："如果安部公房先生健在，这个殊荣非他莫属，而不会是我。"

代表作简介

《红茧》

短篇小说，发表在 1950 年的《人间》杂志上，是安部早期的重要代表作。

夕阳西下，人们如倦鸟匆匆归巢，唯独主人公"我"无家可归。"街上的房屋鳞次栉比，为何没有一处是我的家？"抱着这样的疑问，"我"走遍城市想寻找答案。可是，"我"却悲哀地发现无论是有人住的房子，还是建筑工地上的混凝土管，甚至公园里的长椅，都无法成为"我"的栖身之处。因为它们已经是，或者即将成为别人的所有物，或者是属于大家的空间。

当不愿放弃的"我"苦苦寻找立足之地时，惊讶地发现自己的身体从脚部开始变成了丝线，不久丝线就像口袋一样罩住了"我"的全身。最后，"我"销声匿迹了，只剩下一个空空如也的大茧壳。如此一来，"我"终于有了属于自己的空间，可以休息了。然而，这个找到"家"的人自己却被消解了。

小说短小精悍，情节简单，借助人变形为蚕茧的离奇情节，揭示了资本主义社会制度的荒谬性，以及社会对人的异化问题。故事看似荒诞不经，却直击人心，引发读者对现代社会中个体生存状况的思考。

《砂女》

长篇小说，发表于 1962 年。小说问世之后不仅获得了第 14 届读卖文学奖，还荣获法国最优秀外国文学奖，是安部最负盛名的代表作品。

小说的主人公——中学教师仁木顺平，某日向学校请假，到海边的沙丘地带采集昆虫标本，因为错过了末班车，在当地村民的指引下，来到一户沙穴深处的人家借宿。第二天，当他想要离开时，发现自己中了圈套，绳梯已被人收走。仁木被迫留在沙穴里，充当劳动力，与因为沙崩失去丈夫和女儿的年轻寡妇一起生活。在仁木看来，沙穴中的生活极其荒谬。为了不让沙子将房屋和村庄吞没，居民们每到夜晚都要拼命劳作，清沙、运沙，但第二天沙子仍会覆盖而来。为了生活，人们必须每天重复单调且徒劳的生活，没有自由，形同奴隶。仁木对这种生活感到恐惧、愤怒，尝试了各种形式的逃跑，不幸均已失败告终。尽管如此，仁木仍未放弃返回城市的希望，他制作了捕鸟器，想捉住乌鸦为自己报信。最终，乌鸦没有捕捉到，他却意外发现了在沙中取水的方法，从而发现了新的自我价值。之后，寡妇因为宫外孕被送到镇上医治，慌乱中人们忘记撤去绳梯，仁木终于等来了逃离的好机会。然而，此时的仁木却意识到沙穴内外的生活并无本质不同，他对自由有了不同以往的认识，感到自己已从绝境中找到了超越现实的可能性，如同拿到了人生的往返车票，往返地点都是空白，可由他本人随意填写。因此，将自己的取水发现告诉村民，远比逃走更有意义，逃离计划被无限期搁置。

鞄

正確には憶えていないが、たしか二、三週間ほど前のことだ。雨の中を濡れてきて、そのままずっと乾くまで歩きつづけた、といった感じのくたびれ[1]の服装で、しかし眼もとが明るく、けっこう正直そうな印象を与える青年——仮にKとしておこう——が、私の事務所を訪ねてやって来た。新聞の求人広告を見たというのである。

私はつい意地の悪い調子になっていた。なるほど、求人広告を出したのは事実である。それに、これだけ服装に無頓着[2]で、口数も少ない青年なら、給料のことにだって比較的淡泊だろうし、事と次第によっては採用してやってもいいかもしれない。しかし、考えてもみてほしい、なにぶんその広告というのが、もう半年以上も前のことなのだ。それを今頃になって、ぬけぬけと応募してくるというのは、いくらなんでも非常識[3]すぎる。まるで採用されるのが嫌さに、計画的に今日まで応募を引延ばしたと言わんばかりではないか。

だが、その嫌味[4]も、相手にはいっこう通じないらしく、「やはり、駄目でしたか。」と、事もなげに、むしろほっと肩の荷をおろした感じで、あっさり引返しかけるのだ。はぐらかされた私は、いまいましく思いながら、あわてて引留めにかかっていた。

「まあ、待ちなさい。私がこだわる気分も分るだろう。なぜ半年も前の求人広告に、いまさら応募する気になったのか、そこの所を、納得できるように説明してもらえないかな。納得できさえすれば、それでけっこう。ちょうど欠員が出来たところで、新規に[5]補充も考えていた矢先[6]だし、考慮の余地はあるんだよ。いったい、どういう事だったのかな。」

「さんざん迷ったあげく、一種の消去法と言いますか、けっきょくここしかないことが分かったわけです。」

❶ くたびれ 用旧，穿旧。 ❷ 無頓着 不介意，不在乎。 ❸ 非常識 荒唐，不合常理。 ❹ 嫌味 讨厌，令人生厌。
❺ 新規に 从新，重新。 ❻ 矢先 正要……的时候。

　言い方によっては、かなりの思わせぶりになりかねない口上[1]を、Kはさりげなく言ってのけ、私も妙に素直な気持ちになっていた。

　「どういうことかな。」

　「この鞄のせいでしょう。」と、Kは足元に置いた、職探しに持ち歩くにはいささか不似合いな——赤ん坊の死体なら、無理をすれば三つくらいは押し込めそうな——大きすぎるトランクに視線をはわせながら、「ぼくの体力と、うまくバランスがとれすぎているんです。ただ歩いている分には、なんとか搬べるのですが、ちょっとでも急な坂だとか、階段のある道にさしかかると、もう駄目なんです。おかげで、選ぶことの出来る道が、おのずから制約されてしまうわけですね。鞄の重さが、ぼくの行先[2]を決めてしまうのです。」

　私はいささか気勢をそがれ、

　「なるほど。すると、鞄を持たずにいれば、かならずしもうちの社でなくてもよかったわけか。」

　「そうかもしれません。しかし、鞄を手放すなんて、そんなあり得ない仮説を立ててみても始まらないでしょう。」

　「しかし、手から離したからって、べつに爆発するわけじゃないだろう。」

　「もちろんです。現に、今だってほら、手から離して床に置いています。」

　「分からないね。なぜそんな無理をしてまで、鞄を持ち歩く必要があるのかな。」

　「無理なんかするものですか。あくまでも自発的にしている事です。やめようと思えば、いつだってやめられるからこそ、やめないのです。いずれ大した物が入っているわけじゃなし、強制されていると分かったら、こんな馬鹿なこと出来るものですか。」

　「うちで採用してあげられなかったら、あと、どうするつもりかな。」

　「一度、振出し[3]に戻ってから、またあらためてお願いに上ることになるでしょうね。地形に変化でも起きないかぎり……」

　「あるいは、君の体力に変化が起きるか、鞄の重さに変化がおきて、ぜんぜん歩けなくなるか、さもなければ、もっと自由に他の道を選べるようになれば……」

　「そんなにぼくを雇いたくないんですか。」

　「ただ可能性を論じているだけだよ。君だって、どうせのことなら、もっと自由な

❶ 口上　陈述；言词。 ❷ 行先　目的地。 ❸ 振出し　开始，开端。

立場で職選びをしたいだろうし……」

「鞄をぼくは選択したんです。」

「なんなら、しばらく、あずかってあげてもいいんだよ。」

「けっこうです。」

「一体、なかみは何なの、その鞄……」

「そんなこと、知りたいんですか。」

「知りたいさ。」

「知っても無駄でしょう。いずれぼくにしか関係のないものなんだ。」

「何か、口外¹をはばかるようなものかな。」

「つまらない物ばかりですよ。」

「金額にしたら、いくらぐらいになるの。」

「べつに、貴重品だから、肌身離さずってわけじゃありません。」

「しかし、知らない人間が見たら、どう思うかな。君はそう、腕っ節²の強い方で
もなさそうだし、ひったくりや強盗に目をつけられたら、お手上げだろう。」

Kは小さく笑った。私の額に開いた穴をとおして、何処か遠くの風景でも見ている
ような、年寄じみた笑いだった。笑っただけで、べつに返事はなかった。

「ま、いいだろう。」私も負けずに、声をたてて笑い、額に手をあてがって、相手
の視線を押し戻しながら、「べつに言い負かされたわけじゃないが、君の立場も、な
んとなく分るような気がするな。一応、働いてもらうことにしましょうか。それにし
ても、その鞄は大きすぎる。君を雇っても、鞄を雇うわけじゃないんだから、事務所
へ持ち込みだけは遠慮してもらいたい。その条件でよかったら、今日からでも仕事を
始めてもらいたいんだが、どうだろう。」

「けっこうです。」

「勤務中、鞄は何処に置いておくの。」

「下宿が決まったら、下宿に置いておきます。」

「大丈夫かい。」

「どういう意味ですか。」

「下宿から、ここまで、鞄なしで無事に辿り着けるかな。急に身軽になりすぎて、

◆————————————————————————————

❶ 口外 说出，泄露。❷ 腕っ節 腕力。

途中で脱線したりするんじゃないのかな。」

「下宿と勤め先の間なんて、もう道のうちには入りませんよ。」

そう、べつに言い負かされたわけではない。いくらなんでも、そんな鞄くらいに、言いくるめられる私じゃない。ちょっとした悪戯を思いついたのだ。相手がそのつもりなら、こちらも負けずに、やり返してやるだけのことである。さっそく、採用の手続をとってやった。さらに恩着せがましく、知合いの周旋屋[1]にたのみ、その場で下宿の世話もしてやった。それから、その日のうちに、私はKの鞄を盗み出したのである。どうやって盗み出したかは、さして重要なことではないので、詳しい説明は省くことにする。

鞄はずっしりと、腕にこたえた。こたえたが、持てないほどではなかった。しばらく歩くと、肩にこたえはじめた。それでもまた、我慢できないほどではなかった。ところが、間もなく、いきなり腰骨の間に背骨がめり込む音がして、そうなるともう一方も進めない。気がつくと、急な上り坂にさしかかっているのだった。方向転換すると、また歩けはじめた。最初は自分の家に持って帰るつもりでいたのだが、どうやらこの計画は変更せざるを得ないようである。こちらに向かうとなれば……そう、河っぷち[2]の遊園地[3]がいい。ベンチの下か、草むら[4]の中にでも押込んでおき、後で取りに来られるように、何か目印しを残しておくとしよう。だが、このせっかくの案も、堤防の石段にはばまれて駄目になる。やむを得ず、とにかく歩ける方向に歩いてみるしかなかった。いくら道順を思い浮かべてみても、ふだんはまるで意識しなかった、坂や階段にさえぎられ、ずたずたに寸断されて使いものにならないのだ。そのうち、自分が何処を歩いているのかも、よく分からなくなってしまっていた。

しかし、べつに不安は感じなかった。とにかくこれで、道に迷う心配はせずにすむ。鞄が私を導いてくれている。私は、ためらうことなく、何処までもただ歩きつづけていればよかったのだ。選ぶ道がなければ、迷うこともない。私は嫌になるほど自由だった。

---

❶ 周旋屋 代理店，经纪人。 ❷ 河っぷち 河边。 ❸ 遊園地 游乐园。 ❹ 草むら 草丛。

作品评析

　　《皮包》，创作于 1972 年 7 月。1971 至 1975 年，安部在杂志《波》上以《周边飞行》为题，发表了 44 回随笔文章，《皮包》是其中的第 10 回作品。故事讲述了一个青年男子因为一则半年前的招聘广告，背着一个大包来到"我"所在的事务所应聘。"我"对他的奇怪言行感到好奇，留下了他。但要求他不能把包带进事务所。青年男子放下包去找住处。"我"却不知为何背起包，走出了事务所。《皮包》后经修改被收录进《笑月》，添加了结尾的一句：「選ぶ道がなければ、迷うこともない。私は嫌になるほど自由だった。」文中关于"皮包"的象征意义、"皮包"对于青年和"我"的意义最值得探讨。

课后练习

1. 「私」は、「青年」に対してどのような感じを持ったか、本文中のその部分を指摘してみよう。
2. 「青年」が半年も前の求人に応募してきた理由は何か。
3. 「私」は、「青年」の持っている鞄に対して、どのような思いを抱いたか。
4. 鞄を手にしてからの「私」の考え方の変化を考えてみよう。
5. 「鞄」は何を象徴しているのか、また、作者はこの小説を通してどのようなことを描こうとしていたのか、まとめてみよう。

第五节　第二位获得诺贝尔文学奖的日本作家——大江健三郎

作家简介

大江健三郎（1935—）：从人文主义立场出发，写作积极介入社会的文学

大江出生于四国岛的爱媛县喜多郡大濑村，小学中学都在四国度过。故乡的风土让大江形成了独特的"森林思想"，他以森林的孩子自居，不仅为森林山村赋予重要的审美价值，也将其视为想象力的源泉。

大江 1954 年考入东京大学，两年后师从渡边一夫学习法国文学，期间大量阅读加缪、萨特等人的作品，毕业论文即以《论萨特小说中的形象》为题。1957 年，大江开始在文坛崭露头角。5 月，其短篇小说《奇妙的工作》获《东京大学新闻刊》"五月庆典奖"，受到荒正人和平野谦高度评价。8 月，《死者的奢华》被评为芥川奖候选作品。1958 年，还是学生的大江以《饲育》获得第 39 届芥川文学奖，成为当时最年轻的芥川奖得主。

1960 年，大学毕业后，大江参加了反安保斗争，并作为第三次日本文学家访华代表团成员访问中国。回国后创作了《青年的污名》、《政治少年之死》、《十七岁》、《性的人》等作品，通过文学创作表达他对社会与政治的关心。1963 年，大江的创作迎来了转折点。6 月，长子大江光出生，却因患有严重脑部残疾而濒临死亡。7 月，大江赴广岛采访调查，亲眼目睹了原子弹爆炸受害者们正遭受的折磨。残疾、核武器的悲惨后果给大江带来了强烈震撼，经过一番抉择，大江决定重拾生活勇气，直面人类的共同课题，确立了"共生、反核"两大创作主题。之后，大江陆续发表了《个人的体验》、《广岛札记》、《万延元年的足球队》、《冲绳札记》、《洪水涌向我的灵魂》、《同时代游戏》、《聪明的雨树》等大量作品。

1994 年，大江获得诺贝尔文学奖，并做了题为《我在暧昧的日本》的演讲。20 世纪 90 年代，大江曾一度封笔，沉寂五年后又回归创作。进入 21 世纪，大江的创作进入了后期阶段，陆续发表了《被偷换的孩子》、《愁容童子》、《晚年式样集》等。这些作品多以"长江古义人"为叙述者，讲述大江身边真实发生的故事，与以往作品相比，呈现出"解构、重写"的新特征。

大江是勤奋多产的作家，他的作品立足历史，关注社会现实，主题涉及荒诞、边缘、共生、核危机、灵魂救赎等诸多方面。如同大江所说的那样，在文学创作的道路上，他"继承了战后文学者们的大志"，从人文主义关怀立场出发，积极介入社会，力图通过创作帮助人们"从个人和时代的痛苦中恢复过来"。

代表作简介

《饲育》

短篇小说，创作于 1958 年，是芥川奖获奖作品，也是大江的早期代表作之一。小说从儿童的视角表现了战争对人性的破坏和扭曲。战争结束前夕，生活在峡谷山村的"我"和弟弟像是被"坚硬的表皮和厚厚的果肉"包裹着的种子一样，过着远离战争无忧无虑的日子。一天，这样的状态突然被打破了。

一个美国黑人士兵驾驶的飞机坠毁在山林，他被包括父亲在内的村民们活捉了。在等待镇上下达处置命令期间，村民们把黑人士兵囚禁在仓库的地窖里，当作牲口一样饲养起来。在大人们的影响下，孩子们一开始也对士兵充满恐惧和敌意，但随着接触的增多，他们发现"那家伙也像人一样"，逐渐对他产生了友爱之情。孩子们给士兵打开套在脚上的野猪锁链，带他出去玩耍，并得到了大人们的默许。但是，当书记官带来镇上的命令时，黑人士兵察觉到危险，将"我"劫持为人质。最后，疯狂的村民们不顾"我"的安危，冲进地窖，父亲用柴刀打死了黑人士兵，"我"的左手也被一同砸碎。

战争以暴力虐杀黑人士兵的形式侵入了山村儿童的生活，"我"对大人们的行为感到恶心，但同时也感到自己从此不再是孩子了，作为孩童的纯真和幸福在一瞬间化为乌有，娇嫩柔软的"种子"被迫进入了成人的残酷世界。

《燃烧的绿树》

长篇小说，创作于 1993 年至 1995 年，由《"救世主"挨打之前》、《踌躇》、《伟大的日子》三部作品组成。三部曲的总题目为《燃烧的绿树》，源于爱尔兰诗人叶芝的诗，其寓意为人的生命状态仿佛一棵树，一侧在熊熊燃烧，另一侧却浓绿繁茂。大江引用这个对立又统一的意象，意在探讨灵魂与肉体的关系。概括而言，小说描述了一个以"救世主"义兄为中心的新兴宗教的产生、发展、分裂、解散的过程。

被称作"义兄"的青年隆继承了当地祖先的神话，决意开始他的"灵魂事业"，组建了名叫"燃烧的绿树"的教会。在双重性别者阿萨等人的帮助下，教会规模和信众人数迅速扩大。然而，义兄注重的是灵魂的思考，主张"无信仰者"的祈祷，这与教会组织的宗教性质产生了冲突。面对日益严重的内部纷争，义兄毅然决定退出并解散教会，却在外出传教的路上被反对派用乱石打死。

《燃烧的绿树》与同时期发表的另一部长篇小说《空翻》都着眼于宗教信仰问题，是大江"对日本人的灵魂和精神等问题进行思索的产物"。两部作品皆围绕新兴宗教问题展开，针对世纪末日本社会的严重文化危机，以"没有信仰者的祈祷"为主线，探讨在无神时代里如何实现灵魂救赎的问题。

人間の羊

　冬のはじめだった、夜ふけの鋪道[1]に立っていると霧粒が硬い粉のように頬や耳た
ぶにふれた。家庭教師に使ったフランス語の初等文典を外套のポケットに押しいれて、
僕は寒さに躰を屈めながら終発の郊外へ走るバスが霧のなかを船のように揺らめいて
近づくのを待っていた。

　車掌はたくましい首すじに兎のセクスのような、桃色の優しく女らしい吹出物[2]を
もっていた。彼女は僕にバスの後部座席の隅の空席を指した。僕はそこへ歩いていく
途中で、膝の上に小学生の答案の束をひろげている、若い教員風の男のレインコート
の垂れた端を踏みつけてよろめいた[3]。僕は疲れきっていて睡く、躰の安定を保ちに
くくなっていた。あいまいに頭をさげて、僕は郊外のキャンプへ帰る酔った外国兵た
ちの占めている後部座席の狭いすきまへ腰をおろしに行った。僕の腿がよく肥えて固
い外国兵の尻にふれた。バスの内部の水っぽく暖かい空気に顔の皮膚がほぐされると、
疲れた弱よわしい安堵[4]がまじりあった。僕は小さい欠伸をして甲虫の体液のように
白い涙を流した。

　僕を座席の隅に押しつめている外国兵たちは酒に酔って陽気だった。彼らは殆どみ
んな牛のようにうるんで大きい眼と短い額とを持って若かった。太く脂肪の赤い頸を
黄褐色のシャツでしめつけた兵隊が、背の低い、顔の大きい女を膝にのせていて、他
の兵隊たちにはやしたてられながら、女の木ぎれのように艶のない耳へ熱心にささや
いていた。

　やはり酔っている女は、兵隊の水みずしくふくらんだ唇をうるさがって肩を動かし
たり頭をふりたてたりしていた。それを見て兵隊たちは狂気の血にかりたてられるよ
うに笑いわめいた。日本人の乗客たちは両側の窓にそった長い座席に坐って兵隊たち

---

❶ 鋪道　路面。　❷ 吹出物　疙瘩。　❸ よろめく　踉跄。　❹ 安堵　放心。

の騒ぎから眼をそむけていた。外国兵の膝の上にいる女は暫くまえからその外国兵と口争いをしている様子だった。僕は硬いシートの背に躰をもたせかけ、頭が硝子窓《ガラスまど》にぶつかるのを避けてうなだれた。バスが走りはじめると再び寒さが静かにバスの内部の空気をひたしていった。僕はゆっくり自分の中へ閉じこもった。

急にけたたましい¹ 声で笑うと、女が外国兵の膝から立上り、彼らに罵《ののし》りの言葉をあびせながら、倒れるように僕の肩によりかかって来た。

あたいはさ、東洋人だからね、なによ、あんた。しつこいわね、と女はそのぶよぶよする躰を僕におしつけて日本語で叫んだ。甘くみんなよ。

女を膝の上に乗せていた外国兵は空になった長い膝を猿のように両脇へひらき、むしろ当惑の表情をあらわにして、僕と女とを見まもっていた。

こんちくしょう、人まえであたいに何をするのさ、と女は黙っている外国兵たちに苛立って² 叫び、首をふりたてた。

あたいの頸に何をすんのさ、穢《きたな》いよ。

車掌が頬をこわばらせて顔をそむけた。

あんたたちの裸は、背中までひげもじゃ³ でさ、と女はしつこく叫んでいた。あたいは、このぼうや⁴ と寝たいわよ。

車の前部にいる日本人の乗客たち、皮ジャンパー⁵ の青年や、中年の土工《つちこう》風の男や、勤人たちが僕と女とを見つめていた。僕は躰をちぢめ、レインコートの襟を立てた教員に、被害者のほほえみ、弱よわしく軽い微笑をおくろうとしたが、教員は非難にみちた眼で僕を見かえすのだ。僕はまた、外国兵たちも、女よりむしろ僕に注意を集中しはじめているのに気がつき、当惑⁶《とうわく》と羞ずかしさで躰をほてらせた。

ねえ、あたいはこの子と寝たいわよ。

僕は女の躰をさけて立ちあがろうとしたが、女のかさかさに乾いた冷たい腕が僕の肩にからみついて離れなかった。そして女は、柿色の歯茎《はぐき》を剥きだして、僕の顔いちめんに酒の臭いのする唾《つば》の小さい沫《あわ》を吐きちらしながら叫びたてた。

あんたたち、牛のお尻にでも乗っかりなよ、あたいはこのぼうやと、ほら。

僕が腰をあげ、女の腕を振りはらった時、バスが激しく傾き、僕には躰を倒れるこ

---

❶ けたたましい　喧嚣，嘈杂。❷ 苛立つ　焦躁，着急。❸ ひげもじゃ　胡须丛生。❹ ぼうや　年轻人，小伙子。❺ 皮ジャンパー　皮夹克。❻ 当惑　为难，困惑。

とからふせぐために窓ガラスの横軸につかまる短い余裕しかなかった。その結果、女は僕の肩に手をかけたままの姿勢で振りまわされ、叫びたてながら床¹にあおむけに転がって、細く短い両脚をばたばたさせた。靴下どめの上の不自然にふくらんだ腿が寒さに鳥肌だち、青ぐろく変色しているのを僕は見たが、どうすることもできない。それは肉屋のタイル²張りの台におかれている、水に濡れた裸の鶏の不意の身悶えに似ていた。

外国兵の一人がすばやく立ちあがり、女をたすけに起した。そしてその兵隊は、急激に血の気を失い、寒さにこわばる唇を嚙みしめて喘いでいる女の肩を支えたまま、僕を睨みつけた。僕は謝りの言葉をさがしたが、数かずの外国兵の眼に見つめられると、それは喉にこびりついてうまく出てこない。僕は、頭をふり、腰を座席におちつけようとした。その肩を外国兵のがっしりした腕が摑まえ、ひきあげる。僕は躰をのけぞり、外国兵の栗色の眼が怒りと酔いに小さな花火のようなきらめきを湧きたたせるのを見た。

外国兵が何か叫んだ。しかし僕には、その歯音の多い、すさまじい言葉のおそいかかりを理解できなかった。外国兵は一瞬黙りこんで僕をのぞきこみ、それからもっと荒あらしく叫んだ。

僕は狼狽しきって、外国兵の逞しい首の揺れ動きや、喉の皮膚の突然のふくらみを見まもっていた。僕には彼の言葉の単語一つ理解することができなかった。

外国兵は僕の胸ぐら³を摑んで揺さぶりながら喚き、学生服のカラーが喉の皮膚に食いこんで痛むのを僕は耐えた。外国兵の金色の荒い毛が密生した腕を胸から外させることができないで、あおむいたままぐらぐらしている僕の顔いちめんに小さい唾を吐きかけながら外国兵は狂気のように叫び続けるのだ。それから急に僕は突きはなされ、ガラス窓に頭をうちつけて後部座席へ倒れこんだ。そのまま僕は小動物のように躰を縮めた。

高い声で命令するように外国兵が叫びたて、急速にざわめき⁴が静まって、エンジンの回転音だけがあたりをみたした。倒れたまま首をねじって振りむいた僕は若わかしい外国兵が右手に強靭に光ナイフをしっかり握っているのを見た。僕はのろのろ躰を起し、武器を腰のあたりでこきざみに動かしている外国兵とその横で貧弱な顔をこ

◆

❶ 床 地板。 ❷ タイル 瓷砖。 ❸ 胸ぐら 前襟。 ❹ ざわめき 嘈杂声，吵嚷声。

わばらせている女とに向きなおった。日本人の乗客たちも、他の外国兵たちもみんな黙りこんで僕らを見守っていた。

　外国兵がゆっくり音節をくぎって言葉をくりかえしたが、僕は耳へ内側から血がたぎって[1]くる音しか聞くことができない。僕は頭を振ってみせた。外国兵が苛立って硬すぎるほど明確な発音を再びくりかえし、僕は言葉の意味を理解して急激な恐怖に内臓（ないぞう）を揺さぶられた。うしろを向け、うしろを向け。しかしどうすることができよう、僕は外国兵の命令にしたがってうしろを向いた。後部の広いガラス窓の向うを霧が航跡（こうせき）のようにうずまき[2]、あおりたてられて流れていた。外国兵がしっかりした声で叫んだが、僕には言葉の意味がわからない。外国兵がその卑猥（ひわい）な語感のする俗語をくりかえし叫ぶと僕の躰の周りの外国兵たちが発作のように激しく笑いどよめいた。

　僕は首だけ背後にねじって外国兵と女を見た。女は生きいきして猥（みだ）らな表情をとり戻しはじめていた。そして外国兵は大げさに威嚇（いかく）の身ぶりを見せ、自分の思いつきに熱中する子供のように喚（わめ）いた。僕は恐怖がさめて行くのをあっけにとられて感じていたが、外国兵の思いつきは僕に伝わってこないのだった。僕はゆっくり頭をふって外国兵から顔をそむけた。彼は僕に悪ふざけ[3]しているにすぎないのだろう、僕はどうしていいかわからないが、少くとも危険ではないだろう、と僕は窓ガラスの向うの霧の流れをみつめて考えた。僕はこのまま立っていればいい、そして彼らは僕を解放するだろう。

　しかし外国兵の逞（たくま）しい腕が僕の肩をしっかり摑むと動物の毛皮を剥ぐように僕の外套をむしりとったのだ。そして僕は数人の外国兵が笑いざわめきながら僕の躰へ腕をかけるのをどうすることもできない。彼らは僕のズボンのベルトをゆるめ荒あらしくズボンと下ばき[4]とをひきはいだ。僕はずり落ちるズボンを支えるために両膝を外側へひろげた姿勢のまま手首を両側からひきつけられ、力強い腕が僕の首筋を押しつけた。僕は四足の獣のように背を折り曲げ、裸の尻を外国兵たちの喚声（かんせい）にさらしてうなだれていた。僕は躰をもがいたが両手首と首筋はがっしり押さえられ、その上、両足にはズボンがまつわりついて動きの自由をうばっていた。

　尻が冷たかった。僕は外国兵の眼のまえへつき出されている僕の尻の皮膚が鳥肌だ

---

❶ たぎる　沸騰，翻騰。❷ うずまく　巻成旋渦。❸ 悪ふざけ　悪作劇。❹ 下履き　鞋。

ち、灰青色に変化して行くのを感じた。尾骶骨の上に硬い鉄が軽くふれて、バスの震動のたびに痛みのけいれんを背いちめんにひろげた。ナイフの背をそこに押しあてている若い外国兵の表情が僕にはわかった。

　僕は圧しつけられ、捩じまげられた額のすぐ前で、自分のセクスが寒さにかじかむ¹のを見た。そして僕は腹を立てていた、子供の時のように、やるせない²苛立たしい腹だちがもりあがってきた。しかし僕がもがいて外国兵の腕からのがれようとするたびに、僕の尻はひくひく動くだけなのだ。

　外国兵が突然歌いはじめた。そして急に僕の耳は彼らのわめきの向うで、日本人の乗客がくすくす笑っているのを聞いた。僕はうちのめされ圧しひしがれた。手首と首筋の圧迫がゆるめられたとき、僕は躰を起す気力さえうしなっていた。そして僕の鼻の両脇を、粘りつく涙が少しずつ流れた。

　兵隊たちは童謡のように単純な歌をくりかえし歌っていた。そして拍子をとるためのように、寒さで無感覚になり始めた僕の尻をひたひた叩き、笑いたてるのだ。

　羊撃ち、羊撃ち、パン　パン

　と彼らは熱心にくりかえして訛りのある外国語で歌っていた。

　羊撃ち、羊撃ち、パン　パン

　ナイフを持った外国兵がバスの前部へ移って行った。そして他の外国兵が数人、彼を応援に行った。そこで日本人の乗客たちのおずおず³した童謡が起り、外国兵が叫んだ。彼らは行列を整理する警官のように権威をもって長い間叫びつづけた。屈んでいる僕にも彼らのやっている作業は分った。僕が首筋を摑まえられて正面へ向きなおされた時、バスの中央の通路には、震動に耐えるために足を拡げてふんばり、裸の尻を剝きだして背を屈めた《羊たち》が並んでいた。僕は彼らの列の最後に連なる《羊》だった。外国兵たちは熱狂して歌いどよめいた。

　羊撃ち、羊撃ち、パン　パン

　そしてバスが揺れるたびに僕の額は、すぐ眼の前に、褐色のしみ⁴のある痩せた尻、勤人の寒さに硬い尻へごつごつぶつかるのだ。バスが急に左へ廻りこみ停車した。僕は筋肉のこわばりが靴下どめを押しあげている勤人のふくらはぎへ頭をのめらせた。

　ドアを急いで開く音がし、車掌が子供のような透きとおって響く悲鳴をあげながら

----

❶ かじかむ　凍僵。**❷** やるせない　无法排遣的。**❸** おずおず　胆怯，害怕。**❹** しみ　斑点，斑痕。

暗い夜の霧の中へ走り逃れて行った。僕は躰を屈めたまま、その幼く甲高い¹叫びの遠ざかって行くのを聞いた。誰もそれを追わなかった。

　あんた、もう止しなよ、と僕の背に手をかけて外国兵の女が低い声でいった。

　僕は犬のように首を振って彼女の白けた表情を見あげ、またうつむいて僕の前に列なる《羊たち》と同じ姿勢を続けた。女は破れかぶれのように声をはりあげて外国兵たちの歌に合唱しはじめた。

　羊撃ち、羊撃ち、パン　パン

　やがて、運転手が白い軍手²を脱ぎ、うんざりした顔でズボンをずり落として、丸まる肥った大きい尻を剥き出した。

　自動車が何台も僕らのバスの横をすり抜けて行った。霧にとざされた窓ガラスを覗きこもうとしながら行く自転車の男たちもいた。それはきわめて日常的な冬の夜ふけにすぎなかった。ただ、僕らはその冷たい空気の中へ裸の尻をさらしていたのだ。僕らは実に長い間、そのままの姿勢でいた。そして急に、歌いつかれた外国兵たちが、女を連れてバスから降りて行ったのだ。嵐が倒れた裸木（はだかぎ）を残すように、僕ら、尻を剥き出した者たちを置きざりにして。僕らはゆっくり背を伸ばした。それは腰と背の痛みに耐える努力をともなっていた。それほど長く僕らは《羊》だったのだ。

　僕は床に泥まみれの小動物のように落ちている僕の古い外套を見つめながらズボンをずりあげベルトをしめた。そしてのろのろ外套をひろい、汚れをはらい落とすとうなだれたまま後部座席へ戻った。ズボンの中で僕の痛めつけられた尻は熱かった。僕は外套を着こむことを億劫（おっくう）³にさえ感じるほど疲れていた。

　《羊》にされた人間たちは、みんなのろのろとズボンをずりあげ、ベルトをしめて座席に戻った。《羊たち》はうなだれ、血色の悪くなった唇を噛んで身震いしていた。そして《羊》にされなかった者たちは、逆に上気した⁴頬を指でふれたりしながら《羊たち》を見まもった。みんな黙りこんでいた。

　僕の横に坐った勤人はズボンの裾（すそ）⁵の汚れをはらっていた。それから彼は神経質に震える指で眼鏡をぬぐった。

　《羊たち》は殆ど後部座席にかたまって坐っていた。そして、教員たち、被害を受けなかった者たちはバスの前半分に、興奮した顔をむらがらせて僕らを見ていた。運

---

❶ 甲高い　尖锐的。　❷ 軍手　手套。　❸ 億劫　嫌麻烦，懒得做。　❹ 上気する　脸上发烧，满脸通红。　❺ 裾　下摆。

転手も僕らと並んで後部座席に坐っていた。そのまま暫く僕らは黙りこんで待っていた。しかし何も起こりはしない。車掌の少女も帰ってこなかった。僕らには何もすることがなかった。

そして運転手が軍手をはめて、運転台へ帰って行き、バスが発車すると、バスの前半分に活気（かっき）が戻ってきた。彼ら、前半分の乗客たちは小声でささやきあい、僕ら被害者を見つめた。僕はとくに教員が熱をおびた眼で僕らを見つめ、唇を震わせているのに気がついていた。僕は座席に躰をうずめ、彼らの眼からのがれるためにうなだれて眼をつむった。僕の躰の底で、屈辱（くつじょく）が石のようにかたまり、ぶつぶつ毒の芽をあたりかまわずふきだし始めていた。

教員が立ちあがり、後部座席まで歩いてきた。僕は顔をふせたままでいた。教員はガラス窓の横軸にしっかり躰を支えて屈みこみ勤人に話しかけた。

あいつらひどいことをやりますねえ、と教員は感情の高ぶりに熱っぽい声でいった。彼はバスの前部の客たち、被害を受けなかった者たちの意見を代表しているように堂どうとして熱情的だった。

人間に対してすることじゃない。

勤人は黙りこんだまま、うつむいて教員のレインコートの裾を見つめていた。

僕は黙って見ていたことを、はずかしいと思っているんです、と教員は優しくいった。どこか痛みませんか。

勤人の色の悪い喉がひくひく動いた。それはこういっていた、俺の躰が痛むわけはないよ、尻を裸にされるくらいで、俺をほっておいてくれないか。しかし勤人の唇は硬く噛みしめられたままだった。

あいつらは、なぜあんなに熱中していたんだか僕にはわからないんです、と教員はいった。日本人を獣（けもの）あつかいにして楽しむのは正常だと思えない。

バスの前部の席から被害を受けなかった客の一人が立って来て教員の横にならび、僕らをやはり堂どうとして熱情的な眼でのぞきこんだ。それから、前部のあらゆる席から興奮に頬を押しつけあい、むらがって[1]僕ら《羊たち》を見おろした。

◆ ────────────────────────────

❶ むらがる　聚集。

作品评析

    《人羊》，短篇小说，发表于 1958 年。小说以青年（大学生）的视角描写了美军占领时期日本的社会状况。主要情节为醉酒的驻日美军在公共汽车上强迫日本乘客脱下裤子，露出屁股排成一排当"人羊"，然后唱着歌拍打"人羊"取乐。满车的日本乘客无人敢抗争，唯有默默忍受屈辱。美军下车后，没被侮辱的乘客纷纷鼓动"人羊"们报警反抗。一位教员模样的乘客，尤为慷慨激昂，对受害人之一的大学生"我"纠缠不休，要"我"到警局报案，"做一只牺牲的羊"。而"我"以此为耻，不愿张扬，坚持不肯透露姓名与住址。

    小说的故事舞台"公共汽车"这一空间的封闭性，呼应了大江反复提及的战后日本所处的"监禁状态"。乘客们从"人"被降格为动物"羊"，暗示了美国与日本的强弱关系。受害者的沉默与旁观者的冷漠，则反映出被监禁状态下日本国民的复杂心态。

课后练习

1. 前半の舞台はバスに設定されているが、バスという空間の特徴を考えてみよう。
2.「僕」が米兵から侮辱を受けたきっかけと経緯をまとめてみよう。
3. 米兵達が暴行を振るった時と立ち去った後、被害に遭わなかった乗客の言動にどんな変化が見られるか。
4.「羊」のイメージにどんな意味が込められているか。
5. 教員の人物像を整理してみよう。

第六节　当代日本文坛的旗手
——村上春树

作家简介

村上春树（1949—）：用简洁轻快的笔触构筑虚实相间的寓言世界

村上生于京都，出生后不久全家搬至兵库县西宫市居住。父母是国语教师，很早就引导村上接触古典文学，但村上却有意与日本文学拉开距离，明确表示"成长期间从未被日本文学深深打动过"，对西方文学则表现出浓厚的兴趣。

1968年，村上考入早稻田大学第一文学部戏剧专业。时值"全共斗"学生运动全面激化之时，村上也不可避免地被卷入其中，这段经历也成了他日后创作的重要素材。1971年读书期间，村上与高桥阳子结婚。1974年夫妻俩开始经营爵士乐酒吧。1975年3月，村上从早大毕业，毕业论文题目为《美国电影中的旅行思想》。

1979年，村上开始写作小说，6月凭借《且听风吟》获得了"群像新人文学奖"，随后发表的《且听风吟》与《1973年的弹子球》相继成为芥川奖候选作品。1981年，村上将经营多年的酒吧转让他人，专心从事创作。1986年起，村上开始了将近十年的海外生活，期间创作了《挪威的森林》、《舞！舞！舞！》、《国境以南，太阳以西》、《奇鸟行状录》等作品。

1995年，村上得知东京发生地铁沙林毒气事件，非常震惊，1996年采访了沙林毒气的受害者与奥姆真理教信徒，以此为基础创作了纪实性文学作品《地下》与《在约定的场所》。进入新世纪后，村上陆续发表了《海边的卡夫卡》、《1Q84》、《刺杀骑士团长》等作品。

村上独特的文学阅读经验和生活经历，使其作品带有鲜明的个人风格。他的小说虚实相间，语言风格简洁明快，"像日语又不像日语"，叙事手法与日本传统文学作品存在明显差异。国内学界对村上作品中的"意义消解、不确定性、碎片化"等特点尤为关注，认为其具备了后现代主义文学的基本特征。村上在早期作品中着力描写了都市青年的孤独情绪和成长困境，对"丧失与寻找"主题进行了深入挖掘。20世纪90年代中期，村上的创作态度出现了转变，他开始积极介入社会，反思历史，寻找暴力与恶的根源，希望通过文学创作警示世人，拯救他者。村上的作品在世界各国深受欢迎，被认为是最有希望获得诺贝尔文学奖的当代日本作家。

代表作简介

《寻羊冒险记》

长篇小说，发表于 1982 年，与《且听风吟》、《1973 年的弹子球》共同讲述了"我"与"鼠"的成长故事，被称为青春三部曲。

久无音信的好友"鼠"一日寄来了神秘照片，嘱咐"我"将其公开发表。右翼组织头领的秘书看到照片后，威胁"我"必须找到照片中那只背部带有星状斑纹的羊。"我"来到北海道住进海豚宾馆，见到了曾经被羊侵入体内的"羊博士"，在他的指点下，"我"找到了"鼠"藏身的十二瀑镇。通过"羊男"我见到了"鼠"的魂魄，得知了关于星状斑纹羊的秘密和"鼠"的死因。原来，这只羊具有非同寻常的能力，能够进入人的体内，并控制人的意志，而"鼠"不愿被羊操纵，在"我"到来前的一个星期，趁着羊在自己体内睡熟时，果断地选择了自杀，结束自己生命的同时也杀死了羊。

《寻羊冒险记》是村上决定成为职业作家后创作的第一部小说，虽然发表后未能获得主流文学的青睐，但村上认为自己是从这部作品开始明确了写作风格，是他作为小说家实质上的出发点。村上在这部作品中首次触及政治话题，借助"羊"的意象探讨了日本暴力扩张的根源性问题。关于"美丽得令人眩晕，邪恶得令人战栗"的羊的象征意义，村上在 1992 年的一次演讲中，作出了如下解释："羊在某种程度上成了日本政府不顾一切推进现代化进程的一种象征。"

《海边的卡夫卡》

长篇小说，发表于 2002 年，2006 年获得捷克法兰兹·卡夫卡奖。小说沿着两条线索交替展开，奇数章讲述少年田村卡夫卡的故事，偶数章讲述中田老人的经历。

卡夫卡 4 岁时被母亲抛弃，又被冷漠残酷的雕刻家父亲诅咒长大后会弑父辱母，但他决心成为世界上最顽强的少年。15 岁生日这天，卡夫卡离家出走，来到位于四国岛的甲村图书馆。卡夫卡被图书管理员大岛收留，并预感到馆长佐伯女士就是自己的母亲。之后他经历了梦中杀父、与佐伯的生灵——一个 15 岁少女"交合"、在森林深处幻游异界等一系列荒诞事件。最后，在大岛、佐伯等人的帮助下，卡夫卡决定离开森林，返回东京继续读书。

偶数章围绕中田老人的故事展开。二战期间，还是小学生的中田突遭女教师殴打后昏睡不醒。醒来后，他丧失了记忆和读写能力，却获得了与猫交谈的能力。因为难以忍受卡夫卡父亲的分身——琼尼·沃克残忍地虐杀猫，中田不得已将其杀死。之后，逃到四国的中田找到了"入口之石"和甲村图书馆。烧毁佐伯的日记后，中田在沉睡中死去，临终前嘱托年轻人星野关闭了"入口之石"。

《海边的卡夫卡》虚实结合，充满隐喻，是一部深刻而复杂的作品。它不仅描写了少年的成长历程，也内含了村上对战争、暴力、人性善恶的思考。但是，因为"相对化"、"模糊化"的写作策略，小说也受到了以小森阳一为代表的评论家们的批判，认为作品中存在着勾销历史记忆、弱化战争责任的倾向。

鏡

　さっきからずっとみんなの体験談を聞いてるとね、そういったタイプの話にはいくつかのパターン[1]があるんじゃないかって気がするんだよ。まずひとつはこちらに生の世界があって、あちらに死の世界があって、それが何かの力によってどこかでクロス[2]するっていうタイプの話だね。たとえば幽霊とか、そういうの。それからもうひとつは三次元的な常識を超えたある種の現象や能力が存在するってことだね。つまり予知とか虫の知らせ[3]とかね。大きくわけるとそのふたつに分類できると思うんだ。

　で、そういったのを総合してみるとさ、みんなどちらか一方の分野だけを集中して経験しているような気がするんだな。つまりさ、幽霊を見ている人はしばしば幽霊は見るんだけど、虫の知らせを感じることはまずないみたいだし、虫の知らせをよく体験する人は幽霊って見ないんだね。どうしてだかはよくわからないけど、そういう個人的な傾向というのはたしかにあるみたいだね。何となくそういう感じがするんだ。

　それから、もちろんどちらの分野にも適さないって人もいる。たとえば僕がそうだね。僕はもう三十何年生きているけれど、幽霊なんて一度も見たことがない。予知夢とか虫の知らせとか、そういうのを経験したこともない。二人の友だちと一緒にエレベーターに乗っていて、彼らが幽霊を見ていながら、僕はまったく気づかなかったということもある。二人ともグレーのスーツ[4]を着た女が僕のわきに立っていたっていうんだけど、女なんて絶対に乗ってなかったんだ。我々三人きりだった。嘘じゃないよ。それにその二人もわざわざ僕をかつぐようなタイプの友だちじゃないんだ。まあそれはそれですごく気味の悪い体験だったけど、それにしても僕が幽霊を見てないということに変わりはない。

　とにかくそうなんだ。僕という人間は幽霊だって見ないし、超能力もない。なんと

---

❶ パターン　類型。　❷ クロス　交叉。　❸ 虫の知らせ　預感。　❹ グレーのスーツ　灰色套装。

いうか、実に散文的な人生だよな。

　でも僕にも一度だけ、たったの一度だけ、心の底から怖いと思ったことがある。もう何十年前の話なんだけど、これまで誰にも話したことはない。口に出すことさえ怖かったんだ。口に出しちゃうと同じようなことがまた起こるんじゃないかって気がしてね、だからずっと黙ってた。でも今夜はみんなが順番にそれぞれ怖い体験談を聞かせてくれたわけだし、主人である僕が最後に何も話さず場を閉じる¹というわけにもいかない。それで、僕も思い切って話してみることにする。

　いや、いいよ、拍手はよしてくれよ。そんなたいした話でもないんだからさ。

　前にも言ったように幽霊も出てこないし、超能力もない。僕が思っているほど怖い話じゃなくて、なんだということになっちゃうかもしれない。ま、それはそれでいい。とにかく話すよ。

　僕が高校を出たのは六〇年代末の例の一連の紛争の頃でね、なにかといえば体制を打ちこわそうという時代だった。僕もまあそんな波に呑みこまれた一人で、大学に進むことを拒否して、何年間か肉体労働をしながら日本中をさまよってたんだ。そういうのが正しい生き方だと思ってた。ま、若気のいたりというかね。でも今から考えてみれば楽しい生活だったよ。それが正しかったとか間違っていたとかじゃなくて、もう一度人生をやりなおせたとしても、きっと同じことをやっていたんじゃないかな。そんな気がするな。

　放浪²の二年めの秋に、僕は二ヵ月ばかり中学校の夜警をやった。新潟の小さな町のある中学校だった。夏のあいだ目いっぱい働いたせいで、少しのんびりしたかったんだ。なにしろ夜警ってのは楽なんだよ。昼間は用務員室で寝かせてもらってさ、夜中になってから全校舎を二回チェックすればいいだけだからね。それ以外は音楽室でレコード³聴いたり、図書館で本を読んだり、体育館で一人でバスケット・ボールをしたりしてたよ。夜中に学校で一人きりというのは悪くなかったね。いや、ちっとも怖くなんてないさ。だって十八、十九の頃なんて全く怖いもの知らずだもんね。

　君たちは中学校の夜警なんてしたことないだろうから手順⁴を一応説明しておくと、見回りは午後の九時と午前の三時に一回ずつやるんだ。そういう風に決められている。校舎は結構新しいコンクリート⁵の三階建てで、教室の数は十八から二十。そんなに

---

❶ 場を閉じる 結束。❷ 放浪 流浪。❸ レコード 唱片。❹ 手順 次序，程序。❺ コンクリート 混凝土。

大きな学校じゃないんだ。それに音楽室とか裁縫室とか美術室、それに職員室やら校長室なんかがある。校舎以外には給食室とプールと体育館と講堂[1]がある。それだけをざっと見回るわけさ。

見回るチェック・ポイントは二十くらいあって、歩いてひとつひとつそれを確かめ、ボールペンで OK サインを用紙に書き込むんだ。職員室——OK、実験室——OK、てぐあいにね。もちろん用務員室に寝転んだだまま OK、OK って書いちゃうこともできる。でもそこまで手は抜かなかったよ。というのは見回ったってまあたいした手間ではないし、それに変なのがしのびこんでたりしたら、寝込みを襲われるのはこちらだものね。

で、九時と三時に僕は大型の懐中電灯と木刀を持って学校をまわる。左手に懐中電灯、右手に木刀だよ。僕は高校時代剣道をやっていたから腕には自信がある。相手が素人なら、たとえ向こうが日本刀の真剣[2]持ってたってべつに怖かなかったさ。その頃はね。今なら一目散に逃げるよ、もちろん。

それは十月の初めの風の強い夜だった。寒くはなかった。どちらかというとむし暑いくらいの気候だった。夕方ごろからやけに蚊が多くてね。もう秋だというのに蚊取線香[3]を二つ点けてたのを覚えてるよ。ずうっと風が音を立てていた。ちょうどプールの仕切り戸が壊れていてね、これが風にあおられてばたんばたんとうるさかった。なおそうかとも思ったんだけど、暗くてなおしようもなかった。それで一晩中ばたんばたんさ。

九時に見回った時には何も異常はなかった。二十のチェック・ポイントは全部 OK だった。鍵はちゃんとかかっているし、すべてはあるべき場所にあった。いつもどおりだ。僕は用務員室に戻って目覚まし時計を三時にあわせてぐっすり眠った。

三時に時計のベルが鳴った時、僕はなんだかすごく変な気がした。うまく説明できないんだけれど、具体的に言うとね、起きたくないわけさ。体が起きようとする僕の意向を押しとどめてるような感じなんだ。体の中のこっちの部分とあっちの部分が逆の方向に動こうとしているみたいな。でも仕事は仕事だ。起きなくちゃならない。で、無理に起きあがって、見回りの仕度をした。あいかわらずばたんばたんていう仕切り戸の音がつづいていた。でもね、その音が何かしらさっきとは違うような気がするん

---

❶ 講堂 礼堂，大厅。 ❷ 真剣 真刀。 ❸ 蚊取り線香 蚊香。

だよ。気のせいと言われればそれまでだけど、うまく体に馴染まない。いやだな、見回りたくないな、と思った。でもやはり意を決して行くことにした。だってそういうのって一度ごまかすと、その先何度もごまかすことになるからね。僕はけっこう負けずぎらい[1]な性格なんだ。それで懐中電灯と木刀を持って用務員室を出た。

いやな夜だったよ。風はますます強くなって、空気はますます湿っぽくなっていた。肌がちくちくして、気持ちがうまく集中できないんだ。まず最初に体育館と講堂とプールを片づけた。どこにも異常はなかった。プールの仕切り戸は頭のたがが外れた人間のように、不規則に否定と肯定を繰り返していた。うん、うん、いや、うん、いや、いや、いや……っていった具合にね。なんだか変な表現だけど、その時は本当にそんな風に感じたんだよ。

校舎の中もべつに異常はなかった。いつものとおりさ。ざっと見回って用紙のチェック・ポイントに全部 OK サインを書き込んだ。結局何も起こらなかった。それで僕はほっとして用務員室に戻ろうと思った。最後のチェック・ポイントが給食室の横のボイラー・ルーム[2]で、これは校舎の東端にある。一方、用務員室は西端にある。だからいつも僕は一階の長い廊下を歩いて用務員室に戻ることになる。もちろんまっ暗だよ。月が出ていれば少しは明かりが入ってくるけど、そうでなきゃまるで何も見えない。懐中電灯で少し先を照らしながら歩いていくわけさ。その夜は台風が近いから、もちろん月なんて出てない。ほんの時たま雲が切れても、すぐにまたまっ暗になってしまう。

その夜はいつもより急ぎ足で廊下を歩いた。バスケット・ボール・ジュースのゴム底がリノリウム[3]の上でシャキッ、シャキッって音を立てた、緑のリノリウムの廊下さ。苔[4]が生えたみたいなくすんだ緑色だった。今でもその色あいをよく覚えてるよ。

その廊下のまん中あたりに学校の玄関があるんだけどね、そこを通りすぎたときに突然「あれ！」って感じがしたんだ。暗闇の中で何かの姿が見えたような気がしたんだ。わきの下がひやっとした。僕は木刀を握りなおしてそちらの方向に向きなおった。そしてそちらにぱっと懐中電灯の光を投げかけた。下駄箱[5]の横の壁あたりだ。

そこには僕がいた。つまり——鏡さ。なんてことはない、そこに僕の姿が映ってい

---

❶ 負けずぎらい　好强，不认输。❷ ボイラー・ルーム　锅炉房。❸ リノリウム　亚麻油毡，漆布。❹ 苔　苔藓。❺ 下駄箱　鞋柜，鞋箱。

ただけなんだ。昨日の夜まではそんなところに鏡なんてなかったのに、いつの間にか新しくとりつけられていたんだな。それで僕はびっくりしちゃったわけさ。全身が映る縦長の大きな鏡だった。僕はほっとすると同時に馬鹿馬鹿しくなった。なんだ、くだらない、と思った。それで鏡の前に立ったまま懐中電灯を下に置き、気を落ちつかせるためにポケットから煙草を出して火をつけた。そして鏡に映った僕の姿を眺めながら一服[1]した。窓からほんの少しだけ街灯の光が入ってきて、その光は鏡の中にも届いていた。背中の方からはばたんばたんっていうプールの仕切り戸の音が聞こえた。

　煙草を三回くらいふかしたあとで、急に奇妙なことに気づいた。つまり、鏡の中の像は僕じゃないんだ。いや、外見はすっかり僕なんだよ。それはまちがいないんだ。でも、それは正確には僕じゃないんだ。僕にはそれが本能的にわかったんだ。いや、違うな、それはもちろん僕なんだ。でもそれは僕以外の僕なんだ。それは僕がそうあるべきではない形での僕なんだ。

　うまく言えないね。この感じを他人に言葉で説明するのはすごくむずかしいよ。

　でもその時ただひとつ僕に理解できたことは、相手が心の底から僕を憎んでいるってことだった。その僕ではない僕は、僕である僕をどこまでも嫌い、憎んでいるんだ。まるでまっ暗な海に浮かんだ固い氷山のような憎しみだった。誰にも癒すことのできない行き場のない憎しみだった。僕にはそれが突然わかったんだ。

　しばらくのあいだ言葉をうしなって立ちすくんでいた。煙草が指のあいだから床に落ちた。鏡の中の煙草も床に落ちた。我々は同じようにお互いの姿を眺めていた。僕の体は金しばり[2]になったみたいにぴくりとも動かなかった。

　やがて相手の手が動き出した。右手の指先がゆっくりと顎に触れ、それから少しずつ少しずつ、虫みたいに顔を這いあがっていた。気がつくと僕も同じことをしていた。まるで僕の方が鏡の中の像であるみたいにさ。あちらの僕がこちらの僕を支配しようとしているみたいだった。

　何かをしなくちゃならないと僕は思った。なんとしてでも流れを変えなくちゃならない。それで最後の力をふりしぼって大声を出した。「うおう」とか「ぐおう」とか、そういう声だよ。それで金しばりがほんの少しゆるんだ。それから僕は鏡に向かって木刀を思い切り投げつけた。鏡の割れる音がした。僕は後も見ずに走って部屋に駆け

---

❶ 一服　稍作休息。❷ 金しばり　身体僵硬。

こみ、ドアに鍵をかけて布団をかぶった。玄関の床に落としてきた光のついた煙草のことが気になった。火事になるかもしれない。でももう一度そこに戻ることなんてとてもできなかった。風はずっと吹いていた。プールの仕切り戸の音は夜明け前までつづいた。うん、うん、いや、うん、いや、いや、いや……って具合にさ。

こういう話の結末（けつまつ）ってわかると思うんだけれど、もちろん鏡なんてはじめからなかったよ。

太陽が昇る（のぼ）頃には台風はもう去っていた。風もやんで、太陽が暖かいくっきりとした光を投げかけていた。僕は玄関に行ってみた。そこには煙草の吸殻（すいがら）¹ が落ちていた。木刀を落ちていた。でも鏡はなかった。鏡のかけら² もなかった。誰かが片づけたわけでもない。そんなのもともとなかったんだよ。玄関の下駄箱（げたばこ）のわきに鏡がついたことなんて一度もなかったんだ。そういうことさ。

というわけで、僕は幽霊なんて見なかった。僕が見たのは——ただの僕自身さ。でも僕はあの夜味わった恐怖だけはいまだに忘れることができないでいる。そしていつもこう思うんだ。人間にとって、自分自身以上に怖いものがこの世にあるだろうかってね。君たちはそう思わないか？

ところで君たちはこの家に鏡が一枚もないことに気づいたかな。鏡を見ないで鬚（ひげ）が剃れる（そ）ようになるには結構時間かかるんだぜ、本当の話。

作品评析

短篇小说《镜子》，1983 年 2 月发表于伊势丹百货店主办的杂志《Trefle》上，同年 9 月被收入短篇小说集《看袋鼠的好日子》。《镜子》篇幅短小，情节性强，带有实验色彩。村上将包括这篇小说在内的《看袋鼠的好日子》、《旋转木马鏖战记》都归为"近似短篇小说"，因为它们和小说类似，又和小说有所不同。

小说以"怪异体验谈"的形式展开，叙述者"我"讲述了自己在中学校园值夜班时的经历，深夜在镜子中看到"不是自己的自己"，感到无比恐惧。"镜子"、"镜中的我"等意象寓意深刻，引发多种解读，1993 年以来被多次收录进日本高中语文教材。

---

❶ 吸殻 烟蒂，香烟头。❷ かけら 碎片。

课后练习

1. 語り手は自分の人生を「散文的な人生だ」と言っているが、それはどういうことか。
2. 「若気のいたり」とは、どんなことを指しているか。
3. 「僕」にとって、「鏡の中の僕」とは何だったのか。
4. 鏡に映った「僕以外の僕」が心の底から「僕」を憎んでいるのはなぜか。
5. 「この家に鏡が一枚もない」のはなぜか。

第七节　新时代的女性作家
——吉本芭娜娜

作家简介

吉本芭娜娜（1964—）：以"克服与成长"为主题的感性抒情文学

吉本芭娜娜生于东京。父亲是被誉为"战后思想界巨人"的著名诗人、评论家吉本隆明。姐姐是漫画家，笔名春野宵子。吉本一家文化氛围浓厚，受家庭影响，吉本自幼立志当作家，小学时代即开始练习写作。高中时代，她一方面苦于青春期的心理困惑，一方面对文学创作的热情空前高涨，大量阅读了太宰治和美国作家斯蒂芬·金的作品。

1987 年，吉本从日本大学艺术学部毕业，毕业设计《月影》获得艺术学部部长奖。毕业后，吉本边打工边写作，1988 年以征文作品《厨房》连续获得"海燕新人文学奖"和"泉镜花文学奖"。同年发表的《泡沫/圣域》获得艺术新人奖，并得到芥川文学奖提名。1988年至1992年，短短的五年时间内吉本连续创作了《哀愁的预感》、《斑鸫》、《白河夜船》、《N.P》等十五部作品。1989 年，吉本的六部作品全部登上畅销书榜单前 20 名，在出版界引起轰动，被称为"芭娜娜现象"。1994 年《甘露》的问世，标志着吉本"第一期创作"的结束。之后的作品在主题和写作手法上都有所变化，如在《玛丽佳的长夜/巴黎梦日记》、《SLY》、《不伦与南美》中，吉本就尝试了将旅行见闻与虚构性故事相结合的写作手法。

吉本原名真秀子，因喜爱香蕉花，将芭娜娜作为笔名。2002 年，吉本怀孕生子后，将笔名由「吉本ばなな」改为假名书写的「よしもとばなな」。2015 年，年满五十，迎来人生新阶段的吉本又将笔名改回了「吉本ばなな」。近年来，吉本笔耕不辍，陆续发表了《喂喂喂下北泽》、《橡子姐妹》、《鸟》等小说与随笔作品。

吉本被称为"治愈系"作家，她的作品围绕"克服与成长"展开，塑造了众多突遭重大危机，在外界帮助和自我的不懈努力下，最终走出危机重获新生的人物。吉本肯定生命及日常生活的价值，通过描写受伤心灵的恢复过程，为读者展示了重建精神世界的可能性与各种途径，获得了世界各国读者的好评。此外，吉本在作品中呈现出的家庭观、性别观也折射出当代日本女性作家的价值取向和诉求。

代表作简介

《月影》

短篇小说，写于 1987 年 3 月。该小说是吉本的处女作，也是她的大学毕业设计作品。这部只花了十多天时间写成的小说，文风清新，感情真挚，获得了艺术学部部长奖。小说的题目和创作灵感来自于 Mike Oldfield 的同名曲《Moonlight Shadow》。

早月的恋人阿等在一场交通事故中丧生，早月因此陷入了恶性循环，渴望睡眠又害怕睡眠，既希望在睡梦中见到恋人，又害怕面对梦醒之后的现实。在精神快要崩溃时，早月开始每天早起晨跑。三月的早晨，她在桥头偶然结识了神秘女孩浦罗。在浦罗的指引下，借助"百年一遇的七夕现象"，早月看到阿等的身影出现在河对岸。终于实现心愿，以特殊形式和阿等道完别的早月，决定不再沉湎于痛苦，在人生道路上"必须时时刻刻迈步前进"。小说的另一人物——阿柊（阿等的弟弟），与早月同病相怜，在事故中同时失去了哥哥和女友由美子。无法接受现实的阿柊，穿起了由美子留下的校服去上学，以此缓解内心的孤独和痛苦。"七夕现象"发生后，阿柊梦见由美子回来取走了她的校服。之后，阿柊也终于从过去解脱出来，迎接新的生活。

《月影》虽是吉本的雏形之作，但小说提及的"死亡、救赎、神秘"等主题贯穿了吉本的整个创作生涯，被视作吉本文学的"原点"。

《甘露》

长篇小说，发表于 1994 年，最初连载于《海燕》杂志上，后作为单行本作品出版，是吉本的第一部长篇小说，荣获第五届紫式部文学奖，是吉本创作中的里程碑作品。

小说主人公朔美，生活在由母亲、同父异母的弟弟由男、表妹干子、母亲好友纯子组成的奇妙家庭里。朔美一日因撞到头部而失忆，在犹如死后重生般的康复过程中，她发觉自己与日常生活之间出现了隔阂，并且丧失了生存的真实感。徘徊于现实和超现实世界边缘的朔美，了解到"另一个世界"的存在。她不仅察觉到了弟弟由男的超能力，还结识了"挨压子"、"宽面条"、"梅斯麦"等诸多具有超能力的奇异人物。但是，需要注意的是，超能力并没有为这些人物带来美满和幸福，反而经常成为痛苦的根源。不仅如此，年少成名又早早去世的妹妹真由，也特地借助梦境来警示朔美和由男，最应该珍惜的不是其他，而是日常生活的点点滴滴。小说中，母亲享受当下的生活态度，"宽面条"放弃超能力，回归正常生活的抉择，也从侧面印证了这种观点。

"我想描写另一个世界的日复一日的日常生活，想描写神秘精神、新纪元精神在现实面前的挫败，还想描写崩溃了的家庭重新开始运转，想描写手足之情。"正如作家本人介绍的那样，《甘露》不仅人物众多，情节复杂，还出现了多重主题齐头并进、互相穿插的特点。小说对超能力和超自然现象的描写可谓空前绝后，但其根本宗旨仍指向对现实世界和日常生活的肯定。

キッチン

　私がこの世でいちばん好きな場所は台所だと思う。

　どこのでも、どんなのでも、それが台所であれば食事をつくる場所であれば私はつらくない。できれば機能的でよく使いこんであるといいと思う。乾（かわ）いた清潔なふきん[1]が何まいもあって白いタイルがぴかぴか輝く。

　ものすごくきたない台所だって、たまらなく好きだ。

　床に野菜くずがちらかっていて、スリッパの裏がまっ黒になるくらい汚ないそこは、異様に広いといい。ひと冬軽くこせるような食料が並ぶ巨大な冷蔵庫がそびえ立ち、その銀の扉に私はもたれかかる。油が飛び散ったガス台や、さび[2]のついた包丁からふと目をあげると、窓の外には淋しく星が光る。

　私と台所が残る。自分しかいないと思っているよりは、ほんの少しましな思想だと思う。

　本当につかれはてた時、私はよくうっとりと思う。いつか死ぬ時がきたら、台所で息絶えたい。ひとり寒いところでも、だれかがいてあたたかいところでも、私はおびえずにちゃんと見つめたい。台所なら、いいなと思う。

　田辺家にひろわれる前は、毎日台所で眠っていた。

　どこにいてもなんだか寝苦（ねぐる）しいので、部屋からどんどん楽な方へと流れていったら、冷蔵庫のわきがいちばんよく眠れることに、ある夜明け気づいた。

　私、桜井みかげの両親は、そろって若死にしている。そこで祖父母が私を育ててくれた。中学校へあがる頃、祖父が死んだ。そして祖母と2人でずっとやってきたのだ。

　先日、なんと祖母が死んでしまった。びっくりした。

　家族という、確かにあったものが年月の中でひとりひとり減っていって、自分がひ

---

❶ ふきん　抹布。 ❷ さび　铁锈。

とりここにいるのだと、ふと思い出すと目の前にあるものがすべて、うそに見えてくる。生まれ育った部屋で、こんなにちゃんと時間が過ぎて、私だけがいるなんて、驚きだ。

　まるでSFだ。宇宙の闇だ。

　葬式がすんでから3日は、ぼうっとしていた。

　涙があんまり出ない飽和した悲しみにともなう、やわらかな眠けをそっとひきずっていって、しんと光る台所にふとんをひいた。ライナス¹のように毛布にくるまって眠る。冷蔵庫のぶーんという音が、私を孤独な思考から守った。そこでは、けっこう安らかに長い夜が行き、朝が来てくれた。

　ただ星の下で眠りたかった。

　朝の光で目ざめたかった。

　それ以外のことは、すべてただ淡々とすぎていった。

　しかし！そうしてばかりもいられなかった。現実はすごい。

　祖母がいくらお金をきちんと残してくれたとはいえ、1人で住むにはその部屋は広すぎて、高すぎて、私は部屋を探さねばならなかった。

　仕方なく、アパ××情報を買ってきてめくってみたが、こんなに並ぶたくさんの同じようなお部屋たちを見ていたら、くらくらしてしまった。引っこしは手間（てま）だ。パワーだ。

　私は、元気がないし、日夜台所で寝ていたら体のふしぶしが痛くて、このどうでもよく思える頭をしゃんとさせて、家を見にいくなんて！荷物を運ぶなんて！電話を引くなんて！

　と、いくらでもあげられる面倒を思いついては絶望してごろごろ寝ていたら、奇跡がボタもち²のように訪ねてきたその午後を、私はよくおぼえている。

　ピンポンとふいにドアチャイムが鳴った。

　うすぐもり³の春の午後だった。私は、アパ××情報を横目で見るのにすっかりあきて、どうせ引っ越すならと雑誌をヒモでしばる作業に専念していた。あわてて半分寝まき⁴みたいな姿で走り出て、何も考えずにドアのカギをはずしてドアを開いた。（強

❶ ライナス　利纳斯，《史努比》漫画中一刻也离不开毛毯的小男孩。❷ ボタもち　福自天降。❸ うすぐもり　微阴的天气。❹ 寝巻き　睡衣。

盗でなくてよかった）そこには田辺雄一が立っていた。

「先日はどうも。」

と私は言った。葬式の手伝いをたくさんしてくれた、ひとつ年下のよい青年だった。聞けば同じ大学の学生だと言う。今は私は大学を休んでいた。

「いいえ。」彼は言った。「住む所、決まりましたか？」

「まだ全然。」

私は笑った。

「やっぱり」

「上がってお茶でもどうですか？」

「いえ。今、出かける途中で急ぎですから。」彼は笑った。「伝えるだけちょっと、と思って、母親と相談したんだけど、しばらく家に来ませんか。」

「え？」

私は言った。

「とにかく今晩、7時ごろ家に来て下さい。これ、地図。」

「はあ。」私はぼんやりそのメモを受け取る。

「じゃ、よろしく。みかげさんが来てくれるのをぼくも母も楽しみにしてるから。」

彼は笑った。あんまり晴れやかに笑うので見なれた玄関に立つその人の、瞳がぐんとちかく見えて、目が離せなかった。ふいに名を呼ばれたせいもあると思う。

「……じゃ、とにかくうかがいます。」

悪く言えば、魔がさしたというのでしょう。しかし、彼の態度はとても"クール"だったので、私は信じることができた。目の前の闇には、魔がさすときいつもそうなように、1本道が見えた。白く光って確かそうに見えて、私はそう答えた。

彼は、じゃあとで、と言って笑って出ていった。

私は祖母の葬式までほとんど彼を知らなかった。葬式の日、突然田辺雄一がやってきた時、本気で祖母の愛人だったのかと思った。焼香しながら彼は、泣きはらした瞳を閉じて手をふるわせ、祖母の遺影を見ると、またぽろぽろと涙をこぼした。

私はそれを見ていたら、自分の祖母への愛がこの人よりも少ないのでは、と思わず考えてしまった。そのくらい彼は悲しそうに見えた。

そして、ハンカチで顔を押さえながら、

「何か手伝わせてください。」

と言うので、その後、いろいろ手伝ってもらったのだ。

田辺、雄一。

その名を、祖母からいつ聞いたのかと思い出すのにかなりかかったから、混乱していたのだろう。

彼は、祖母の行きつけ[1]の花屋でアルバイトしていた人だった。いい子がいて、田辺くんがねえ、今日もね……というようなことを何度も耳にした記憶があった。切花[2]が好きだった祖母は、いつも台所に花を絶やさなかったので、週に２回くらいは花屋に通っていた。そう言えば、いちど彼は大きな鉢植えを抱えて祖母の後ろを歩いて家に来たこともあった気がした。

彼は、長い手足を持った、きれいな顔だちの青年だった。素性[3]は何も知らなかったが、よく、ものすごく熱心に花屋で働いているのを見かけた気もする。ほんの少し知った後でも彼のその、どうしてか、"冷たい"印象は変らなかった。ふるまいや口調がどんなにやさしくても彼は、ひとりで生きている感じがした。つまり彼はその程度の知り合いに過ぎない、赤の他人だったのだ。

夜は雨だった。しとしとと、あたたかい雨が街を包む煙った春の夜を、地図を持って歩いていった。

田辺家のあるそのマンションは、うちからちょうど中央公園をはさんだ反対側にあった。公園を抜けていくと、夜の緑の匂いでむせかえるようだった。ぬれて光る小路が虹色にうつる中を、ぱしゃぱしゃ歩いていった。

私は、正直言って、呼ばれたから田辺家に向かっていただけだった。なーんにも、考えてはいなかったのだ。

その高くそびえるマンションを見上げたら彼の部屋がある 10 F はとても高くて、きっと夜景がきれいに見えるんだろうなと私は思った。

エレベーターを降り、ろう下にひびきわたる足音を気にしながらドアチャイムを押すと雄一がいきなりドアを開けて、

「いらっしゃい。」

と言った。

おじゃまします、とあがったそこは、実に妙な部屋だった。

---

❶ 行きつけ　常去，经常光顾。　❷ 切花　经过修剪，带着茎和叶的花。　❸ 素性　出身，来历。

　まず、台所へ続く居間にどかんとある巨大なソファに目がいった。その広い台所の食器棚を背にして、テーブルを置くでもなく、じゅうたんをひくでもなくそれはあった。ベージュ¹の布ばりで、CMに出てきそうな、家族みんなですわってTVをみそうな、横に日本で飼えないくらい大きな犬がいそうな、本当に立派なソファだった。

　ベランダが見える大きな窓の前には、まるでジャングル²のようにたくさんの植物群が鉢やらプランターやらに植わって並んでいて、家中よく見ると花だらけだった。いたるところにある様々な花びんに季節の花々が飾られていた。

　「母親は今、店をちょっと抜けてくるそうだから、よかったら家の中でも見てて。案内しようか？どこで判断するタイプ？」

　お茶を入れながら雄一が言った。

　「何を？」

　私がそのやわらかなソファにすわって言うと、

　「家と住人の好みを。トイレ見るとわかるとか、よく言うでしょ。」

　彼は淡々と笑いながら、落ちついて話す人だった。

　「台所。」

　と私は言った。

　「じゃ、ここだ。なんでも見てよ。」

　彼は言った。

　私は、彼がお茶を入れている後ろへ回りこんで台所をよく見た。

　板ばりの床にひかれた感じのいいマット³、雄一のはいているスリッパの質の良さ——必要最小限のよく使い込まれた台所用品がきちんと並んでかかっている。シルバーストーンのフライパンと、ドイツ製皮むき⁴は家にもあった。横着⁵な祖母が、楽してするする皮がむけると喜んだものだ。

　小さな蛍光灯に照らされて、しんと出番を待つ食器類、光るグラス。ちょっと見ると全くバラバラでも、妙に品のいいものばかりだった。特別に作るもののための…たとえばどんぶりとか、グラタン⁶皿とか、巨大な皿とか、ふたつきのビールジョッキとかがあるのも、何だかよかった。小さな冷蔵庫も雄一がいいと言うので開けてみた

---

❶ ベージュ　米色。❷ ジャングル　热带丛林。❸ マット　垫子。❹ 皮むき　削皮器。❺ 横着　偷懒，耍滑。❻ グラタン　奶汁烤菜。

ら、きちんと整っていて、入れっぱなしのものがなかった。

うんうんうなずきながら、見て回った。いい台所だった。私は、この台所をひと目でとても愛した。

ソファーに戻ってすわると、熱いお茶が出た。

ほとんど初めての家で、今まであまり会ったことのない人と向かい合っていたら、なんだかすごく天涯孤独な気持ちになった。

雨におおわれた夜景が闇ににじんでゆく大きなガラス、にうつる自分と目が合う。

世の中に、この私に近い血のものはいないし、どこへ行って何をするのも可能だなんてとても豪快だった。

こんなに世界がぐんと広くて、闇はこんなにも暗くて、その果てしないおもしろさと淋しさに私は最近はじめてこの手でこの目で触れたのだ。今まで、片目をつぶって世の中を見てたんだわ、と私は、思う。

「どうして、私を呼んだんでしたっけ？」

私はたずねた。

「困ってると思って。」親切に目を細めて彼は言った。「おばあちゃんには本当にかわいがってもらったし、この通り家にはむだなスペースがけっこうあるから。あそこ、出なきゃいけないんでしょう？もう。」

「ええ、今は大家[1]の好意に立ちのき[2]を引きのばしてもらってたの。」

「だから、使ってもらおうと。」

と彼は当然のことのように言った。

彼のそういう態度が決してひどくあたたかくも冷たくもないことは、今の私をとてもあたためるように思えた。なぜだか、泣けるくらいに心にしみるものがあった。そうして、ドアがガチャガチャと開いて、ものすごい美人が息せききって走りこんできたのは、その時だった。

私はびっくりして目を見開いてしまった。かなり年は上そうだったが、その人は本当に美しかった。日常にはちょっとありえない服装と濃い化粧で、私は彼女のおつとめが夜のものだとすぐに理解した。

「桜井みかげさんだよ。」

◆

❶ 大家　房东。❷ 立ちのき　搬家，搬走。

と雄一が私を紹介した。

彼女ははあはあ息をつきながら少しかすれた声で、

「初めまして。」と笑った。「雄一の母です。えり子と申します。」

これが母？という驚き以上に私は目が離せなかった。肩までのさらさらの髪、切れ長の瞳の深い輝き、形のよい唇、すっと高い鼻すじ——そして、その全体からかもし出される生命力のゆれみたいな鮮やかな光——人間じゃないみたいだった。こんな人見たことない。

私はぶしつけ[1]なまでにじろじろ見つめながら、

「はじめまして。」

とほほえみ返すのがやっとだった。

「明日からよろしくね。」と彼女は私にやさしく言うと雄一に向きなおり「ごめんね、雄一。全然ぬけらんないのよ。トイレ行くって言ってダッシュ[2]してきたのよ。今。朝なら時間とれるから、みかげさんには泊まってもらってね。」とせかせか言い、赤いドレスをひるがえして玄関に走って行った。

「じゃ、車で送ってやるよ。」

と雄一が言い、

「ごめんなさい、私のために。」

と私は言った。

「いやー、まさかこんなに店がこむなんて思ってなかったのよ。こちらこそごめんなさいね、じゃ、朝ね！」

高いヒール[3]で彼女はかけてゆき、雄一が、

「TVでも見て待ってて！」と言ってその後を追ってゆき、私はぽかんと残った。

——よくよく見れば確かに年相応のシワとか、少し悪い歯並びとか、ちゃんと人間らしい部分を感じた。それでも彼女は圧倒的だった。もう1回会いたいと思わせた。心の中にあたたかい光が残像みたいにそっと輝いて、これが魅力っていうものなんだわ、と私は感じていた。はじめて水っていうものがわかったヘレン[4]みたいに、言葉が生きた姿で目の前に新鮮にはじけた。大げさなんじゃなくて、それほど驚いた出会いだったのだ。

◆————————————————————————————————

❶ ぶしつけ　冒昧，冒失。❷ ダッシュ　冲刺。❸ ヒール　鞋跟。❹ ヘレン　海伦·凯勒。美国女作家、教育家。幼年时期被疾病夺走听力与视力，著有《假如给我三天光明》等作品。

車のキーをガチャガチャならしながら雄一は戻って来た。

「10分しか抜けられないなら、電話入れればいいと思うんだよね。」

とたたき[1]で靴をぬぎながら彼は言った。

私はソファにすわったまま、

「はあ。」

と言った。

「みかげさん、家の母親にビビった？」

彼は言った。

「うん、だってあんまりきれいなんだもの。」

私は正直に告げた。

「だって。」雄一が笑いながらあがってきて、目の前の床に腰をおろして言った。「整形してるんだもの。」

「え。」私は平静を装って言った。「どおりで顔のつくりが全然似てないと思ったわ。」

「しかもさあ、わかった？」本当におかしくてたまらなそうに彼は続けた。「あの人、男なんだよ。」

今度は、そうはいかなかった。私は目を見開いたまま無言で彼を見つめてしまった。まだまだ、冗談だって、という言葉をずっと待ってると思った。あの細い指、しぐさ、身のこなしが？あの美しい面影を思い出して私は息をのんで待ったが、彼はうれしそうにしているだけだった。

「だって。」私は口を開いた。「母親って、母親って言ってたじゃない！」

「だって、実際に君ならあれを父さんって呼べる？」

彼は落ち着いてそう言った。それは、本当にそう思えた。すごく納得のいく答えだ。

「えり子って、名前は？」

「うそ。本当は雄司って言うみたい。」

私は、本当に目の前がまっ白く見えるようだった。そして、話を聞く態勢にやっと入れたので、たずねた。

「じゃ、あなたを産んだのはだれ？」

◆ ──────────────────────────

❶ たたき 三合土地面。

「昔は、あの人も男だったんだよ。」彼は言った。「すごく若い頃ね。それで結婚していたんだよね。その相手の女性がぼくの本当の母親なんだ。」

「どんな…人だったのかしら。」

見当がつかなくて私は言った。

「ぼくもおぼえてないんだ。小さい頃に死んじゃってね。写真あるけど、見る？」

「うん。」

私がうなずくと彼は自分のカバンをすわったまますずるずるたぐり寄せて、札入れ¹の中から古い写真を出して私に手渡した。

何ともいえない顔の人だった。短い髪、小さな目鼻。奇妙な印象の、年がよくわからない女性の…私は黙ったままでいると、

「すごく変な人でしょう。」

と彼が言い、私は困って笑った。

「さっきのえり子さんはね、この写真の母の家に小さい頃、何かの事情で引きとられて、ずっと一緒に育ったそうだ。男だった頃でも顔だちがよかったからかなりもてたらしいけど、なぜかこの変な顔の。」彼はほほえんで写真を見た。「お母さんにものすごく執着（しゅうちゃく）してねえ、恩を捨ててかけおち²したんだってさ。」

私はうなずいていた。

「この母が死んじゃった後、えり子さんは仕事をやめて、まだ小さなぼくを抱えて何をしようか考えて、女になることに決めたんだって。もう、だれも好きになりそうにないからってさ。女になる前はすごい無口（むくち）な人だったらしいよ。半端³なことがきらいだから、顔から何からもうみんな手術しちゃってさ、残りの金でそのすじの店を一つ持ってさ、ぼくを育ててくれたんだ。女手（おんなで）一つでって言うの？これも。」

彼は笑った。

「す、すごい生涯ね。」

私は言い、

「まだ生きてるって。」

と雄一が言った。

信用できるのか、何かまだひそんでいるのか、この人たちのことは聞けば聞くほど

---

❶ 札入れ 钱包。 ❷ かけおち 私奔。 ❸ 半端 不彻底。

よくわからなくなった。

　しかし、私は台所を信じた。それに、似ていないこの親子には共通点があった。笑った顔が神仏みたいに輝くのだ。私は、そこがとてもいいと思っていたのだ。

　「明日の朝はぼくいないから、あるものはなんでも使っていいよ。」

　眠そうな雄一が毛布やらねまきやらを抱えて、シャワーの使い方や、タオルの位置を説明していった。

　身の上話（すごい）を聞いた後、あんまりちゃんと考えずに雄一とビデオを見ながら花屋の話とか、おばあちゃんの話とかをしているうちに、どんどん時間が過ぎてしまったのだ。今や、夜中の１時だった。そのソファは心地よかった。１度かけると、もう２度と立ち上がれないくらいに柔らかくて深くて広かった。

　「あなたのお母さんさ。」さっき私は言った。

　「家具のところでこれにちょっとすわってみたら、どうしてもほしくなって買っちゃったんじゃない？」

　「大当たり[1]。」彼は言った。「あの人って、思いつきだけで生きてるからね。それを実現する力があるのが、すごいなと思うんだけど。」

　「そうよね。」

　私は言った。

　「だから、そのソファは、当分[2]君のものだよ。君のベッドだよ。」彼は言った。「使い道があって本当に良かった。」

　「私。」私はかなりそっと言ってみた。「本当にここで眠っていいの？」

　「うん。」

　彼はきっぱり言った。

　「…かたじけない[3]。」

　と私は言った。

　彼は、ひととおりの説明を終えるとおやすみと言って自分の部屋へ戻っていった。

　私は眠かった。

　人の家のシャワーを浴びながら、自分は何をしているのかなと久しぶりに疲れが消えてゆく熱い湯の中で考えた。

◆────────────────────────────────────

❶ 大当たり　猜得很准。 ❷ 当分　暂时。 ❸ かたじけない　非常感谢。

　借りたねまきに着がえて、しんとした部屋に出ていった。ぺたぺたとはだし¹で台所をもう1回見に行く。やはり、よい台所だった。

　そして、今宵私の寝床となったそのソファにたどりつくと、電気を消した。

　窓べで、かすかな明かりに浮かぶ植物たちが10Fからの豪華な夜景にふちどられてそっと息づいていた。夜景——もう、雨はあがって湿気を含んだ透明な大気にきらきら輝いて、それはみごとに映っていた。

　私は毛布にくるまって、今夜も台所のそばで眠ることがおかしくて笑った。しかし、孤独がなかった。私は待っていたのかもしれない。今までのことも、これからのことも、しばらくの間、忘れられる寝床だけを待ち望んでいたのかもしれない。となりに人がいては淋しさが増すからいけない。でも、台所があり、植物がいて、同じ屋根の下には人がいて、静かで……ベストだった。ここは、ベストだ。

　安心して私は眠った。

　目がさめたのは水音でだった。

　まぶしい朝が来ていた。ぼんやりおき上がると、台所に"えり子さん"の後ろ姿があった。きのうに比べて地味な服装だったが、

　「おはよう。」

　とふりむいたその顔の派手さがいっそうひきたち、私はぱっと目がさめた。

　「おはようございます。」

　とおきあがると、彼女は冷蔵庫を開けて困っている様子だった。私を見ると、

　「いつもあたし、まだ寝てるんだけど何だかお腹がへってねえ……。でも、この家何もないのよね。出前²とるけど、何食べたい？」

　と言った。

　私は立ちあがって、

　「何か作りましょうか。」

　と言った。

　「ほんとうに？」と言った後、彼女は「そんなに寝ぼけてて包丁³持てる？」と不安そうに言った。

　「平気です。」

---

❶ はだし　光脚。❷ 出前　外卖。❸ 包丁　刀。

　部屋中がサンルームのように、光に満ちていた。甘やかな色の青空が果てしなく続いて見渡せて、まぶしかった。

　お気に入りの台所に立てたうれしさで目がさえてくると、ふいに、彼女が男だというのを思い出してしまった。

　私は思わず彼女を見た。嵐のようなデジャヴー¹がおそってくる。

　光、ふりそそぐ朝の光の中で、木の匂いがする、このほこりっぽい部屋の床にクッションをひき、寝ころんでTVを見ている彼女がすごく、なつかしかった。

　私の作った玉子がゆ²と、きゅうりのサラダを彼女はうれしそうに食べてくれた。

　真昼、春らしい陽気で、外からはマンションの庭でさわぐ子供たちの声が聞こえる。

　窓辺の草木は柔らかな陽ざしに包まれて鮮やかなみどりに輝き、はるかに淡い空にうすい雲がゆっくりと流れてゆく。

　のんびりとした、あたたかい昼だった。

　きのうの朝までは想像もありえなかった、見知らぬ人との遅い朝食の場面を私はとても不思議に感じた。

　テーブルがないもので、床に直接いろんなものを置いて食べていた。コップが陽にすけて、冷たい日本茶のみどりが床にきれいにゆれた。

　「雄一がね。」ふいにえり子さんが私をまじまじと見て言った。「あなたのこと、昔飼ってたのんちゃんに似てるって前から言ってたけど、本当──に似てるわ。」

　「のんちゃんと申しますと？」

　「ワンちゃん。」

　「はあー。」ワンちゃん。

　「その目のかんじといい、毛のかんじといい……。昨日初めてお見かけした時、ふきだしそうになっちゃったわ。本当にねえ。」

　「そうですか？」ないとは思うけど、セントバーナード³とかだったらいやだな、と思った。

　「のんちゃんが死んじゃった時、雄一はご飯ものどを通らなかったのよ。だから、あなたのことも人ごととは思えないのね。男女の愛かどうかは保証できないけど。」

　くすくすお母さんは笑った。

---

❶ デジャヴー　既視感。❷ 玉子がゆ　鸡蛋粥。❸ セントバーナード　圣伯纳德犬，雪山救人犬。

「ありがたく思います。」

私は言った。

「あなたの、おばあちゃんにもかわいがってもらったんですってね。」

「ええ。おばあちゃんは雄一くんをとても好きでした。」

「あの子ね、かかりっきりで育ててないからいろいろ手落ち[1]があるのよ。」

「手落ち？」

私は笑った。

「そう。」お母さんらしいほほえみで彼女は言った。「情緒もめちゃくちゃだし、人間関係にも妙にクールでね、いろいろとちゃんとしてないけど…やさしい子にしたくてね、そこだけは必死に育てたの。あの子は、やさしい子なのよ。」

「ええ、わかります。」

「あなたもやさしい子ね。」

彼であるところの彼女は、にこにこしていた。よくTVで観るNYのゲイたちの、あの気弱[2]な笑顔に似てはいた。しかし、そう言ってしまうには彼女は強すぎた。あまりにも深い魅力が輝いて、彼女をここまで運んでしまった。それは死んだ妻にも息子にも本人にさえ止めることができなかった。そんな気がする。彼女には、そういうことが持つ、しんとした淋しさがしみこんでいた。

彼女はきゅうりをぽりぽり食べながら言った。

「よくね、こういうこと言って本当はちがうこと考えてる人たくさんいるけど、本当に好きなだけここにいてね。あなたがいい子だって信じてるから、あたしは心からうれしいのよ。行く所がないのは、傷ついてる時にはきついことよ。どうか、安心して利用してちょうだい。ね？」

私の瞳をのぞきこむようにそう念を押した。

「……ちゃんと、部屋代入れます。」私はなんだか胸がつまって、必死で言った。「次住むところを見つけるまで、ここで眠らしてください。」

「いいのよ、気なんか使わないで。それよりたまに、おかゆ作って。雄一のより、ずっとおいしい。」

と、彼女は笑った。

◆————————————————————————————

❶ 手落ち 疏忽，疏漏。❷ 気弱 懦弱，软弱。

年寄りと2人で暮らすというのは、ひどく不安なことだ。元気であればあるほどそうだった。実際に祖母といたとき、そんなことは考えたこともなく楽しくやっていたけれど、今ふりかえるとそう思えてならなかった。

私は、いつもいつでも「おばあちゃんが死ぬのが」こわかった。

私が帰宅すると、TVのある和室から祖母が出てきて、おかえりと言う。遅い時はいつもケーキを買って帰った。外泊[1]でもなんでも、言えば怒らない大らかな祖母だった。時にはコーヒーで、時には日本茶で、私たちはTVを見ながらケーキを食べて、寝る前のひと時を過ごした。

小さい頃から変らない祖母の部屋で、たわいのない[2]世間話とか、芸能界の話とか、その日1日のことを何となく話した。雄一のことも、この時間に語られたように思う。

どんなに夢中な恋をしていても、どんなに多くお酒を飲んで楽しく酔っ払っていても私は心の中でいつも、たったひとりの家族を気にかけていた。

部屋のすみに息づき、押してくるそのぞっとするような静けさ、子供と年寄りがどんなに陽気に暮らしていても、うめられない空間があることを、私は誰にも教えられなくてもずいぶん早くに感じとった。

雄一もそうだと思う。

本当に暗く淋しいこの山道の中で、自分も輝くことだけがたったひとつ、やれることだと知ったのは、いくつの時だろうか。愛されて育ったのに、いつも淋しかった。

——いつか必ず、だれもが時の闇の中へちりぢりになって消えていってしまう。

そのことを体にしみこませた目をして歩いている。私に雄一が反応したのは当然なのかもしれない。

…というわけで、私は居候[3]生活に突入した。

私は5月が来るまでだらだらすることを、自分に許した。そうしたら、極楽のように毎日が楽になった。

アルバイトにはちゃんと行ったが、後はそうじをしたり、TVを見たり、ケーキを焼いたりして、主婦のような生活をしていた。

少しずつ、心に光や風が入って来ることがとても、うれしい。

雄一は学校とバイト、えり子さんは夜仕事なので、この家に全員がそろうことはほ

とんどなかった。

　私は初めのうち、そのオープンな生活場所に眠るのに慣れなかったり、少しずつ荷物を片付けようと、元の部屋と田辺家を行ったり来たりするのに疲れたけれど、すぐなじんだ。

　その台所と同じくらいに、田辺家のソファを私は愛した。そこでは眠りが味わえた。草花の呼吸を聞いて、カーテンの向こうの夜景を感じながら、いつもすっと眠れた。

　それよりほしいものは、今、思いつかないので私は幸福だった。

　いっつも、そうだ。私はいつもギリギリにならないと動けない。今回も本当にギリギリのところでこうしてあたたかいベッドが与えられたことを、私はいるかいないかわからない神に心から感謝していた。

作品评析

　　《厨房》发表于 1987 年 11 月的《海燕》杂志上，之后和续集《满月》一起结集出版。《厨房》是吉本的成名作，小说出版后不仅在日本创下了惊人的销售记录，在海外尤其是在意大利获得了读者的高度评价。上篇《厨房》中，失去亲人的美影寄住在田辺家，在素昧平生的雄一和惠理子的帮助下，逐渐走出了心理阴影。下篇《满月》中，惠理子不幸去世，美影陪伴在雄一左右，为他提供心灵慰藉。美影与田边母子的相处模式，提示了吉本理想中的家庭形态：处境相似、价值观相近的人不受血缘关系的约束，组成模拟家庭，互相扶持，共渡难关。小说中的惠理子是个光彩夺目的人物，她坚强乐观，勇敢面对人生的坎坷，为美影也为读者提供了极大的心灵鼓舞。

　　除了情节和主题之外，小说的语言和文体也值得关注。吉本被河合隼雄称为"感性描写达人"，她的抒情文笔和敏锐的感受性在《厨房》中得到了充分体现。随着人物内心起伏不断变化的光线、悲而不伤的氛围、借助拟声拟态词直观传递的声音和气味，无不给人留下深刻印象。

课后练习

1. みかげにとって、台所は何を意味しているか。
2. 「ボタモチ」のように訪ねてきた奇跡とは、何のことを指しているか。
3. 最後の家族を失って、一人っきりになったみかげは「どこへ行って何をするのも可能だなんてとても豪快だった」と思った。その表現から、彼女のどのような心情が見て

取れるか。

4. えり子は男性から女性になったという設定について、あなたはどう思うか、話し合ってみよう。

5. みかげは「少しずつ、心に光や風が入って来ることがとても、うれしい」と思ったのはなぜか。